COLLECTION OF FAMOUS CHINESE
SCIENCE FICTION WRITERS

中 国
科幻名家
典藏系列

纪念收藏版

怪物同学会

MONSTER
CLASSMATE PARTY

全球华语科幻星云奖组委会/编

北方联合出版传媒(集团)股份有限公司
万卷出版有限责任公司

ⓒ 全球华语科幻星云奖组委会 2023

图书在版编目（CIP）数据

怪物同学会 / 全球华语科幻星云奖组委会编 . -- 沈阳 : 万卷出版有限责任公司, 2023.6
ISBN 978-7-5470-6191-6

Ⅰ . ①怪… Ⅱ . ①全… Ⅲ . ①幻想小说 - 小说集 - 中国 - 当代 Ⅳ . ① I247.5

中国国家版本馆 CIP 数据核字 (2023) 第 035368 号

出 品 人：王维良
出版发行：北方联合出版传媒（集团）股份有限公司
　　　　　万卷出版有限责任公司
　　　　　（地址：沈阳市和平区十一纬路 29 号　邮编：110003）
印 刷 者：三河市九洲财鑫印刷有限公司
经 销 者：全国新华书店
幅面尺寸：148mm×210mm
字　　数：270 千字
印　　张：9.625
出版时间：2023 年 6 月第 1 版
印刷时间：2023 年 6 月第 1 次印刷
责任编辑：张鸿艳
责任校对：张　莹
装帧设计：天行云翼·宋晓亮
ISBN 978-7-5470-6191-6
定　　价：48.00 元
联系电话：024-23284090
传　　真：024-23284448

目录

目录

怪物同学会 / 陈楸帆

> 没有潜伏于黑暗中的怪物，大海将会怎样？就像没有梦境的睡眠。
>
> ——沃纳·赫尔佐格

入了夏夜的 19 号教工楼特别适合思考终极问题。

一来是大部分老师都已迁入校外新区，由于使用权期限未满，空置宿舍大部分都外租给学生或考研人员，他们一到暑假也都各回各家，没了人影；二来老楼线路不行，承载不了空调的用电负荷，只能用老式摇头风扇，连野猫都受不了这燥热，更别提年轻人。

谢耀真教授的书桌上，此刻正掀起一阵阵书页的麦浪，风扇摇过，书页又伏贴下来，露出字里行间各色批注。即便如此，汗水仍然不停地从谢教授额头沁出，流经紧蹙的眉心，滴落纸面，发出嗒嗒声。

这篇论文的结论如此惊人，以至于他不得不反复检验推论过程是否严谨自洽。可越是细究，越有一股寒意沁入谢教授的后颈，再爬上他的头皮。他眼前闪现一张久未谋面的脸庞，柔弱的女性轮廓里盛满绝望，似乎在为论文增添一个可信的注解。

刺耳的电话铃声打破了静谧。谢教授第一反应是看向手机，可他习惯常年设置静音模式，铃声仍然不依不饶地像在催命，从昏暗的门廊角落传来。

是座机。

谢教授完全想不起这台座机上次响起是什么时候，一直心心念念要去销户，可如同其他的生活琐事，都被他无限期地拖延了下来。

都这个点儿了，会是谁呢？

谢教授从书堆里拯救出那台蒙尘的暗红电话机，没顾得上擦干净，便抓起了听筒。

"哪位啊？"

听筒对面沉默了许久，是一个带着哭腔的女声。

"谢老师，我是……"

没等对方报完姓名，谢教授便毫不客气地打断了。

"我知道你是谁，没想到你还挺神通广大，连这个号都能查到。"

"谢老师，我知道我错了，可这门课的分数真的对我很重要……"

"噢！你所谓的很重要就是交白卷……"

"我没交白卷……"

"是！还不如白卷！你知道，如果我把你的卷子交给风纪委员会，会有什么后果吗？还想及格？你是不是脑子有问题啊？"

"谢老师，您看这马上又要开始评职称了，您的教授……"

"你这是在要挟我，还是在贿赂我？"

"我只是……希望您再想想不要让自己后悔。"

"我后悔？你这是学生对老师说话的方式吗？我谢耀真绝对不会网开一面！"

"谢老师……"

电话被重重挂断了。

谢教授，不，确切地说应该是谢副教授坐回原位，起伏的胸口汗淋淋的。他努力平息自己的怒气，把注意力集中到眼前这叠厚厚的论文上来，却怎么也无法继续思考。他愣了一会儿，起身从抽屉里翻出了一份试卷。

最后一道大题本该写着答案的地方，只见孤零零一行娟秀字体，一个手机号码以及一个轻飘飘的桃心符号。

谢教授的目光穿过畸变严重的镜片，落在那个名字上，似乎内心在纠结着一个决定。

这时，门外响起了敲门声。

"谁啊？"

这个夏夜真是热闹得有点过分了。

"是谢耀真老师吗？"有个年轻男孩怯声说，"您的学生跳楼自杀了……"

谢教授猛地起身，桌上的纸页如同收割的麦穗被高高扬起，又徐徐飘落满地。

一

重重颠簸惊醒了昏睡的陈墨，他抬头看看车窗外，依旧是漫无边际的一片野绿。

"还没到啊，这都什么破地方？"罗晓东也醒了，他抹掉嘴边的口水，顺手擦在XXXL号的勇士队球衣上。毕业三年，他又胖了不少，开始显露出某种中年气象。

"美林谷，三省交会处，距离出发地三百二十八公里，我都查过了。"坐在副驾的高涵头也不回。

"高委员还是那么较真儿，话说你们怎么选了这么个地方？"

"谁们？反正不是我。"高涵没接晓东的话。

"哟！被权力核心驱逐了啊。想当年你可是呼风唤雨……哎，陈墨，那么久没见，你都干吗呢？"

"上班哦，还能干吗？又不像你们。"陈墨依旧望着窗外，淡淡地说，"这同学会我根本没想来。"

"欸，你这么说就没意思了，我在我爸公司也是从打杂的管培生做起。高涵他不是……好吧，他起点高，也就是个小小的村干部嘛。谁不是累死累活的……"

高涵不易察觉地轻哼了一声，从上车之后他就一直回避和陈墨直接对视。

"哎，你说这次能不能见到那谁啊……"罗晓东为缓和气氛捅了捅陈墨，朝高涵后脑勺努了努嘴。

"谁啊？"

晓东急忙摆手让陈墨压低音量。

"就那个……"胖子扮出一副俯瞰众生的高冷脸，同时两手做出托胸的猥琐动作。他突然看到后视镜里高涵眼睛冒着火，赶紧收手。"高涵，开个玩笑嘛，想当年你们可是班里，不，校里的神仙眷侣，大家都以为你们能成呢……哎，Coco 公主来不来啊？"

"怎么，你想睡她？"

"得，当我什么也没说。"

晓东讨了个没趣，只能玩起手机游戏。

天色渐渐暗下来，窗外的山峦与树木变得影影绰绰，车灯光柱如触手般摸索着四周，却只能照亮小小的一块前方。

"师傅，到底还有多久啊？"陈墨终于按捺不住问司机。

"转过这座山头就到咯。"

"您这车就停在度假村吗？我是说，万一有个急事要回去什么的。"

"这高档度假村我们哪住得起啊，都把车开到三十公里外的镇上，再找个床位眯几宿。"司机口气里有种嘲讽，"时间到了，再回来接你们。"陈墨尴尬地"哦"了一声，不再开口。

几座散发着炫目灯火的建筑毫无征兆地出现在众人视野中。不像那些拙劣模仿西洋风格的庄园，这建筑群落带有某种无法归类的融合风格：线条和立面如同后现代派般呈现不规则与不对称，但放眼全局又仿佛带有怪异的仿生学元素，如同巨大的甲壳类生物及其幼虫；随着车辆的驶近，甚至还能看到蜕下的死皮铺就一条螺旋状的走廊，沿着中心向外旋转辐射开来，似乎正在迎接他们的光临。

这光景透过车窗叠在几个人脸上，有种虚幻不真的感觉。

"山寨高迪？还挺像模像样的。"高涵自顾说着，似乎不需要任何回应。车厢里响起巨大的肠胃蠕动声，罗晓东摸着肚子，不好意思地笑笑。只有陈墨，脸色比来时路上更加阴郁。邀请函上的水印徽章正是这座度假村的 2D 投影，在一般人根本不会注意的角落，用浅色小字写着三条同学会注意事项。

第一条：未经允许，任何人不得擅自提前离开同学会。

虽说一般聚会都会强调不要迟到早退，可真用这种军令状式的口吻，陈墨还是头回见。而其他两条则更加令人匪夷所思。

一只不知何处跳出的野鹿从车头跃过，司机惊呼一声猛打方向盘，车里三人来不及抓紧扶手，一阵人仰马翻各种叫骂。车急刹在路肩上，差点就朝灌木林里栽下去，司机忙不迭道歉。

陈墨看见那只鹿正在树丛间回头望着狼狈的众人，它那尚未发育成熟的角上，似乎挂着什么物件，如圣诞树上的饰品闪闪发亮。

那是一副银色牙套。

二

开毕业三周年同学会的那个夏天，经济形势内忧外患，一路探底却触不到地板。许多公司借着百年难遇的酷暑给员工放避暑假，实际上是变相减薪。有钱的趁机找凉快地方游玩，没钱的也懒得出门，躲在家里吹空调玩游戏。一部以异星杀戮为题材的爆米花电影夺得了暑期档票房冠军，幸存下来的主角也并不是人类。

所有人的心绪就像连日沉闷的伏天，一片混沌焦灼，也看不见舒爽的明天何时到来，只能像一块勉强解冻的肉块，冷冰冰黏糊糊地过着日子。

许多打着擦边球的"灵修经济"大行其道。在四线以上城市的聊天群、直播间、视频网站、学校教室、体育馆、街道办事处、美容SPA店、社区广场、宠物医院……里，各派大师神出鬼没，向信徒们传授着迎接宇宙新纪元、提升人类灵性的不二法门，同时收取数目可观的电子货币。

而在更为广袤而贫瘠的土地上，人们选择一种回归原始的方式与神灵沟通，仪式简朴，诉求单一，追求在身心的极限状态下，属灵感恩，并蒙受救赎：大气中的水分凝结成雨滴，在重力作用下落向地表，再沁入土壤的细微孔隙，被作物的根茎细胞所吮吸。

人们相信，让一个人挨饿到濒死状态，便能拯救大多数人免于挨饿。有时候，仪式关于信仰；更多时候，仪式关于失去信仰。

三

陈墨呆坐在杯盘狼藉的餐桌边，看着眼前的闹剧，心想这才是第一顿饭。

罗晓东嘴角留着黄色残渣，已被灌得不省人事，斜斜地靠着墙脚，岔开两条大肥腿，不时缓过劲来喷个酒嗝让人知道他还活着。李可可被众人起哄着和高涵喝交杯酒，精致的脸上，妆容变得有点花。高涵倒是没说好，也没说不好，只是黑着脸，木木地站着像任人摆布的塑料模特。当年保研的刘鼎天和已经是两娃辣妈的任静猜拳喝酒玩得正嗨，他们之前有过一段故事。而同在机关里的付翔和金昊波拍着桌子或胸脯，就一项政策背后的真实意图争得面红耳赤。

虽然才毕业三年，这些二十四五岁的年轻人像是以超光速步入中年，一半的人在讨论育儿和养老，另一半在讨论股票和房价。话题发起者往往是那些"安定下来"的人，他们苦口婆心地劝其他人赶紧买房、赶紧结婚、赶紧生娃、赶紧做一切在"人生清单"上的事情，似乎这个国家的预期人均寿命一夜回到了古代，在座各位都只剩下十年活头。

这些人一起度过了人生中最黄金的年华，如今天各一方，好不容易克服种种阻碍聚到一起，却依旧重复着任何一张饭桌上都必然出现的陈词滥调。陈墨摇摇头习惯性地置身事外，这时有人拍拍他的肩膀。

"陈墨啊，你怎么还是那么不识相，去敬钟总一杯啊，这次聚会全靠她才成局。"舍友阿黄指了指一位长相静美的女子，含笑坐在桌子对边，看着陈墨。

"钟总？咱们班里十几号人没人姓钟啊？"

"你忘啦？当时她书包里总装着药盒，一走起路来就有节奏地嘀嗒嘀嗒响，像座会走路的钟，所以大家都叫她钟小姐，我没说错吧？"

"你们没到的时候，我已经帮大家重温了一下我的糗事。我是肖如心，当年身体不太好，所以好多课都没上，不记得也正常。"那个瘦削的姑娘依然挂着笑，优雅地举杯候在半空。

这个名字陈墨还是有点印象的，只是人对不上号了，果真像她所说，毕业照里都没有露过脸。

两人碰杯，陈墨客气地感谢她这次的张罗，每个人都只是象征性地交了点费用，其他的住宿、车辆、餐饮都是肖如心赞助的。这个班里藏龙卧虎，陈墨入学没多久就知道，不过这么大排场确实还是第一次。他总觉得自己就是一个误入十八罗汉阵的小沙弥，稀里糊涂就成了别人眼中的"牛人"。

　　这种误会一毕业便销声匿迹。

　　"举手之劳，玩得开心。后面还有好多节目呢。"

　　肖如心说这话的神情总让陈墨联想起某种动物，后来他终于想起来了，是那只角上挂着银色牙套的幼鹿。

　　他回头一看，高涵和李可可终于不情不愿地交了杯。工作人员推来了轮椅正努力把罗晓东二百斤的肉身架起来塞进去。不知为何，席间播起了披头士混音版的 *Strawberry Fields Forever*，所有人摇摇晃晃的动作，高谈阔论和被酒精放大的昔日友情，都像一场荒诞派戏剧的第一幕高潮。当陈墨习惯性地要去掏手机时，才想起手机已经被收走了。

　　第二条：未经允许，同学会结束之前不得使用手机。

　　当胖子东第三次从轮椅中"啪"地摔到地上时，陈墨发现不知何时，肖如心已经提前离席了。

四

　　"人们总觉得戴眼镜会让自己显得聪明些。一种解读是长期以来，公众在视力退化水平与教育程度之间建立起错误联系。还有一种可能性，当你戴上眼镜之后，对外部环境的反应敏锐度随之发生变化，就像我这副烦人的超重镜框和鼻托，你不得不更加谨慎地选择行动策略，客观上提升了你的'聪明'指数。

"所以下次拜托最后一排那位戴眼镜的同学坐到第一排来。（哄堂大笑）

"就好像人们还习惯于把手环成圆筒形放到耳边来提升听力一样，这些仪式陪伴人类从远古一步步走到现代社会，它们在符号学上的意义远远大于现实功用。

"你们有没有见过打电话时对着空气手舞足蹈的人？经常看到，对吗？他们的表情、身体语言甚至是腺体分泌，都仿佛对面真的站着一个人。我们的大脑会调用记忆中的数据，将通过听筒传输来的数字信号在意识空间里重新组合成一个个鲜活的形象，我们其实是在跟那个形象交流。同样的事情也发生在你发文字信息或者表情包的过程中，所以难免产生误解。

"这些都是广义上的仪式，帮助我们更好地建立与这个世界的联系，当我们的感官系统受限的时候，仪式为我们提供一种替代性的安全感，尽管很多时候，这可能是一场幻觉。

"就好像上飞机前，我们需要经过层层关卡、排队、核实身份、安检、登机，最后将我们的生命托付给飞行在数万英尺高空的一个铁匣子。你既不认识驾驶飞机的人，也不了解这台巨大钢铁怪物如何能够摆脱地心引力冲上云霄，之前漫长的铺垫仪式似乎只是一道安慰剂：瞧，我们真的很把你的小命当回事。事实上呢？

（铃声响起）

"OK，今天的课后作业：列举并分析现代社会里的某项仪式及其荒谬性。

"下课。"

五

李可可惊慌失措地敲开每一扇房门，这时刚过凌晨两点。

身穿绛紫暗花真丝睡衣的 Coco 公主，即便素面朝天也藏不住摄人心魄的美。那种美是有标价的，并非凡夫俗子能够负担得起。

而此刻，她竟然不顾颜面地乞求所有人帮忙找到高涵。

除了昏睡不醒的罗晓东，所有人都集中到这座地中海风格独栋别墅的大厅，想搞清楚究竟发生了什么。也正是此时大家才发现，肖如心并没有跟他们住在一起。

过分空旷的大厅里灯火通明，每一个细节都透露出主人的精心与品位。每个人脸上的表情都暧昧莫名，既困乏又兴奋，似乎将此当作了本次同学会的彩蛋。

首要的问题当然是，为什么高涵会在李可可的房间。

根据李可可的说法，高涵趁着酒劲敲起她的房门说要叙旧，为了避免惊扰到他人，可可只好放他进门再好生安抚，两人聊起往事来竟然忘记了时间。

众人不置可否地相视一笑，好吧这个问题也没有那么重要啦，可为什么你那么着急忙慌地要我们找人，说不定高涵只是见到老情人情绪激动，辗转难眠出去平复心情了。

可可翻了个白眼，知道自己糊弄不过去，只好坦白说两人叙旧到情深处，忍不住拥吻起来。这时高涵却突然面色大变，惊呼窗外有怪物，便要去追，可可拦不住，又没有手机，只好敲门喊众人帮忙。

李可可房间在二楼，窗外是一个小阳台，距离临近的阳台也有三米远。

隔壁的陈墨表示并没有察觉到异样，另一侧的罗胖子还没有醒酒。

"那你究竟看见了什么？"

Coco公主咬着嘴唇，"似乎看见了又似乎没看见……但以我对高涵的了解，如果不是真看见了什么，他绝不会有这样的举动。"

"可他看见了什么怪物，会想要去追呢？这不合常理啊。"

李可可的脸一沉似乎想起了什么，却闭口不语。

肖如心终于赶到，问清缘由，先打电话让度假村保安搜索一遍。外面有山有林有湖，就算是野兽跑进了园区，或是高涵掉进了湖里，都是需要先排除的隐患。她安抚了一下李可可，并让其他人回房间休息。肖如心还朝上一指，园区里各种监控措施都很齐备，必要时可以调用数据，但必须惊动警方授权。

众人这才注意到度假村里无处不在的摄像头。

刚才还满脸心焦的可可这时话风一变，摆摆手说那倒不必麻烦了，高涵也不傻，他会保护好自己的。

肖如心笑笑说好，这里夜路难走，车都开不出去，更别说靠腿了，高涵肯定就在附近没事的。

就在众人将散时，不知谁打趣对可可说了一句，"说不定你回房间时高涵就躺在那儿等你呢。"

所有人包括李可可几乎同时意识到，他们的认知中出现了一个巨大的盲区。

当高涵睡眼惺忪地打开房门时，他被堵在门口的人群吓了一跳。

"高涵你这是在玩我吗？"

李可可挥手给了他一巴掌，旋即被大家拉开。

"李可可你有病吧，这么多年怎么一点没长进？"

"你不是追怪物去了吗？怪物在你床上吗？"

"怪物？什么怪物？喝多了吧你？你们都陪她一起疯？"

"疯的明明是你！你说死也不会让那只怪物拆散咱们俩！"

"我可不记得说过这么浪漫的话。醒醒吧 Coco，都过去了，我不怪你，别丢人现眼了。"

高涵把门重重一关，众人知趣地各自回屋，留下雕像般僵硬的李可可站在那里，保持着一个不知是愤怒还是忧伤的姿态，一如既往地戏剧性满满。

六

"上次有同学问我，对于一些带有宗教或者超自然色彩的仪式怎么看，比如萨满、扶乩、巴厘岛的桑扬舞以及偶像选秀节目（笑声）。不得不说，仪式涉及的学科领域非常广泛，从社会学、人类学、语言学、心理学到神经科学、生物进化甚至数学，你都能发现可以阐释仪式的理论工具，可惜我术业不精，只能将你们带进门。但无论哪一种仪式，我相信都能够在科学的框架里得到解释。

"你问我自己有没有经历过无法解释的仪式……（长久的停顿）嗯，不得不承认是有的，而且就发生在离我曾经非常亲近的人身上，那次仪式导致了非常严重的神经官能症，我认为是由于某种心理暗示造成的。大家知道仪式的力量可以非常强大，尤其在那些容易接受暗示的人身上。如果你们这学期成绩不错，也许我会考虑开个小灶讲一讲。

"为什么是曾经非常亲近？这位同学你很八卦啊，那又是另一个很长的故事了。现在我们还是言归正传吧。"

七

晨间的户外活动缺席了好几个人，包括昨晚闹剧的男女主角。

罗晓东倒是来了，貌似还没完全醒酒，像一团吸饱了水的巨型棉花球迈不开腿。

大家换上了运动装在一片小小的果岭上进行推杆练习。小小的白球沿着草坪弧面走出各种漫不经心的线路，却离球洞越来越远。众人在遮阳伞下用着早午餐，看一身洁白的肖如心像清道夫般把一个个球送入洞中。

"他们俩怎么闹成那样的？原来不是好得跟连体婴似的？"

"好像就是毕业前出了件什么事儿吧……"

"听说高涵家对可可不太满意呀。"

"不会吧，要颜有颜要胸有胸的，还是个千金大小姐……"

"你就知道胸。"

"这鸡胸肉是挺霸道……"

陈墨不耐烦地听着这群人嘻嘻哈哈，不停搅动杯里的咖啡，终于忍不住说了一句。

"难道没人记得谢教授吗？"

所有人讶异地停下来看着他，像是努力在脑海里搜索某颗不存在的星体。

罗胖子走到陈墨身边，手搭住他肩膀，底下的折叠椅一声呻吟："陈墨，你告诉我，你还记得哪门专业课是靠你自己过的吗？"胖子又转向其他人，"我们学的是什么专业？大气科学、量子物理、古代文学、国际关系、铅球、插花还是茶道？在社会上混得人模狗样还是狗屁不如，又有什么关系呢？最重要的是，今天大家聚到一起，感情没有变，这就够了，你们说是不是？"

罗晓东像是把隔夜的祝酒词带到了今天，他停下等待掌声。

"他死了。"

所有人循着声音望去，竟然是肖如心。她冷冷击出一记又高又远的长打，回头看着众人。

那颗星体一直都存在，在幽暗的宇宙深处等待某个讯号。

众人像是瞬间经历了一场时间旅行，脸上表情或多或少泄露出一些秘密，有愧疚，有迷惑，也有释然。如同通过心灵感应达成了某种默契，他们都选择了沉默、无视、将话题岔向无关紧要的领域，等待这场华而不实的果岭野餐能够快点结束。

肖如心脸上似乎有失望闪过，但瞬即恢复成分寸感极好的微笑。

陈墨嘴角也露出一丝不易觉察的笑。这才是他期待已久的同学会，不是各自粉饰太平炫耀身家，而是将被时间掩盖的缝隙撕扯扩大，挖出内里血肉模糊的真相。打开一些心结，结下更多恩怨。你以为在同一屋檐下共同生活数年就会让彼此心灵亲近，甚至从某种程度上成为相似的人，这种愚蠢的幻觉只有通过久别重逢才能被无情粉碎。

这才是同学会存在的意义。

而接下来则是陈墨期待已久的环节——重温老照片。

八

"各位同学，很抱歉占用大家几分钟的时间。

"在这里，我要郑重地向李可可同学道歉（议论声）。上一次课，我用十分不恰当且不尊重的语言将李可可同学描述为'生活在为取悦雄性而精心布置的盛大仪式中'。我错了。李可可同学为自己而生，为自己而活，所有精致而盛大的仪式都是为其女性自我价值的实现。我承认自己是在从狭隘的雄性视角轻率地评判他人，我再次真诚地向李可可同学道歉并请求你的原谅。

"希望这次小小的风波不会影响到期末考试，如果不想两周后迎接盛大的失败，请大家认真复习准备。"

九

入学时在校门口的合影。第一次春游。电竞比赛赢了隔壁班。生日派对，舞池里的派对，酒店里的派对，地点不明的派对。

（轻快的 Trance 舞曲，欢笑声，抱怨声）

"我的天，当时怎么那么土？！"

"侬还好意思港了啦看看我……"

"OMG 请一定把我 P 掉！"

宿醉。各种宿醉。一地空酒瓶和涂满奶油的脸。半裸。全裸。车旁呕吐。泳池边呕吐。沙滩上的篝火野营。一对情侣的背影和一条撒尿的狗。

（起哄，嘘声，爆笑）

"这是那次加州交换项目吧……"

"后来你还跟那印度妞有联系吗？"

"闭嘴，我这辈子都不想闻见咖喱味。"

课堂上流着口水的罗晓东。在宿舍楼下深吻的高涵和 Coco。在同一个位置争吵的高涵和 Coco。Coco 和不同的男生在一起，动作亲密。

（尴尬的沉默，望向主角）

"这照片是谁拍的？站出来！"

"Coco，大家闹着玩的，别放心上……"

李可可挡在幕布前，投影的光打在她身上，让她看起来像是一个隐身人，却由于轮廓过于立体而暴露了自己。

"我知道我当年脾气暴，得罪了不少人，可要是在同学会上耍这种小伎俩，想让我出丑，那你等着瞧！"

可可的脸被叠上另一张脸。瘦削苍白如同大病未愈之人，眼神却像坚冰般冷静，仿佛能用视线凝固周遭的一切。

肖如心站了出来，面对着大屏幕上的自己。

"Coco，这事是我考虑得不够周全，太过私密的照片应该征求每个人的意见的。"

"如心这儿没你的事，不用往自己身上揽。我知道背后都是他安排的，知道我马上要订婚了，所以想整这么一出羞辱我是吧？"李可可提高了声调指向高涵。高涵一动不动，但紧绷的咬肌出卖了他。

"总之，今儿有他没我，你们都向着他对吧？也是，他爸给了你们多少好处啊，保研的保研，进机关的进机关，写推荐的写推荐，可你们不想想这都是因为谁……"

"李可可你够了！"高涵再也按捺不住，吼了一声。音乐恰如其分地停了下来。李可可脸上显露出那种习惯性的受伤表情，仿佛是遭到了全世界的背叛。她低头快步走到肖如心跟前大声说："帮我安排个车，我这就消失，你们爱怎么玩就怎么玩。"

肖如心依然淡淡笑着，"同学会开完之前，谁都走不了。"

李可可杏目圆睁，指了指肖如心又放下，"手机还我，我自己叫车！"

"不好意思，别忘了注意事项第二条。"

"你以为你是谁啊。"李可可转向房间里其他人，"你们就让她这么玩？"

"算了，如心你就让她走嘛……"

"是啊是啊，同学一场差不多得了……"

肖如心突然收起笑脸："我不是针对她，而是这里的每一个人。明白了吗？你们还没有看到最精彩的部分呢。"

所有的人本能地转向屏幕，画面开始切换，众人的面孔在光线中变得迷离，有人瞪大双眼，有人捂住嘴巴。

李可可疯了似的扑向高涵，但显然高涵也因被画面的内容惊吓到而对 Coco 的撕打毫无反应。他喃喃自语："我明明都删掉……"

画面突然消失了，是罗晓东一把掀翻了投影仪，他气势汹汹地抓住肖如心瘦弱的肩膀用力摇晃。

"你究竟是谁！到底想干吗？"

"你爸的公司因为高涵的那张批文，市值翻了三番，你爸也因此坐稳了二把手交椅并顺利接班。我没说错吧？"肖如心轻描淡写地说道。

罗胖脸上的肉开始颤抖，他扬起了拳头。

"胖子！"他扭头，肚子被什么硬物重重一击，他痛苦倒在地上蜷缩成一团。

"既然接受了邀请，就得遵守主人的规矩，要不就别来。"陈墨挥着高尔夫球杆，冷冷说道，"你们都是受过高等教育的社会精英，这点道理都不懂？"

局面诡异得有点让人看不懂了，而似乎只有一个人，这场仪式的发起者，才有资格解答谜题。

"我猜你们没人认真读完那三条注意事项吧？现在给你们时间好好审题。"肖如心虚弱地走向门口，像是用尽全身力气说了一句，

"晚上见。"

不知道什么时候，几名身形健硕的安保人员已经立在门口。

陈墨犹豫片刻，跟了上去，而保安并没有拦住他。

十

"这次期末考试 70% 的分数都落在最后一道大题上，别问我这符不符合规定，课是我上的，我说行就行。上课、考试、打分，无非也都是仪式的一种，如果这学期过完了，世界对于你来说仍然跟以前一样，那给你打一百分也是浪费。

"所以，请大家认真审题，仔细作答，我不会为难任何一个人。我再念一遍题目，请注意我的表情和重音。

"请你设计一套具有可操作性的仪式，并详细阐述其场所、道具、流程、背后的理念以及预期对目标将产生什么样的改变。

"你们有一个半小时。开始。"

十一

陈墨："你还好吧？"

肖如心："这种事确实比较耗人，休息一会儿就好。"

陈墨："你究竟是谁？"

肖如心："你发现了。"

陈墨："第一眼就发现了。"

肖如心："有意思。"

陈墨："还是你比较有意思。"

肖如心："说吧。"

陈墨："你不是肖如心，你甚至都不是我们班的，我有照片。"

肖如心："噢，忘了，你喜欢偷拍别人。"

陈墨："我喜欢观察别人，想象每个人的生活……除了谢老师的课，你从不和我们一起上别的课。"

肖如心："你注意我很久了。"

陈墨："你看谢老师的眼神，很特别，但是谢老师从来不敢拿正眼看你。我猜，你们之间有某种关系。"

肖如心："不如说说，为什么你要提供那么多素材。"

陈墨："你应该比我知道得更清楚。"

肖如心："我知道毕业后，你找工作很不顺。"

陈墨："这跟得罪了谁没关系，我本来跟他们就不是一类人，只是好奇而已。"

肖如心："好奇什么？"

陈墨："这场戏要怎么收场。"

肖如心："以你想象不到的方式。"

陈墨："比如？"

肖如心："哈。你这个人啊，还真不像看上去那么……"

陈墨："那么什么……"

肖如心："冷漠。"

陈墨："……"

肖如心："我说对了吧？你是这里唯一一个没有撒谎的人。"

陈墨："撒谎？"

肖如心不说话，抬头看着寂寥的星辰，一阵雾气从空旷遥远的山谷间涌起，悄无声息地沁湿空气。陈墨突然觉得眼前这个女孩的目光开始闪烁，如夜风中冰凉的碎钻坠饰，而不是温暖的烛火。

肖如心："你还记得当时那道题你的答案吗？"

十二

第三条：未经允许，完成仪式前不得擅自离开同学会。

"仪式？什么狗屁仪式？"罗晓东揉着肚子大声嚷嚷，"还有那个陈墨，老子回头找人弄死他……"

"罗胖，你冷静一点。这些明显都是设计好的，陈墨跟肖如心是一伙的。他们是冲着我来的。"高涵说。

"我就说嘛，当时介绍肖如心时，陈墨就表现得很奇怪。"阿黄回想道，"怎么可能两人坐一桌都不说句话的。"

"话说回来，你们真的对肖如心这个人有印象吗？"刘鼎天问，"以我的记性，怎么一点都想不起来？这不科学！"

"她就没在宿舍住过。"众人随着话音寻去，是几位安顿好李可可的女同学回来了。

"本地人，身体又勿好，好像当中还申请了休学，总共就没出现过几面，没印象就对了。当时你们勿是都被 Coco 迷得七荤八素的，又么正眼看过别人……"辣妈任静话里夹枪带棒。

"Coco 怎么样了？"高涵打断她。

"现在晓得假惺惺啦，刚刚还狠三狠四，谁看了那种照片心里会适宜啦，房间里厢歇了哎，侬不要去搞伊。"

所有人都默不作声，不想再触碰刚才尴尬的一幕。

投影布上出现的是高涵和李可可的性爱照片，很明显是两人在上大学期间，他们脸上都洋溢着某种青春的狂妄，仿佛自己便是全宇宙的中心。但最为震撼的却不是裸露的肉体或是狂放的动作，而是背景中一个不起眼的元素，在大屏幕上显得如此扎眼。一个貌似喝高了的中年男子，半瘫靠在墙角，嘴角微斜，双目半闭，身上胡乱落着些洁白的纸张。这个乱入的人形道具给整幅照片的色情基调添上一抹超现实主义色彩。

所有人都立刻认出，那就是他们的老师——谢耀真。

谢教授为什么会在那里？他当时还清醒吗？两位主角不知情吗？他们还能正常地完成所有既定动作吗？拍下这些照片是出于何种心态？

每个看客的心头都翻滚着诸多问题，但都克制住发问的冲动。很快，每个人都猜到了自己的答案，随即又被一个更大的问题淹没。

这与谢教授的死有关吗？

似乎有无形的寒风拂过，每个人心头一阵揪颤。他们几乎同时回忆起了某件十分重要的事情，这件事情将所有人的命运与谢教授这个本应无关轻重的选修课老师，紧紧联结在一起。也就在这个瞬间，他们理解了肖如心所说的第三条注意事项的真正含意。

不知藏匿于何处的扬声器突然嗞嗞响了几下，失真的声线里洋溢着笑意，宣告夜晚派对降临。

"老同学，你们都准备好了吗？我们来抽签决定，谁是第一个。"一副扑克牌被摔到众人面前。

十三

夕阳将尽，别墅后院里升起了一堆篝火。说是篝火，其实就是把烧烤架里的精炭倒在沙砾地上，再掺上一些枝叶、纸张和助燃剂，点燃之后火势喜人，噼啪作响，映红了每一张脸。

"老刘你真的要这么做？"任静问。

"一会儿你们女生把眼睛闭上就行了。"刘鼎天不好意思地笑笑。

"我就搞不懂了，咱们一起把那几个人打趴下冲出去，他们还能把咱们杀了不成？"罗晓东瞄了一眼保安，声音还是低下去几分。

"来之前我查过，这个地方属于私人物业，业主隐藏了真实身份。你猜它的奠基日是什么时候？"高涵脸上没有一点笑意，"三年前的昨天。"

"吃散伙饭那天？"

高涵点点头："所以说，这不是那种靠蛮力就能逃出去的地方，动动脑子。"

"老刘你当时真的写了全裸？"还是任静。

"谁能料到有今天？！不付出点代价能叫仪式嘛。"

刘鼎天的话戳醒了众人。古今中外，仪式的核心莫不过一场交易，是有形之人与无形之神的交易。至于置换是否等值，交易是否成功，则完全基于朴素信任与历史记录。由于无迹可寻，交易失败者总会怀疑自己的付出与牺牲未臻标准。而那些在外人看来做成一笔好买卖的幸运儿，却也心中惶惶，疑心总有一笔分期付款在生命的前方埋伏着。这种不可知却又运行了数千上万年的规则，便是冥冥之中注定了的。

老刘已经脱光了，连眼镜都摘了，手捂着下体，在篝火前跃跃欲试。同学们围成圆圈，有节奏地拍着手，嘴里同声念着四字咒语。

火焰并不是太高，刘鼎天轻松地一跃而过，他心里默数着："一。"数字飞快地上升着，同学们拍手的节奏没有一丝紊乱，那串咒语被不断重复着，如蜂群低低笼罩在夜空。

怪物同学会

"逢烤（考）必过。逢烤必过。逢烤必过。"

"二十九，三十，三十一……"老刘的速度明显下降，他的额头沁出汗珠，动作变形，双手也不再羞涩地掩护裆部，阴茎与卵蛋如同棉花糖般在焰火上方弹跳经过。他开始后悔当时自己为什么要写那么一个大数字。

刘鼎天有自己的原则，他不相信有免费的午餐，也不相信天赋，只相信天道酬勤。就像他的父母，老刘习惯付出十分收获八分，这让他感觉踏实。以他的成绩正常保研没有任何问题，但刘鼎天还是为自己争取上了一道额外的保险。那道保险来自高涵。

所以他在试卷上写下了九九八十一次。就像唐僧师徒西天取经途中所必经的磨难。

陈墨站在保安身后，看着这荒诞的一幕，想象着千万年前，是否也有相似的一幕在这座山谷里上演。他猜测着摄像头那端的肖如心，脸上此时会是什么表情。

"加油老刘！快到了！"在任静的带头下，大家暗暗喊着。

刘鼎天已经悄悄地踢到几次火苗，每次都龇牙咧嘴地倒抽一口气，汗水在他身上形成一层滑腻腻的薄膜，反射出熊熊火光，滴落在炭块上嗞嗞作响，助长篝火越升越高，而老刘的身型却越显瘦小。"……六十二，六十三，六十四……"女同学们也不再假装闭眼，她们脸上的恐惧代替了尴尬，眼前闪现着属于自己的仪式。

刘鼎天发出夸张的喘息声，每次跳起的高度越来越低，有几次所有人都以为他要径直跳进火堆里去，可最后一刻，他还是勉强把脚落在了发烫的地面上。他的表情扭曲而狰狞，已经完全不像那个自信满满的学霸少年，却像某种没有进化完全的水陆两栖动物，稀疏的头发湿漉漉地耷拉在额头上，遮住他原本就不大的眼睛。所有人都闻到了一股虚幻的焦味。

"七十八，七十九，八十，八十一……"

没有人知道刘鼎天该什么时候停止跳跃，甚至他自己在那一瞬间都有点犹疑，以他的习惯，定是要多跳几下以确保不会数错。可他确实太累了，当最后一下落地时，他直接硬邦邦地跪倒在地上，像一条被浪花拍晕的海鱼，再也没有丝毫蹦腿的力气。

众人搀扶起刘鼎天，他的双脚多处被烫伤，浮起晶亮红通的水泡，破了的伤口泛着血水。高涵疑惑地望向摄像头，罗晓东却充满愤怒地瞪着陈墨。

十四

各位同学：

展信安（也许应该改成"点"信安）。

希望大家都度过了一个快乐而收获斐然的学期。因为我们已经没有课了，所以只能以邮件形式来进行沟通。有些话，课堂上不太好讲，现在可以说出来了。麦克卢汉说"媒介即信息"，诚不我欺也。

我知道这只是一门选修课，很多人选的时候连介绍都不看，只因为这门课出了名的好过，好拿学分，甚至出现一整个班集体选修这门课的盛况，在此我对你们的信任表示衷心感谢。

好过归好过，一门课总有标准，这是仪式存在的意义，否则在你们选课之后直接 pass（淘汰）岂不是更方便？我很欣慰，从试卷上来看，绝大部分同学都掌握了仪式这项跨学科现象的精神内核，有一些甚至还提出了我所未曾思考过的新方向。你们的付出没有白费，你们会得到相应的回报。A deal is a deal（一言为定）。

但也有极少数同学，似乎误解了仪式的规则，又或者将其他仪式中的特权滥用到我这里。很遗憾，我可以接受经过了努力后的失败，却无法容忍不劳而获的白食。这个世界，也许有一些仪式的规则能够凌驾于其他规则之上，但终归你需要服膺于一些普世的、底层的规律，这是不以人的自由意志为转移的。

我的人生其实过得很糟糕，也曾经犯过同样的错，天真地以为自己可以掌控一切，可到头来付出代价的还是自己。而且，这个代价往往是超出想象的巨大。

再次感谢大家能够选择这门《仪式：从巫术到科学边缘》课程，真诚希望每一个人都能实现自己的愿望。

Sincerely Yours（敬上，谨启）
XYZ

十五

又有几个人抽中扑克牌，完成了自己的仪式。

阿黄收集了所有人的签名，烧成灰后和着水喝了下去，按照他的设计，这样能够保持友谊长青。

官迷付翔要来一把梯子，让所有人扶着，当他一格格往上爬的时候，所有的人都高喊他的名字，而他会在名字后加上一个层层递进的官衔，当他爬到梯顶时，已经是俯瞰众生的付主席了。他在半空中做了个挥斥方遒的手势，一跃而下，下面的人尽管怨声载道，可还是用手臂搭成桥，牢牢接住他。

付翔成功着陆后表情尴尬，不住地向众人作揖道谢，但没人搭理他。

任静算这几个里最有创意的。她让班上的男同学半跪着围成圆圈，低下头，当她走到谁面前时，那个男人就得抬起头与她对视一分钟，眼神不得游移恍惚，然后她问"侬作啥欢喜我啦"，对方需要用十二分的诚意回答。如果说三年前的任静还算有几分少女姿色，如今的她贵为二娃人母，体态臃肿，面露疲色，对于一众平素只看脸与胸的肤浅直男来说，确实很难严肃得起来，几位笑场的直接被拖出圆圈。

只有尚未完全回神的刘鼎天抬起头，小眯缝眼看着任静，哆哆嗦嗦地说："无论你变成什么样，嫁人了生娃了都好，我都爱你。"

任静竟然忍不住背过脸去抹眼泪。那一瞬间所有人都知道他说的是真心的。

陈墨觉得这几乎就要沦为一场网络综艺真人秀了，而这些人竟然乐在其中。这可远远背离了仪式的初衷。

有一些人生来就比别人乏味无趣得多，最无趣的是，这种人往往认为自己才是正常的，其他人都是落在钟形曲线的两头。

陈墨迫不及待地希望有人来拯救这场演出。

下一个是罗晓东。

他脸色煞白，气鼓鼓地坐着，也不动弹，肚子上的肉一折折地突着。

"胖子，等你呢，赶紧弄完我们好回家啊。"众人起哄。

"你们有病，我没有，凭什么让人瞎摆布。我就坐这儿，看她能把我怎么着。"

嘘声一片。

陈墨有点看明白了，随着仪式的深入，参与者会不自觉地代入某种角色，以获取归属感，并与那些对抗仪式的人势成水火。因为他们付出了代价，丢了面子，暴露出内心深处最真实的欲求，他们不允许有人贬损自己的努力，窃取甚至破坏前人辛苦栽种出的成果。

扬声器又嘶啦啦地响起来，肖如心听起来像在一片积雨云里。

"我会放出罗晓东的答案，然后由其他人决定他该怎么做。"

"你敢！"罗晓东猛地起身，可惜已经太迟了。

原本循环播放风光片的平板电视屏幕跃动了几下，出现一份扫描文件，签名显示是罗晓东，那是他的试卷，文件下拉到第二页，歪扭的字体稀稀疏疏地填满了大半页，甚至还配了张手绘的草图。由于那些手写体太难辨认，某种识别软件又将其转化为标准字符，叠加在原始的图像上。

现在所有人都明白了，为什么罗晓东从一开始就那么抵触这场仪式。答案里说他自己从小因为自制力差而变得肥胖，经常被人嘲笑，造就乖张的性格，一方面想要尽力讨好强者，另一方面又去欺负弱小来获取尊严。他厌恶这样的自己，希望通过一场仪式来摆脱过去，进化成一个真正的强者。

"能够完完全全地控制自己的精神与肉体，欲望与恐惧，能够抵挡一切的屈辱与嘲讽。"他矫情地写道。

罗晓东设计的仪式包括（按先后顺序）：

一、让曾经羞辱过自己的人跪舔自己的脚背；

二、让曾经受过自己欺侮的人原谅自己；

三、让自己曾经性幻想过的女生诱惑自己（并严词拒绝）；

四、让自己置身最为恐惧的场景并克服恐惧（附手绘图）。

罗晓东感觉自己仿佛变成了刘鼎天，赤身裸体地暴露在众人含意丰富的目光中，他如芒在背地躲避着，大吼了一声。

"那只不过是一门选修课！"

"现在可不是了。"

伴着话音，肖如心出现在门口，朝他们快步走来。她摆摆手，并没有让保安跟随。她站到了陈墨旁边，微微一笑，脸色比之前红润不少。

"怎么样，你们想好了吗？需要我再提供点额外信息吗？"

"你个贱人，我不会让你好过的。"胖子咒骂起来。

"比如说，仪式中的三个名字……"

"闭嘴肖如心，你知道个屁！"

"哦，我确实什么也不知道。估计你们早就忘了临毕业前，每个人都收到了一封邮件，来源是校学生会，要求你们点击一个链接，填写相关资料，好让校友会可以时刻联络到你，青山绿水，友谊长存。"

罗晓东的咒骂不知何时停下，变成一个惊异的口型。

"你们班的链接是我特殊定制的礼物，当你点开的那一刻，那台电脑之前与之后的所有数据，便都会同步到云端服务器，随时为我调用。"

"你这可是犯罪。"高涵冷冷提醒。

"在我的仪式里不是，"肖如心回敬一个眼神，"所以，亲爱的罗胖，你可以选择，是你自己选三个人，还是我替你宣布，也许我会引用你的一些原始数据哦。"

罗晓东如雕塑般立在那里，像是被沥青当头浇下，丝毫动弹不得。他的面孔变得纸白，仿佛随时会着火，可最终还是软软地耷拉下来。

"高涵。陈墨。李可可。"

这三个名字听起来完全不像是从那具身体里发山来，而只是某台机器随机吐出的密码。对于它即将开启的全新世界，当时在场的人却一无所知。

十六

　　很抱歉在深夜发出这封语无伦次的邮件再次叨扰各位。只是听闻某些人意图颠倒黑白发起莫须有的控诉，对我，也是对我所坚持与捍卫的仪式价值。我再次奉劝TA，我手里有切实的证据可自证清白，而任何形式的调查最终只能是自取其辱。我无条件地相信我的学生是爱我的，我也同样无条件地相信正义与良善不会被谎言与特权所蒙蔽。再次谢过各位，安。

十七

　　时间将近午夜，罗晓东在众人注目下，身形迟缓地爬上那块跳板。这是一座标准的跳水池，长宽各二十五米，池深五点四米，跳板长四点八米，宽半米，距离水面三米。就像是把罗晓东的手绘草图搬到了现实里。除了一件事——池子里没有水。

　　陈墨观察着看客们，很难确切地用语言来描述那样一种表情。就像是逮到了一只骚扰你已久的老鼠，现在看着它即将被开水烫死，突然有人提醒你，这只老鼠已经跟你在同一屋檐下生活了许多年，你本该有一点点念旧和不忍。

　　至少在高涵的脸上是看不到的。

　　陈墨觉察到，当自己的名字从罗晓东嘴里说出的那一瞬间，高涵的表情就变了。高涵眯缝起眼，似乎想看清这个曾经每天围着自己称兄道弟之人的真正嘴脸，又或者是在回想究竟哪件事情、哪句话让对方感觉羞辱，但他很快就显得轻松起来，因为这些都不重要了，重要的是这个人背叛了自己，而叛徒的下场早已注定。

高涵决定把罗晓东送进他最为恐惧的场景，无论以何种方式。

陈墨问身边的肖如心哪一个更出人意料，是高涵舔了罗晓东的脚背还是李可可被说服了去做了那件事。

肖如心说："如果你足够了解他们，哪一个都在意料之中。反倒是你，罗晓东求你原谅时，你居然想都没想就答应了，一点也不照顾观众的情绪。"

陈墨说："看来你还不够了解我。"

肖如心耸耸肩。

李可可也来到了现场，她卸掉了所有妆容，长发披肩略显散乱，却更显得有一种难以抵抗的魅惑。她的嘴角挂着一丝嘲弄的笑，就好像知晓罗晓东，或者世上所有其他男人对自己的窥视；就好像知道，半小时前发生在房间里的事情将永远成为秘密。Coco公主看着这世间唯一的另一个知情人，脱得只剩底裤的罗晓东显得更加臃肿不堪，他站在晃动的跳板上，就像是一个巨无霸汉堡压在一根刚出炉的薯条上。

"所以罗晓东到底怎么你了？"肖如心冷不丁问道。

陈墨想了想："也许就是从来没给我起过外号吧。"

肖如心翻了个白眼。

陈墨又说："你不会真的让他摔死吧？"

肖如心答："那你也有一份功劳。"

罗晓东开始谨慎地向跳板末端挪动脚趾，他给自己定下的仪式终点是触及边缘，无论用身体的哪个部位。跳板在重力作用下开始倾斜并发出呻吟，看客脸上流露出莫名兴奋的神情。

跳板下垂得更厉害了，罗晓东不得不蹲下身体，双手抓住跳板侧边以保持平衡。他感觉自己就要像肉块般滚落下去，在八米开外光洁明亮的瓷砖池底拍成一摊冷冰冰黏糊糊的肉酱。他眩晕、无力，似乎恐慌随时可能发作，锁住咽喉无法呼吸。他的身体开始剧烈抖动起来，带动着整块跳板嘎吱作响。

高涵与李可可深情对视了一眼，几乎要鼓掌叫起好来，似乎完全忘记了俩人白天的不快。

其他人在池子边围站成圈，神色凝滞地望着半空的表演。他们如此投入，所有的荒诞与不经都已被全盘接受，成为现实的一种。他们只想尽情地享受这一刻，在这座远离文明与繁华，为他们度身定造的祭坛上，感受某种潜藏于内心深处亿万年的黑暗，从精致的人形外壳裂缝中，缓缓渗出，流淌汇聚成一条奔涌不息的暗河。

"我……我不行了……"罗晓东带着哭腔，完全瘫在了跳板上，不敢轻举妄动。

"有你老爹的钱，你有什么不行的？"高涵回了一句。

"我、我、我错了……你们让我下去吧……我求你们了……真不行了……"

"胖子，我们还等着回家呢，是个男人就别说不行。"这回是李可可。

"我……我……"罗晓东挣扎着起身，想往回爬。就在艰难转身时，也许是风，也许是脚滑，他突然失去了平衡，整个人横在跳板上，随着重力往尽头滚去，完全没有缓下来的意思。

众人惊呼了一声，而罗晓东甚至还没来得及尖叫。女生们闭上了眼睛，等待着肉体撞击地面的闷响，可却没有，她们又迫不及待地睁开眼睛。

高涵目瞪口呆地望着半空，他没想到罗晓东竟是用肚皮完成了整个仪式。在那一瞬间，某种超越所有人理解力的奇迹降临在罗晓东身上，那松软鼓囊的肚皮像是具备了触手的功能，紧紧地缠裹着跳板的末端，像是一块棉花糖般可以肆意拉伸，而跌下半空的罗胖子则像是一个笨猪跳高手，被由脂肪与皮肤构成的弹性绳索紧紧牵住，抵消掉了大部分的重力势能。

罗晓东似乎也不太明白究竟发生了什么，在空中上下晃荡数个来回之后，他腹部长出的触手开始缓慢收缩，牵着整个身体向高处升去。

陈墨瞪着肖如心，惊诧之中，一时不知该如何发问。

肖如心却一脸淡定，对陈墨笑了笑说："我说过，以你想象不到的方式。"

罗晓东似乎还未能熟练地操控他的新身体，他试图回到地面，却被触手举到更高的空中，只好让触手末端长出许多只细小的附足，如肉色蜈蚣般载着沉重的躯体向跳板另一端爬去。而从众人的视角看去，他就像一只在夜空中飞翔的光猪。

那双肉感的脚掌终于再次接触地表，触手收回腹部，毫无痕迹地融入脂肪的层次中。罗晓东梦游般爬下扶梯，看着夜空下的众人，似乎努力想搞清楚这是不是一场梦。当他看到高涵与李可可时，那迷离的眼神突然变得冷硬起来。

"轮到你们了。"他说。

十八

三年前的那个夏夜，谢耀真教授听到自己学生自杀的消息。

当他打开门的瞬间，那副超高度数眼镜便被一把打掉。没了眼镜，他就是个睁眼瞎，只能看到眼前一团带有颜色的光晕在移动。某种气味刺鼻的物体掩住他的口鼻，他在迅速失去对身体的控制力，以及对于外部世界的觉知，一股力量拖拽着他向着遥远的旋涡中心飞去，如此宁静、甜美，像是一切都可以不必忧虑。

一个戴着口罩和贝雷帽的男孩将晕厥的谢耀真拖入房间并将门掩上，他掏出手机发送信息，不多会儿，楼道里传来犹豫的脚步声，另一位同样全副武装把自己面孔挡住的女孩推门而入。

她看了看瘫倒在地的谢耀真，试探性地在他眼前摆了摆手，轻轻呼唤他的名字，没有一丝反应。

男孩和女孩除去伪装，露出汗津津的面容，相视紧张一笑，分头在那叠散乱的纸堆里寻找起来。

没用的纸张被随意丢弃，有那么几张落在谢教授的身上，像是冬日里掩埋尸体的大雪。

"找到了。"男孩扬起一张试卷。

女孩接过，看着上面熟悉的字迹，笑了，胡乱塞进自己的包里，又掏出一张一模一样的纸，除了上面多出许多字。

"趁他还没醒，赶紧走吧。"男孩有点慌。

"且醒不了，那人跟我说得睡够四个小时。"女孩翻看起屋里的其他东西。

"你别胡闹。"

"欸，你看这是啥？老头还画了重点。"女孩指着地上的一沓厚纸。男孩俯身捡起，是一道奇怪的数学公式。他读着被谢耀真用红笔圈起的文字：

主体（我）有一个体验空间 X，行为空间 B，以及让主体能够根据体验来修改行为的算法 A。假定一个世界 W，这同时也是个概率空间。这个世界通过某种方式影响主体的感官，于是便有了一个从世界 W 到主体体验 X 的感官路线图 P。当主体采取行动时，行动修改世界，所以又有了一个从行为空间 B 到世界 W 的路线图 R。这六个要素构成整个大结构。所以说，这就是这个公式的理论核心。

"什么乱七八糟的。"男孩一脸挫败地扔下论文。

"你看他还在这里批注，什么仪式就是改变现实的编程语言，真是魔怔了。"

"我们快撤吧，这里让人感觉怪怪的。"

"别急啊，来都来了，总该留点纪念。"女孩一脸妖媚，牵起男孩的手，放在自己胸前。

"疯了吧你。"

"我就疯怎么着吧。"女孩不由分说吻上男孩的嘴唇，撕扯他的衣服。瘫坐在地上的谢耀真并没有机会看见眼前这一幕激烈的场面，可他的身影却在某一刻被女孩的手机永远记录了下来。

十九

今夜注定无人入睡。

陈墨看着监视器里的画面，同学会已然分崩离析，或者说，进入了全新的阶段。

掌握了大能的罗晓东在子夜的花园里，独自探索着自己的身体，各种新的器官如同波浪般涌现，复又平息。他似乎对其他人失去了兴趣，或许只是因为其他人都一脸嫌恶地逃进了别墅。

任静和刘鼎天正在房间里挥洒那经由仪式确认的真爱。

而在大厅里，一场头领之争正进行得火热。高涵认为罗晓东已经变成了非人的怪物，应该先解决安全隐患问题，而付翔坚持要把游戏进行下去，以便尽早离开此地，不应该让个人恩怨拖了集体后腿。事情陷入了僵局，"安全派"和"游戏派"展开了激烈的互相攻讦，最后通过用脚投票分裂为两个小团体。高涵只争取到了李可可，其他人都站到了他们的对立面，尽管当年这些人或多或少都受益于高涵的特权。

付翔放话："所有人都必须完成仪式，只是早晚问题，如果你不愿意，我们可以帮你。"他的臣民们响起了整齐划一的掌声。

"你究竟是谁？"陈墨看着这一切，刺骨的寒意从尾椎升起。

"我是谁不重要。你那么聪明、敏感、自省，想必能猜到一些，不妨再猜猜为什么你会在这里，而不是跟他们一起。"肖如心说。

"我的……仪式？"

"我说了你很聪明，也很特别。你是这一切得以实现的基础，我不能拿你的命去冒险。"

"我的命？"

"就你那讨人嫌的脾气在这种境况下，你觉得能活多久？"

"多谢夸奖。如果你真的那么了解我，那你也应该知道……"

"什么？"

"我不会为了任何条件去成全我不喜欢的人，哪怕毁掉自己。"

肖如心愣住了。

"那你喜欢我吗？"

"我不是这个意思。"

"你就是这个意思。"

"我不……算了，随便你怎么想。总之，要想我配合，就得告诉我实情，否则，我宁可去死。"

"你还真是个……"

"什么？"

"变态。"

"哈。你把一个班的人骗到这荒郊野岭关起来，然后让他们搞你爸所谓的仪式，还好意思说我变态？"

"你猜到了。"

"嗯，你俩笑起来的样子很像。"

"谢谢。"

"这可不是夸你。"

"还是谢谢你。自从我父母离婚后，就很少能听到别人这么说了。"

"所以，他真的死了。"

"他就是那样的人，受不了侮辱，何况还是来自自己的学生。"

"你是说……"

"风纪委员会约谈了这班上的每一个人，只有你一个人没有撒谎。"

"你真应该看看那些原始记录，他们简直不是人，为了得到高涵的好处，什么都能编得出来……"

肖如心意识到自己失态，她垂下头，不再开口，可肩膀却无法控制地颤抖起来。她突然感到一阵温暖，是陈墨，以一种带有距离感的姿态，轻轻环住她的肩膀，像是母鸟展开双翼保护幼雏。

"现在，哭吧。"他说。

二十

在肖如心的叙述中，事情总有一种疑真似幻的魔力。

二十五年前的谢耀真带着怀孕两个月的妻子，跋山涉水来到西南边陲的一处偏僻村寨。这里因为马上要修筑巨型射电望远镜项目而面临动迁，此地居住了上千年的村民们无奈惜别所有的古树、老庙、枯河以及世代沿袭的旧习俗。谢耀真此次前来，便是为了记录下这些在历史长河中珍贵却脆弱的文化遗产。

项目进展得非常顺利，看着日渐丰满的各类文字、音频、图像档案，村寨长者们对谢老师也是感激备至，主动提出可以请大萨满为他做一场法事。谢耀真本就专攻人类学视野下的各类仪式，得此良机自然是求之不得。

事到临头，大萨满提出一个要求，希望能由谢老师怀孕的妻子参与仪式。

因在当地传说中，孕妇乃连接天地阴阳的至高灵体，加入仪式可视为对全族子嗣的赐福。

谢耀真略有犹豫，笃信科学的他生怕外部环境的过度刺激会对孕妇及胎儿不利，他试探性地问了妻子意见。由于查出是双胞胎，家中经济压力陡增，担子全压在毕业不久的谢耀真肩上，妻子处于轻度躁郁中，但出于对丈夫的爱，她仍答应下来。于是，事就这么成了。

行法事当天，风出奇的大，现场收音效果特别差，谢耀真只能手持麦克风跟随大萨满移动，像一个业余的出镜记者。

妻子端坐在中央，听着四面八方的风声与诵咏如浪花朝自己拍来，心中不免烦闷，却又不能轻举妄动，只好看着全副武装的大萨满又唱又跳，喝下各种奇怪的液体，播撒植物的根茎与种子。如此这般沿着固定路线跳了若干圈后，法师看似略有疲惫，放下手中的法器稍事休息，而围观者们却仍然兴趣满满，相互簇拥着看接下来会发生什么。

大萨满似乎听到了什么响动，他望向空无一物的天空，静待了许久，仿佛看到了数年后耸立天际的巨型射电望远镜，突然大喝一声，跳将起来，面部表情像是变了个人般扭曲癫狂。他的舞蹈完全换了一种风格，从原本富有装饰意味变得极具侵略性，不时将头贴近谢教授妻子的身体，上下做出夸张而亵玩的嗅闻动作，似乎在窥探藏于其腹内的胎儿。

妻子感到紧张不安，她求助似的看向丈夫，希望谢耀真能够停止这场闹剧，可对方却完全沉浸在萨满的吟唱里，完全无视妻子的反应。

法师重复一句话，似乎是在向妻子发问。翻译告诉谢耀真，大萨满的意思是可以让妻子默许一个心愿，神灵会借助法师的肉身来达成愿望。谢耀真告诉了妻子，这时妻子已经面色煞白，浑身汗透。尽管她知道此刻体内的胚胎还只是一指见长的蠕虫状生物，却仍然遏制不住那种在子宫中猛烈撞击的幻痛。

"就快结束了，再坚持一下。"谢耀真鼓励妻子。

没有人知道妻子究竟许下了什么心愿，所有人看到的是大萨满在某一个瞬间猛冲向妻子，像是要从她身体中穿透过去一样，妻子惊叫了一声，但是撞击并没有发生。在即将接触到妻子的身体之时，法师突然如断线木偶般瘫软在地，而某种无形之物仿佛已经随着惯性跃进了妻子的腹中。

妻子生了一场大病。回到县城医院接受产检时，医生说，双胞胎中的一个已经停止发育，没有显示生命体征，它将会被另一个健康存活的胚胎缓慢吸收，成为其身体的一部分。谢耀真并没有当即把这个消息告诉妻子。他非常清楚，这是自己的过错，而妻子将会记恨他一辈子。

出乎意料的是，知道真相后的妻子并没有责怪他，相反，她将所有的罪咎归结于自己的一念之差。

并没有人把她的话当真。

一个漂亮的女婴呱呱坠地，谢家的境况也一天天好转起来，可妻子却陷入精神不稳定的状态，时常有幻听幻视出现。四处寻医问药无果，只能归结为心理问题，甚至对抚养女儿也常有情绪障碍。谢耀真只能一人分饰两角，夫妻两人的关系一天天恶化下去。所幸女儿还算出落得健康乖巧。

谁也未承想到，首先提出离婚的竟然是妻子，她迅速嫁给了一位身价不菲的富豪。富豪随即发起了争夺继女抚养权的猛烈攻势，但由于母亲长期以来的精神问题，并未能在法律上获取支持。

事情发生在女儿九岁那年，一次意外的车祸之后，医生在女儿的脑部发现了一个拇指大小的肿块，由于所处位置十分险恶，难以取样活检，更不用说颅内切除。突如其来的打击让谢耀真开始反省自己，是否真的有能力照顾好女儿今后的生活。经过一番激烈的心理搏斗后，他还是选择了放弃抚养权，让女儿跟随继父，以获得更好的医疗资源。

尽管如此，女儿与父亲间的纽带却未曾有丝毫削弱，相反变得更加坚实，这让妻子甚为不满。在她的认知中，谢耀真就是一切悲剧的起源，是给自己与女儿带来噩运的罪魁祸首。富豪通过疏通关系，申请到了限制令，斩断了父女两人最后一丝联系。

女儿变得郁郁寡欢，她发现了母亲与继父身上的秘密。

母亲所看到听到的那些幻觉，在多年以后被证实是极具价值的信息，仿佛来自未来的神谕，帮助继父的商业帝国版图不断扩张，但随之而来的是母亲精神状态的一再恶化。一切终止于某天清晨，母亲突然清醒意识到，所有的幻觉都消失了，那些纠缠她多年的未来投影，似乎一夜之间烟消云散。她并没有感到解脱，相反是深深的恐惧，因为她活在这世间唯一的价值也消失了。

几天之后，她才从新闻里得知，当晚有一位位高权重者被执行了枪决。母亲终于明白，并不是自己能够预见未来，而是有些人本来就活在比普通人超前了数年甚至数十年的未来里，自己只是偶然间与那些人的大脑串了线。

继父微笑着将母亲送进了精神病院，他良心未泯地遵从与妻子达成的协议，给继女留够了足够的信托资产，转身去寻找新的幸福，或者投资热点。对于其生父的限制令也变成一件可有可无的琐事。

女儿一直未曾放弃对谢耀真踪迹的追寻，她关注父亲发表的每一篇论文，试图理解其中蕴含的思想。与此同时，她依靠药物来控制脑中缓慢却坚定生长的肿瘤。每当停药超过一定时长，便会有一种声音在她脑中响起。与母亲的幻听不同，那种声音清晰理性、言辞充满蛊惑力，并能像玩弄乐器般触发各种感官上的高潮与痛苦。那种声音自称妹妹，试图说服女儿彻底停止服药。

以一名旁听生的身份，女儿悄悄潜入谢耀真的课堂，却发现父亲似乎已经全盘接受了母亲的假设，害怕带来更多的不幸与波折，不愿再进入女儿的生活。她只能遥远地望着父亲，眼见他孤独而日渐衰老。

妹妹的声音诱惑她，能够借助仪式的力量，重新找回昔日的父女情深，可换来的却是虚弱与痛苦。

等她再次回归校园时，却发现父亲已被卷入了一桩桃色丑闻之中，所有的证据与调查结果都对他不利。校方希望低调处理，更大的势力却想把他逼上绝路。女儿清楚，对于父亲来说，压垮骆驼的最后一根稻草并不是来自官方的处罚与通报，甚至都不是人格道德上的侮辱，而是自己亲手培养出来的学生，竟然可以如此轻易地背叛良心，编织莫须有的谎言。

谢耀真在这世上已然一无所有，如今连仅存一丝对于人性的信任都被摧毁殆尽。

他选择了以一种不甚体面的方式结束生命，而那些罪人们却都已顺利毕业，踏上丰盛而欢愉的人生旅途。

女儿悲痛欲绝，她明白单凭一介凡人，并不能改变什么，唯有将自己献祭给恶魔，才能够获得超越尘世的力量，去完成一场盛大的复仇祭礼。

而恶魔自有恶魔的行事之道。

二十一

高涵和李可可将自己反锁在房间内，瘫坐在地，两人眼神空洞地望向窗外阳台。似乎有某种巨大生物在夜空盘旋，当掠过探照灯时，整个房间会暗下来，数秒钟之后再度亮起。

事情已经完全超出了疯狂的边缘，他们努力不去回想刚才的一幕。高涵试图打开刘鼎天的房门寻求帮助，却发现整个房间已被坚韧而光滑的纤维状物质所覆盖，而正中央的大床上，是一个由纤维编织而成的心脏形巨茧。透过半透明的外壳，可以隐隐看到两具边缘模糊的肉体，以同样的节奏收缩舒张着，似乎有暗色液体在两者间交替流动，已分不清彼此。

高涵尝试着呼喊刘鼎天或者任静的名字，得到的却是如抽水马桶般浑浊不堪的回响。

李可可捂住嘴逃离了这个爱的茧房。

他们不知道外面的世界已经变成何种模样。当他们离开大厅时，付翔的势力已经随着仪式的深入而分崩离析，只剩下两位没有能力自保的侍从，一左一右抱着长梯，随其差遣四处奔走。而付翔的下肢似乎已经和梯子融为一体，能够以惊人的速度在纵轴上移动。他也由此发展出一套简洁有效的进攻手段，那便是借助高处的视野与势能进行投掷。尽管这比起其他人的技能来显得过分简陋了。

一个之前毫不起眼的女生颜妍，胸前长出的巨大花朵，绽放时会释放出闪烁着粉色光芒的鳞状花粉，具有强力致幻效果。敌人一旦进入其接触范围便会完全丧失进攻能力，彻底迷失在自我美化的幻梦中。

金昊波的能力是将任何接触到的物体吸附在自己身体上，很快地，他占据了大部分的食物和资源，但过多无关紧要的事物使他艰于移动，像一座小小的垃圾山般龟缩在大厅一角，变成自给自足的人体堡垒。自然，也有其他势力试图抢夺或者交换他的财产。

这座原本精致而辉煌的大厅如今变得破败，地板上充斥着垃圾与不明液体，怪味弥漫刺鼻，各个角落的小小王国发出迥异的声响，由那些声响可以推断出发声腔体、振动频率乃至背后的信息组织方式都全然不同。这些昔日同窗已经放弃了沟通的愿望，发展出特有的语言体系，他们赖以生存的哲学与策略也随之改变，在这有限的空间里各自为战，却不知为何而战。

唯一能够扮演信使角色的只有阿黄，他的身型缩小到三分之一，像响尾蛇般在各种障碍物间游走，叩开各国紧闭的防御工事，传递一些交易、战和或者不明就里的抗议。他似乎绕过了语言层面的所有硬壳，直接以情感共鸣的方式进行交流。他的胸前闪烁红光，令人倍感安全。

这些仪式的奉行者们似乎完全忘记了他们原初的目的就是为了逃离仪式。

"你听着，李可可，你得帮我完成仪式，否则我们是活不下去的。"高涵抓住神情涣散的李可可的肩膀，试图让她把目光聚焦到自己的脸上。

"不……不要，你不能变成他们……"李可可神经质地瞪着高涵，双唇颤抖。

"冷静点，好好想想，如果没有了我，你依然可以自己完成仪式，可如果没有了你，我就什么也做不了，只能等死。"

"我们为什么要变成那样？"

"为什么？你说为什么？一切不都是因为你吗？全宇宙都得围着你，关注你，爱你。Coco公主，我也不想这样，可我就是没法控制自己，就是想讨好你，让你开心。我做错了吗？"

"你只是想让自己感觉还在活着，而不只是你爸的一个棋子。"

"闭嘴。"

"我说错了吗？你说我无时无刻地需要关注，需要爱，像个黑洞，难道这不就是你找我的原因？给你那没人在乎过的爱找到一个投射的对象？"

"我让你闭嘴！"高涵举起手，在即将落下的瞬间他看到李可可的眼神。

他放下了手，长长地吐出口气。"你说得对，都对。"高涵闭上眼，似乎在回忆什么。

"我所有的努力只是想向父亲证明，我是值得被爱的。"

李可可迟疑了片刻，紧紧抱住他，像母亲抱住自己的孩子。"还记得刚住进来的第一晚，我到处找你的事吗？"

"嗯。"

"那是我的一个梦。我梦见你来找我。"

"然后呢？"

"我们做爱，像从前一样。你突然停下来，像是看见了什么可怕的东西。我顺着你的眼神看向窗外，就是那个一模一样的阳台。我问你看见了什么。你说，你看见了一个怪物，像巨大的水母飘浮在空中。不知道为什么，你觉得那个光溜溜的东西很像你的父亲，虽然它没有眼睛，可是却一直在盯着你。然后你就走了，连衣服都没穿，就那么从房间里出去了。"

李可可感受到了高涵身上的颤抖，她把他抱得更紧了。

"我们都是一样的人，高涵，不管别人怎么看，我知道，我们是一样的。"

地板一阵震动，房间外传来沉闷的巨响，像是有什么巨大的力量撕扯开了整栋别墅的结构，有些东西侵入了内部空间。

"现在让我帮你完成你的仪式。"

二十二

"他们在自相残杀，你得停下来。"陈墨坐立不安地看着显示器里的一切。

"我以为这是你想要的。你说，要办个同学会，OK，我们来办个同学会。你说我们需要怪物，没问题，总有一款合你口味。啊，我终于想起来缺了点什么……"肖如心突然挑了挑眉毛，按动控制台上的按钮。

"什么？"

"派对里怎么能够没有音乐？"

度假村里所有的扬声器都打开了，声量巨大的复古舞曲回荡在寂静的山谷中，惊起一群夜行动物，伴随着欢快节奏四处逃窜。

"Let the children lose it. Let the children use it. Let all the children boogie.（让孩子们体会失去。让孩子们懂得珍惜。让孩子们尽情跳舞吧。）"肖如心轻轻哼唱着，转动座椅。

"不，这不是我想要的！我讨厌他们的自恋、势利、虚伪和不择手段，但不代表着我想要他们死。我当时只希望他们能够看清楚自己，现在也是。"

"那你看清楚你自己了吗？"

"我……"

"你以为自己跟他们真的有区别吗，陈墨？"

陈墨避开肖如心咄咄逼人的视线，转向空无一物的白墙，仿佛那里隐藏着答案。

"对不起……"许久之后，他终于开口。

"我只是人类大脑中的一个瘤子，哪来的对不起？"肖如心歪了歪那颗美丽的头颅，如这世间任何一个纯良无害的少女，"在你们吃散伙饭喝得不省人事的时候，这个地方打下了第一根桩。我了解人类，用不了多久，你们就会忘记这一切，成为各自人生的赢家，即便偶尔想起，也会被强大的心智合理化成无关痛痒的小事。就像在果岭上的表演，令人赞叹。这就是你们活下去的诀窍，这就是所谓的文明。"

"对不起，我帮不了你。"

"怎么？"

"也许我和他们确实没有什么两样，但是这次，我不能坐视不管。"

"哈。请问英雄，你打算怎么拯救你的同伴？别忘了，这可是我的扭曲现实力场。"

"不，你并不能扭曲现实，你能扭曲的只是意识。你让我们相信仪式的力量是真实的，就像高涵让学校相信你父亲性骚扰是真实的一样，都是在制造幻觉。"

"那么，你要怎么打破幻觉？"肖如心眯起眼睛，形成两道甜蜜的弧线。

"杀了我？"

"我做不到。"

"嗯？"

"在这场仪式里，每个人都是可悲的罪人，只有你，你是无辜的。"陈墨望着肖如心，他的眼神复杂，畏惧夹杂怜悯。

"你利用了我当年愤世嫉俗的答案，以及对你的好奇，构筑了这场同学会。当我在车上看到银色牙套时，就已经隐隐觉出了不对……"

"我说过你很特别，特别敏感。"

"那是当年迎新舞会上他们捉弄我的把戏，为此我被取笑了整整一学期。那些照片我到现在还留着，用来提醒自己，你永远不可能成为他们中的一员。"

"可怜的小墨墨，我都快心碎了。"

"你还说过，不会拿我的命去冒险，对吧？"

肖如心收起了调侃的表情。

"所以我猜想有一种可能，也许……"陈墨不知不觉间已经走到了门边。

"不是你想的那样！"

陈墨从原先站立的位置消失了，他的身影快速穿梭于监视器墙的各个屏幕。

怪物同学会

二十三

李可可看着高涵变成无父之人。

他的皮肤上流淌着蓝绿色的电路纹样，似乎有好几张脸叠加在一起，呈现半透明的效果，围绕同一个轴心缓缓飘动。他是人类、兽类与机器的混合体，只要你盯着某一个部位细看，便会迅速地流变成另一种族的特征。他的眼睛深邃而突出，皮肤光滑而粗糙，颜色艳丽而黯淡，轮廓平面而立体。他像所有人又不像任何人，无法被定义被归类。唯一可以确定的是，高涵已经完全摆脱了父亲的阴影，之前那种深埋在骨子里的不被认同感已经一扫而光。

他是属于未来的恐怖分子，曾经横亘于他身后的巨大发光体已经沉入黑夜，永不再照亮前方，他所拥有的只有自己全新的身体和灵魂。他知道这场仪式迟早会到来，就像他迟早需要打开门，面对真相。

又一阵巨大的震颤传来，高涵朝李可可说了句什么，李可可虽然没有听懂，但还是领会了其中的意思。

"我等你回来。"李可可说。

打开房门的瞬间，他们看到了毕生难忘的奇观：半栋别墅的墙体已经消失了，像敞开的半个蜂巢般面对着无垠星空，那星空也不是寻常的颜色，如同经过加热的熔岩灯，巨大星体互相吞食、撕裂、融合，绚烂的极光如同血液般在天穹上涂出纵深结构，看一眼便会被吸入无穷无尽的分形波涡之中。

已经完全辨认不出身份的同学们，就在这壮美星空下，进行着最后的仪式战争。

没有动机，也没有目标，仿佛某种本能的驱使，他们分化成不同的阵营，又结盟、破裂，达成共生状态，最终陷入混战。

他们由单个个体裂生出许多微型后代，组成恢宏而规整的军队，在所有维度的战场上展开厮杀。语言已经不足以描述这场战役的宏大与混乱，它发生在这座小小建筑中，也同时发生在所有的时空。

一个阴影缓缓落下，坠到高涵面前，那是曾经被叫作"罗晓东"的生命体。他收起巨大的肉翼，似乎掌握了对抗重力的秘密，在空中漫步行走，每踏出一步，脚印都翻滚着长出细密的彩色触须，如同植物般蔓爬开来，形成一道肉质的长廊，紧紧联结着李可可所藏身的房间门口。

那种熟悉的震颤再次沿着长廊传来，整个房间开始剧烈摇晃。

李可可瞬间理解了震颤的含义，她是这群人里唯一一个没有完成仪式的人。极度惊恐中，往事一幕幕掠过她眼前，她希望自己曾经做出的是不一样的选择，如今却是积重难返。

震颤的烈度再度升级，所有的窗户都爆裂开来，喷溅了一地的碎片传递着某种愤怒。

高涵迎了上去，在他踏过之处，冰冷的电路侵蚀着肉须，凝固成雕塑般的轨道。他滑行起来，以极大的加速度扑向罗晓东，却从后者庞大的身躯中间毫无阻力地穿过。高涵回头，只见罗晓东身体中央的隧洞正在缓慢闭合，他正想第二次发起进攻，只听得隧洞中传来巨大的肠胃蠕动声，整个腹腔猛烈收缩再向外喷射出压缩空气，携带着高速旋转的砖石玻璃碎屑，如一门火力强大的加农炮，朝高涵所在的位置扫射过来。

高涵并没有慌张躲避，只是向后轻轻退了一步。这一步，却让所有的炮火扑了空，兀自消失在夜空深处。

无父之人似乎遁入了某个蜷缩的维度，他的影子滑过所有物体的表面，构成世界的肌理，每一根纤维都可以展开成一张完整的面孔。影子顺着罗晓东的脚印潜入他的肉身，如一条纹路古怪的巨蟒，冰冷滑过苍白浮肿的皮肤，似乎在寻找着这具非人躯壳的破绽，再缓缓收紧，捏碎。他突然停下，周围的空间发生了非欧几何式的扭曲，他想逃却已经太迟了。

罗晓东的面孔如火山苏醒，巨大的气泡翻滚破裂，型塑成浓稠炽烈的表情，冷却凝固，又再次被坚固表壳下的能量掀破，流淌出新的面孔。他的身躯开始不规则地膨胀起来，像是有汹涌蒸气在体内寻找出口，一次次地猛烈撞击，拓展边界。原木人形的轮廓已不复存在，取而代之是由无数大小球体互相嵌合而成的巨型雕塑，突破了建筑空间的束缚，像一根连接天地的图腾柱，闪耀着超出人类感官系统之外的光谱色彩。

高涵便是被囚禁在其中的一个球体内，朝高空升去。他试图独力破解，却毫无胜算。他朝其他同学发出求援信号，希望能够集结力量发起总攻，可他们早已不是当年那个坚如金石的攻守同盟。没有人明白他的意图，更没有人会为他牺牲。在这个仪式宇宙中，每个人都在为自己的种族和文明而战斗，每个人都是孤独的。

李可可绝望地看着眼前的一切，这已经远远超出她的心智所能承受的范畴。所有那些她曾经无比在意的事物，她的骄傲与尊严，在此刻简直荒诞得可笑。Coco 公主无法遏制自己的某个念头，无论她如何努力回避，那张试卷总会愈加清晰地回到脑海中，提醒着她，阻止噩梦的唯一办法就是成为噩梦的一部分。

她笑了起来，想起自己在假答卷上，为了博取同情和信任，将自己伪装成一个因受到性骚扰产生自我怀疑的迷失少女。她的仪式便是通过自我伤害来确认自己的无辜。

李可可看到了脚边闪闪发亮的玻璃碎片。是时候结束一切了，她想。一声足以撕裂地球上最坚固堡垒的高频啸叫劈开天空，整座建筑在罗晓东的重压下开始陷落，李可可觉得身下的地板开始倾斜，发出令人胆战心惊的解体声。红色的血随着疼痛蔓延开来，滴落到地表裂开的缝隙中。她想起谢老师也是用同样的方式结束生命，不知道是否受到自己答案的启发。她惊奇地发现，自恋和自我厌恶原来是一枚硬币的两面。

"对不起。"她轻声说，"实在是，对不起大家了。"李可可的意识沉入黑暗。

一个人影远远地从荒野走来。一个真正的人。

他步入战场，战火在他身旁凝固，继而如时光倒流般，恢复到初始状态。他举起手，抚摸那些已远离人类知识疆域的生命形态，看它们的触手蜷缩、晶体熔解、孔穴平复，一步步退行到人的形态。它们的感官系统从漏斗上方一下子滑落到底部，世界变得狭小而沉闷，仿佛曾经品尝过千般滋味的美食，如今只能轻舔其中薄薄一层的劣质奶油。它们缓慢地寻找着自己在这宇宙间的位置，建立起赖以思考的本体坐标系，接着，昔日的语言系统浮现，如此贫瘠荒芜，根本无法用来描述任何稍微精深的事物或感受。

它们忍受着，习惯着，终于，它们变成了他们。

李可可从混沌中醒来，看到自己的伤口正在快速愈合，她抬头，看见了久违的人类面孔。

"仪式结束了。"陈墨说，"现在需要你一起。"

"一起？"

陈墨握住她的手，同时握住所有人的手。他纵身一跃，所有人便随之来到了另一重位面。

所有人的身体都还在原地，停留在那座狼藉不堪的别墅中，但他们的意识却处于一个奇怪的状态，如同凝缩成一个无形的点，升上了大厅顶端，俯瞰自己的肉身。尽管没有任何语言上的交流，李可可却清晰地感受到自己与其他人的心智联结成一个整体，其中有陈墨，有高涵，也有罗晓东。他们成了某个更大心智的一部分，而陈墨似乎在其中扮演着领航员的角色。

众人默契地望向其中一具身体，是从爱的茧房中被解放出来的刘鼎天。陈墨一个俯冲，众人便随之进入了刘鼎天。

刘鼎天的生命在众人面前敞开，他所有的过去与未来，每一个瞬间都如此真切地呈现在眼前。众人顿时理解了他所有的言行举止，他的纠结与不舍，他对任静无条件的爱，未来的每一刻都与过去如此紧密勾连，无法割裂。这种理解绝非理性或感性上的，甚至也无关人性，这是一种神性上的照亮，让人能以打破时空屏障的目光去全盘接受个体生命。

陈墨又一闪念，原本双向度的生命线开始从每一个瞬间分裂出无数的可能性，如万花筒，如闪电，如核爆，如果说刚才所体验到的只是刘鼎天的此生此世，那么此刻在众人面前炸裂的便是刘鼎天的永生永世。经历了刘鼎天的亿亿万次降生与亿亿万次死亡之后，众人懂得了命运，懂得了永劫回归，懂得了阿赖耶识。

陈墨再一纵身，众人又回到天顶。同样的事情降临在每个人身上。之后，个体与个体的差别便从众人眼中消失了。众人即一人，众生即一生。

一个新的个体进入了众人视线，是肖如心，她的脸如同透明的窗户，将心中的思绪展露无遗。众人无须进入她的肉身，便已知悉她来到此处的目的，她期待复仇却又担忧害怕陈墨为了拯救众人牺牲自我。她只能看到物理维度的世界，并不知晓究竟发生了什么，只是走到陈墨的面前，轻轻捧起他的头颅，说着话，一股哀伤从她的体内漫溢出来。

众人几乎已经遗忘了这是一个人。无论她的能力有多强大，能够设置出多么逆天的规则，可只要她是人，就会有边界，就会有弱点，就会有绵软却无法承受的痛楚。

是时候回去了。

李可可想。陈墨想。众人想。

回到身体里。回到错误原点。回到仪式之前。然后改变。

二十四

"陈墨弄好了赶紧过来啊，这合影可不能少了你。"

"我说你这倒计时模块有点问题，怎么老是提前，多留点富余量啊。"

"所以最后拍出来都是我们的正脸和陈墨的屁股……"

"还好不是罗胖的屁股，要不一半人都挡没了。"

"李可可我招你惹你了？别忘了当年你和高涵逃课去约会，点名可都是我帮你们应的到。"

"哟，看不出来你还可男可女啊，这姑娘腰围忒粗。"

"去去去……"

"唉，肖如心搞到最后，自己也不来了，小姑娘老作孽哦，等伊出院阿拉一道去看伊好伐啦。"

"都去都去，不去的我给记上，下次同学会买单。"

"高委员你这是狐假虎威啊，不过这次居然没有迟到早退的，大家给力。"

"陈墨怎么你还没搞好？任静第三胎都快出来了。"

"是侬搞的好伐啦，侬养得起伐啦。"

"来了来了，大家快把表情摆好。"

"陈墨你究竟设了多久倒计时？"

"搞什么，老娘脸都僵了。"

"还记得那个怪怪的谢老头上课常说的吗……"

"仪式是一场漫长而盛大的幻觉。"

"学得真像。我就记得期末那道大题了，真是坑惨老子咯。"

"所以，当时你们都怎么答的？"

相机开始发出定时炸弹般的嘀嗒声，节奏越来越快。

成都往事 / 宝 树

她不能告诉我未来，我也不能告诉她过去。我们在此时此刻相逢，却终将擦肩而过，一个返回过去，一个奔向未来……

一

我站在高峻的祭天台上，眼前横亘着一条丝带般闪亮的清江，蜿蜒着通向天边的连绵雪山。我面戴冰冷的青铜面具，手持裹金箔的鱼鸟权杖，迎着东升的朝阳，将蚕丛王传下的古老祭文喃喃念诵。珍贵的金器、铜器、玉器和象牙一批批倒入我脚下的祭祀坑里，碰撞、倾覆、破碎，就像我的蜀国一样。

滔滔洪水毁灭了东方的故都，我敬爱的父王死于大水中。我在王宫废墟上接过权杖，带领剩下的族人迁徙到西边的平原，在千里旷野上建起一座新城，名为广都。但洪水仍不时降临，新建的城池也濒临毁灭。

上百个人牲被驱赶到坑边，有男有女，还有不少稚嫩的孩童。武士们推搡着，将他们一个个赶进土坑中，他们试图爬上来，但却一次次被周围的武士用戈矛赶回坑底，发出绝望的哭喊，恳求众神的怜悯，当然也是恳求他们的王。我别过眼睛，尽量不看他们。我不忍活埋自己的子民，但这是必须进行的祭祀，唯有人祭能平息神祇的愤怒，王也无能为力。

耀眼的白光出现在江边，灼目的光华盖过太阳。念诵戛然而止，我呆呆地盯着那里。光芒慢慢褪去，显出一个纤细的身影。那是个修长而瘦削的女郎，梳着圆形的发髻，穿着我从未见过的衣装，深红的波纹在黑色的长衣上流动。

　　神女降临。我和臣民们都跪倒在地，匍匐叩首。她沿着阶梯走上祭祀台，走向我，指着我的脸，说了一些我完全听不懂的话，又做了几个手势。我紧张地想了好一会儿，才猜到她的意思，于是摘下凸眼的面具，清晨的江风吹在我脸上。神女看着我，她的容颜年轻又苍老，目光如星闪亮又如潭深邃，令我心跳，令我战栗。

　　那些待死的人牲发出歇斯底里的哭求，吸引了神女的注意，她指着他们，坚决地摇头。我明白了她的意思，心中一阵轻松，下令释放所有的人。这是神的命令，巫师们当然不敢违逆。神女粲然一笑，牙齿洁白如岷山上的雪。

　　神女自称"朱利"，或者听起来像是"朱利"，因为她并不讲蜀人的语言。她住进我的王宫，换上我们的衣裳，和我们吃一样的稻米和鱼虾，也学习我们的话。双方能够沟通后，我代表蜀国乞求她帮助我们的国度解除水患。她打开一个神奇的背包，放出会变形的青鸟，飞到天上又飞回来，在王宫的帷幕上投射出大地山河的缩影。朱利指点着图画，让我们凿开玉山，打通岷沱二江，分流泄洪。这是一项浩大无比的工程，我们指望她能用神力移开大山，划出河道，让蜀人永不受洪水之苦，但她说人间之事只能人自己去完成，纵然要花几十年的时间。我与朱利日夕长谈，终于下定决心，调动各部落人手凿山。最初，在神女的鼓励下，人人干劲十足，但工程旷日持久，看不到眼前的成效，怀疑在人心中滋生。渐渐流言四起，说朱利是河中女妖，迷惑了杜宇王，要破坏大好山河，灭亡蜀国。暴乱开始零星发生，我派精锐武士严加弹压，又依照朱利的建议，改革各部落领地，任命流官，分而治之。在朱利的力劝下，我也减少祭祀并废除了人牲，巫祝们都说我改变先王成法，必有灾殃，但我置之不理。

成都往事

可私下里我也不无疑虑。从蚕丛、鱼凫直到今天，古老的蜀邦屹立于世，千年旧法，一朝更易，是祸是福？

我把内心担忧告诉朱利，她指着岷山下的滔滔江水，"杜宇，没有什么能永远不变。时光永不停息，历史滚滚向前，正如这东流之水，日夜奔腾。我们曾以为牢不可摧的一切，在无限时光中不过是转瞬即逝的泡影。总有一天，你会明白。"

我似懂非懂，咀嚼着她的话语，坚定了革新的决心，在我的坚持下，新政逐见成效，反对的声浪渐渐平息。

三年后的春天，在缫丝结束的庆典上，蚕娘们载歌载舞，为我和朱利献上新丝织成的华服。我们换上缀着玉石片的丝衣，相视而笑。那一刻，我仿佛突然发现朱利的明艳动人。若她不是神女，我忽然想，即使发动战争，倾覆国家，身败名裂，也要得到她的垂青。

庖厨献上鲜美的鱼汤，我一饮而尽，片刻后忽然腹痛如绞，滚倒在地，忍不住大声呼痛。朱利奔过来，将我的上身抱在怀中。我以前从不敢触碰她的身体，现在却发觉竟是那么温暖而柔软，剧痛都不由得减轻了几分。

周围的巫祝们围了上来，沉默着，目光闪烁而狡诈，我顿悟原来是他们下毒，但已为时太晚。

"妖女毒害大王，杀掉她！"不知谁第一个喝道。他们撕下伪装，围住我们。我手下几名忠勇的武士竭力抵抗着他们的围攻，却一个又一个相继倒下。

在围攻的间隙中，朱利将一枚古怪的半透明药丸塞进我嘴里，让我吞服下去。

"杜宇，你不会死的，"她眼中泪光闪现，"但往后我再也见不到你了，珍重。"

我想说话，但已说不出口。她吻了一下我的额头，转动手腕上的一个复杂精巧的银色圆环，那东西我从来不知道有什么用处，但她立即被一团光裹住，闪烁着，消失在空气中。就如她出现时那样迅速。

巫祝们受到惊吓，一时纷纷向四周躲开，但见那光消失后并无异样，想了想又围上来，将垂死的我围在其中。他们低下头，阴冷怨毒的目光聚集在我身上，仿佛是一群等着猎物死去的秃鹫。朱利的药丸似乎毫无用处，我抽搐着，缓缓地吐出最后一口气，意识逐渐模糊下去，魂魄沉入死渊。

我在三天后醒来，发现自己躺在华贵的船棺里，头脑从未如此清醒，身体也活力充沛。我推开盖上了一半的棺盖，猛然起身，吓跑了正念诵往生咒文的巫祝。几个亲信将领欣喜地围住我，欢呼大王的起死回生。我在军队簇拥下回到王宫，把刚坐上王位的叔叔赶下台，抓获了所有参与阴谋的巫师，毫不留情地送他们去河底服侍水神。

局势平定后，我派很多人到蜀中各地去寻找朱利，但一无所获。她离去后，我才发现自己对她的情感早已逾越了神人之分，但已经太迟了。又过了三年，我不得不放弃。我想，也许她已经回归天界，只有死后才能见到她。

后来我常常去我们第一次见面的江边，期待她某天会再出现，但那里只有悲风呜咽、江水浩荡。我命诗人为她写下动听的歌谣，让她的芳名万古传颂。此后我心无旁骛，一心扑在治水上。二十年后，工程初见成效，广都暂免水患，国势开始蒸蒸日上，而我也发现了朱利留给我的一样神奇礼物。

拜那枚仙丹所赐，我再也不会变老了。我的脸上不会长出皱纹，头上没有一丝白发，永远不会生病，就连最可怕的瘟疫也无法让我倒下。

三十年、四十年、五十年过去了，时间如滔滔洪水，卷走了我周围所有的人。亲人和臣僚们一个个躺在船棺中沉入大地，但我仍端坐在太阳神鸟环绕的王座上，容颜不改，只是一直没有子嗣。新的臣民私下议论纷纷，说我是杜鹃鸟所化的妖魅，所以永不衰老，也不能和人类结合。

我日益厌倦了这样无味的统治。当年，朱利曾经提及，群山并非世界的尽头，在那后面还有广阔天地，但我毫无兴趣。蜀人世世代代居住在这群山环绕的天赐沃土上，外面的野蛮人与我们何干？但许多年后，跋山涉水的商人们越来越多，也带来山外的消息，他们告诉我，山外有许多文明开化的国度，有比岷江更宽广的江河，也有比广都更宏伟的都城。我终于决心自己出去看一看，或许能在外面的世界里找到朱利的踪迹。

我把王位让给了丞相鳖灵，让他继续治水的工程，离开广都，沿着南方的江水东下。朱利说过，奔流的大江会汇入一片叫作"海"的无垠之水。我想去看一看海的样子。

二

山的外面，果然是一个更纷繁灿烂的世界。

数不清的年月流逝，我以不同的名字在各国游历，从云雾缭绕的云梦泽到更烟波浩渺的东海，从热闹繁华的大梁到古朴凝重的蓟京，过几十年就换一个身份。我学会了华夏族的语言和文化，忘却了自己曾是蜀王，而几乎成了中原人。

许多年中，我加入过齐桓公的联军，追随过流亡的晋文公，也曾是孔夫子的三千弟子之一。我吟唱《诗》《书》的篇章，钻研

《周易》的奥秘，游走于诸子百家中，汲取各种知识，想找出发生在我身上事情的奥秘。不过，却仍然毫无头绪。

我在齐国稷下学宫里待了好些年，后来又去了楚国，听说那里有一个叫庄周的智者，我想会一会他。我好不容易找到了庄周，以稷下学者的身份和他辩论，问他活了八百年的彭祖和常人有什么不一样。

他笑了笑说："也没什么不一样的。"

"怎会没什么不一样？"我觉得他未免太无知，"一个能活八百岁，一个只能活八十岁啊！"

他指着遥远的南方说："你可知道，楚的南面几千里有一种冥灵树，以五百年为春，五百年为秋？这不算什么，上古还有一种叫大椿的树，以八千年为春，八千年为秋。这些造物又能活多少年月？若比起它们来，彭祖和一个夭折的婴儿也没什么区别。"

"即便如此，"我不服气地说，"比起一般人来，彭祖也多活了几百岁，多了很多见识。他也许还去过很多遥远的地方，比如百越、代北、蜀国……常人一辈子都去不了。"

"这倒是不错，"庄周悠然道，"彭祖无疑是多见识了很多东西，但是他会更有智慧吗？他的智慧比起老子或者孔子来又如何？"

我一时语塞，我曾见过这两位哲人，他们的睿智我自知望尘莫及。其实，就算孙子的兵法和商鞅的治国术等知识，我也只是一知半解。如此说来，多活了许多岁月也不过是徒增年龄，对于智慧而言毫无益处。

"再说，"庄周又给了我沉重的一击，"纵然长生不死，他的人生又能比常人快乐多少？"我浑身一震，我比常人快乐吗？恐怕只有更加悲苦。我挚爱的人已经永远消失了，而我像丧家狗一样东躲西藏。就算有过短暂的快活安稳，但一代代的朋友和同伴都次第离开了我，只有我不知为何，还在这无常的人世东飘西荡。这样的人生能有多少意义？

我的自信彻底崩溃，拜倒在庄周面前，请求他教我人生之道。后来我结庐而居，在他身边待了几年，可惜他的智慧我只能学到一点点皮毛。有一天，我将自己的秘密与苦恼向大师和盘托出，他听了之后，长久沉默不语，然后说："她不是神人。"

"什么？"

"神人不会为人间的别离而哭泣，你所恋慕的女子不过是一个凡人，或者说，是一个掌握了神秘力量的凡人。"

"但她何以会忽然出现，又为什么忽然消失？"

"这我不知道，天地之间有太多不可解的奥秘，"庄周叹道，"但我感觉，这件事与你所来自的地方有关，可能答案就在那里。天地虽大，但你也许是舍近求远了。"

我若有所悟，不久后便别过庄周，踏上了重返故土的漫漫长路。

我以中原游士的身份，跟随一群巴国商人，沿着群山中的秘道回到了蜀国。五百年前的杜宇王朝已成为模糊怪诞的传说，此时的王是鳖灵的第十二代子孙，号开明。他接见了我，为了解中原各国的内情，对我很是笼络，三天两头召我去宫中议事。我想或许借助于他的力量才能找到朱利的线索，所以也十分配合，琢磨着怎么能请他帮忙。

结果完全不用那么费事。一日宴席上，开明王让一位新夫人出来为宾客们斟酒。我一抬头，便见到了一张魂牵梦萦了数百年的面容。

我惊呆了，一颗心仿佛被火箭射中，浑身的血液腾地燃烧起来。朱利看起来依然那么美丽，只是消瘦了几分。她对我警示地微微摇头，目光如深潭般忧伤。

开明王见我呆若木鸡，以为是被夫人的美貌所倾倒，大笑起来。他说这位夫人是前年在北方的武都山上找到的。开明王在狩猎时，一个女郎忽然出现在山林间，被卫士当作奸细拿下。结果没查出什么，开明王却迷上了她，把她纳入后宫，戏称为"山精夫人"。

我咬着牙，恨不能一拳把他脑袋打扁，但我什么也做不了。虽然我有不老之身，可如果被砍掉头颅，大概也长不出第二个。我只有强笑着，贺喜大王得到了美丽的山中精灵。

半月后，我总算找到机会溜进王宫，和朱利相见。我问她究竟发生了什么，她说，自己刚刚来到这里，就被人七手八脚捉住，带到了宫廷中，不得不屈从于开明王。我问她这些年在哪里，她摇摇头，"哪儿也不在，当我转动手环，就可以在瞬间跨越数百年。"

我似懂非懂：难道朱利是从五百年前的那次宴席上直接来到这里的？我问她为什么不用那神奇的手环逃走。她说，当时她一出现，就被一头鹿撞倒，然后被卫士死死抓住，那东西也被开明王收走了。

我还有千万个问题想问：她究竟是什么人？从哪里来？又怎么会有那么神奇的手环和灵药？但开明王忽然驾到，我逃走不及，朱利让我躲起来。我藏到帷幕后面，但开明王看到了我的衣角，一身肥肉愤怒地颤动起来，大吼着让卫士进来抓我。

我情急之下，反扑过去，抓住他，在卫士的包围下，挟持开明王出了王宫，伺机跳进一条内河，从水道逃生。几天后，我打听到消息，山精夫人被蜀王囚禁起来，据说还遭到了残酷的鞭打，性命危在旦夕。

我知道要救朱利，只有一个办法。我再次越过北方险峻的群山，来到秦都咸阳，以齐人张若之名面见秦王，告诉他，我可以帮他完成朝思暮想的伐蜀大业。

　　三年后，我和司马错率领十万秦军从一条密道翻越犬牙交错的蜀山，攻破葭萌关，一路攻到广都。武器落后又缺乏训练的蜀国武士根本不是秦国虎狼之师的对手，五百年前我亲手建立的城池，被我自己攻破。

　　我率军冲进王宫，抓住了开明王，问他朱利在哪里。他面目狰狞，发出疯狂的笑声，"你打败了我又如何？你永远也得不到她。"

　　"放聪明点，告诉我她在哪里，"我高声说，"我可以请求秦王赦免你和你的家族。"

　　"是吗？那可太好了，"他讥诮地说，"你朝思暮想的山精夫人就在那里。"他指向西北方向的一座小山，那座山我上一次离开的时候还不存在。

　　我感觉不对劲，找到几个宫廷侍从，他们战战兢兢地告诉我，三年前我逃走后不久，山精夫人死于开明王的酷刑折磨。开明王后来又感到后悔，为她从武都山上挑来大担泥土，建造了高大的坟茔。

　　我等了五百年才等到的人，竟这样死去了。

　　狂怒冲上我的头顶，我狠狠揍了开明王一顿，然后让手下士兵把他身上一块块的肥肉都割下来，让他受尽折磨才死去。我还处死了他的整个王族以及宫中几百名侍从和宫女。在我眼中，他们都是害死朱利的帮凶。

　　我来到朱利的陵墓前，遣开身边所有人，独自放声大哭，诉说我对她五百年的思念。'忽然间，有人拍了拍我的肩膀。我不耐烦地回头，整个世界忽然消失了，只有一个衣衫褴褛的女郎站在我面前。

　　我不敢相信，伸出手去摸她，生怕那只是一个幻影。但我摸到了她的脸颊，上面还带着泪珠，真实不虚。我明白过来，自己真是一个傻瓜，我都能活到现在，朱利怎么会死呢？

朱利说，她是靠着类似我当年的假死状态逃过了一劫，从坟堆中爬了出来，后来便一直躲在山野之中，直到知道我和秦军到来的消息。在我的照料下，朱利很快恢复了昔日的容颜，但她还是对自己的来历守口如瓶，不论我怎么问也不说，还反过来问我，她的东西有没有找到。士兵们早已送来了在王宫中搜到的朱利的手环和包裹，开明王一直收藏着它们。我本想还给朱利，但那些古怪的东西以及朱利的态度让我感到害怕，我怕她这次再跑到几百年后，叫我如何去寻觅？我想了想，把那些物件埋在宅子附近的五块大石（那是我当年造城时立的石碑，但今天已经没人知道来历了）之畔。本来做得十分机密，不应该有人知道，但几天后，当我去见朱利，打算告诉她什么也没找到的时候，竟看到银色的手环在她的手腕上闪闪发光。

"你为什么要藏起它？"她对我说。

"我是不想你离开我。"我讪讪地说，"可是你是怎么知道它在哪里的？"

"有人告诉我的。"

我大怒道："谁？我是一个人偷偷埋的，怎么会有人看到？"

"你又想杀人吗？"她轻轻摇头，"恐怕这个人你杀不了。杜宇，我必须走了。"

"我们刚刚重逢，你为什么要走？"我被恐惧所笼罩。

"为了完成因果之环。"

"什么？"

"我很感谢你救了我，"她叹息着，换了一个说辞，"但我并不是你的财产。为了我，你杀戮了很多无辜的人，也牵连了更多的人，我……不能待在你身边。"

我无言以对。的确，我引狼入室，这些天秦军在广都烧杀抢掠，凌虐蜀民，我早已后悔，但为时已晚。

"不过你还有时间去补救，"朱利望着窗外说，"很多很多的时间。我们会再见面的。"她转动手环，消失在炫目的光芒中。

我忽然间觉得有什么东西似曾相识，似乎很久以前见过这一幕。但是在哪里见过呢？太多太多的岁月过去了，我怎么也想不起来。

三

朱利离去后，我被秦王任命为蜀郡太守，花了三年重修残破的城池。城池修好后，秦王十分满意，以"三年成都"之意，改名为成都。在这座新的城市里，秦人和蜀人在我的治理下渐渐融为一体。几十年后，我推荐了一个叫李冰的属官接任蜀守。他是远比我了不起的治水天才，修建了宏大的堰塘，分水到田地中，彻底解决了水患，还灌溉农田，让土地肥沃起来。

卸任后，我再次改名换姓，远游八方。这次我走得更远，从辽东到义渠，从黔中到闽越。我看到了大秦的一统天下，也见到了它的覆灭。我见证了刘邦建立新朝，也活到了董卓焚毁洛阳城，天子被挟持到长安的时代。朱利是对的，这世上没有什么能够永恒不变。

数百年中，我也以好些个名字多次回到蜀中。这个时代，人们对神明世界有着更狂热的想象和追求。我的不死之身被一些乡民发现，我干脆告诉他们，我掌握了长生不老的道术，将老子和庄周的教诲改头换面地讲一点给他们，很快，许多人开始追随我，尊我为师。

朱利再一次出现时已经是五百年后。那时我不在成都，而在绵竹的山中传道。不过没有关系，我有许多忠心的追随者，他们按照我的嘱咐，守候在成都的各个角落，她一旦出现，就把她平安地护送到我身边。

"师君，"他们冲进帐幕，激动地向我报告，"神女真的在成都从天而降，我们把她请来了。"我霍然起身，望向朱利。五百年过去了，她却比我记忆中的还要年轻美丽，头簪芙蓉，身穿齐胸的高腰石榴裙，上身披着浅绿色的纱罗，这绝不是人间的装扮，而宛如天上的仙子。当然了，她本来就是仙子。

"杜宇，"她对我轻轻点头，"果然又见到你了。现在你叫什么？"

我拉着她的手，告诉她我的名号。此时的我已经大不一样。我以神道设教，设立二十四治，用五斗米赈济灾民，如今一呼百应，拥有数十万忠心耿耿的教民，横行巴蜀北部，益州牧刘璋对我也十分忌惮。我带朱利去巡查我的营寨，让她看我手下头裹白巾的兵士，他们在操练军武，队伍雄壮齐整，洪亮的呐喊声在群山中回荡。

"我已经想明白了，"我骄傲地拍着胸脯，"当年我本来就是蜀王，既然秦王与汉王能夺得天下，我为什么不能？我蛰伏了这么多年，如今大汉名存实亡，我夺取天下的时机到了！有了天下，我就能造福百姓，为万民谋福祉。朱利，你在此时再度降临一定是上天的安排，你就是道书中说的天降玄女，对不对？你的神威一定能激励将士们奋勇向前。"

"但你不会夺得天下，"她幽幽地道，"这是个英雄辈出的时代，但我根本不记得你现在的名字。"

"记得？你怎么能记得？难道你能预知未来？"

她叹了口气，"我来自未来。"

我一惊，仿佛明白了什么，却又想不清楚。未来还没有出现，人怎么能从那里"来"呢？"如果你来自未来，"我问，"那么你知道谁会夺取天下吗？"

"我不能说，我不能改变历史，否则我们都会不复存在。"

这态度反而让我相信她的确是来自未来的人，我心中一动："快说啊！告诉我未来的天下大势，这很重要！"

朱利连连摇头，"不要逼我，真的不行的……"

已经很久没有人敢于反对我的命令，我在恼怒之下，抓住了她的肩头，"听着，我军和张鲁马上就有一场大战，干掉他就能夺得汉中。要是被他干掉，我辛辛苦苦得到的一切就都成了泡影。你手上有制胜的秘诀，快告诉我怎么消灭他！说啊！"

朱利用力推开我，幽幽叹息，"你不懂，现在的你还什么都不懂，你还需要时间。"她的手伸向手环。

"不要！"我明白了她的意思，惊恐地叫道，"不要走！我不逼你了还不行吗？"

但已经太迟了，她转动手环，再次消失在我的面前。

朱利又一次说中了。两个月后，我输掉了和张鲁的决战，他兼并了我的教众，我仓皇逃走，隐姓埋名。从此以后，我的曾用名"张修"，便只是史书上一个微不足道的注脚，许多年后，甚至有人说，那只是张鲁那家伙的别名呢。

四

魏晋六朝纷乱血腥，我没过上几天安生日子。但唐朝是一个惬意的时代，那几百年中我很少出川，长居成都，和李白对饮，和杜甫唱和，也曾拜访过薛涛的香闺。我一直思念着朱利，但一百年又一百年过去，她没有再出现过，直到强盛无比的大唐也在内忧外患中山河破碎，化为尘土。

唐朝灭亡后，蜀中的太平岁月还持续了很多年。那一天，花月楼的老鸨谢大娘忽然跑来我的医馆，告诉我刚才外面出现了奇怪的光亮，一个中箭的女子躺在楼下，昏迷不醒。她还以为是花月楼的姑娘被人害了，但仔细一看，却并不是。

我的心怦怦乱跳起来。两个龟奴把那女子抬了过来，她衣装怪异，披头散发，脸上都是尘土血污，面目看不清楚。但从佩戴的手环上，我肯定地知道，这就是我等了七百多年的人。我等了几百年的重逢，却万万没想到是如此情形，好在现在我是医生，懂得诊治。她背上的箭深入肺腑，却还在呼吸。我为她取出箭头，上了药并包扎伤口，但心中惴惴：我行医也有上百年了，从未见过伤得如此重的人还能活下来。

然而朱利活了下来，三天后，她睁开了眼睛。

"朱利？"我问她。

她惊奇地盯着我，微微启唇，"你怎么知道……我的……名字……"口音很是奇怪。我心中"咯噔"一下，一个怪异至极的设想被证实了，"你说，你是第一次见到我？"

"我……不可能……见过你……"

"未必不可能，"我说，"只是还没发生在你身上。"

她有点糊涂，摇了摇头，问了另一个问题，"那……现在是……是……"

"现在是什么时代？大唐一亡，又是一个乱世，中原已换了不知多少个朝廷，前年赵匡胤黄袍加身，建立了一个大宋……不过我们这儿，孟氏割据蜀中，不奉宋朝的正朔，年号是广政二十五年。"

"那是五代末年……"她眼中的惊讶更甚，"可你怎么……怎么知道……"一口气没喘上来，又咳嗽起来。

"等你好点再说吧。"我说，"已经等了那么多年，如今我们有的是时间。"

"对了，"我临出门的时候又回头，深深望着不明所以的她，"你是对的，天下对我毫无意义，能再见到你，那就好了。"

朱利痊愈得很快，身上没留任何伤口。这不奇怪，当年她甚至曾从开明王的坟茔死而复生。一个多月后，朱利已经吵着要我告诉她究竟是怎么回事。我带她去成都的城墙下漫步，城头上，前几年蜀皇孟昶为花蕊夫人种下的芙蓉花开得宛若云霞。我所记得的一千多年来，这是这座城市最美的时代。

"你的手环能跨越漫长的时光，"我开口说出思考了千百年的秘密，"但却不是像一般人一样从过去到将来，而是从未来回到过去，不断地逆流而上。"

"你怎么知道的？"她惊问。

"我是你将会在过去认识的人，"我说，"在过去，我们曾相遇过三次，每次你的装扮都是下一个时代的，而每次我遇到的都是前一次的你，你出现的地点也是下一次我们相遇时你消失的地方……这些事太匪夷所思，一开始我怎么想也想不透，但是一千八百年的岁月，足够让我想明白了。"

"一千八百年……"她惊异地看着我，忽然明白过来，"难道你服用了永生胶囊？是我给你的？"

"是，"我说，"在我第一次遇到你的时候。"

"不能说！"她断然阻止我，"你猜得不错。在未来，人类掌握了比神还要惊人的力量，可以回到过去。我本来是进行首次时间旅行实验，去过去看一眼就回去，但是我调错了时间，到了错误的时代。我的手环其实叫手表式溯时机，不知怎么也坏掉了，无法调转前进的方向。我只能前往更久远的过去。"

"可你是怎么出错的？"

"在一六四……"她说了几个字，倏然住口，"别问了，我不能向过去的人吐露未来。如果你知道了未来，就会改写历史。那样我不光是无法回去，还会消失掉，甚至连你也是。"

"我也是？"

"你的人生已经被我改写，没有我，也就没有今天的你。你大概已经死了一千八百年。同样，你也不能告诉我过去发生的事。如果过去发生了变化，你就不会得到永生胶囊。而如果没有你救我，我也许也会死在这里。"

我没太听懂这些晦涩的话语，但我明白了一点：两个本来相隔几千年的人的命运，已经被不可思议地紧绑在了一起。

但她不能告诉我未来，我也不能告诉她过去。我们在此时此刻相逢，却终将擦肩而过，一个返回过去，一个奔向未来。人生不相见，千秋复万年。

过了不知多久，朱利轻声说："这种感觉太奇怪了。"我们久久对视，宛如悠远过去和无尽未来的相遇。她的眼神温柔而迷茫，芙蓉花瓣在春风中飘飞，落在她的发鬓和肩头。

"但是，现在的你很美。"我说，低头吻她。我们紧紧相拥，在花海深处，在时间深处。

我们在五代末相守了三年，泛舟摩诃池，漫步浣花溪。我希望在这个时代能多待几年，但三年后，宋军大举攻蜀，乱局又起，乱世中我们难以自保。我硬下心肠，催促朱利启动溯时机，前往更久远的过去，去完成因的回环。

"有一件事你必须知道，"临别时我告诉她，"你的溯时手环被埋在五块石中第四块的东面下方三尺。"

朱利疑惑地看了看自己的手环，"你在说什么？"

"你会懂的，"我柔声说，"像你曾经或将要说的，这是因果之环的一部分。你记住就好了，总有一天会明白的。"

我知道她会再次和我相见，但这一次相见时她并不认识我，那么未来的我还能再见到她吗？

五

六百八十一年后，清顺治三年冬，我回到了成都。

千百年间，我一直好奇朱利是从多少年后的未来回来的。朝代兴亡，江山易主，一个个朝廷走马灯一样更换，人口如潮汐般时涨时落。但人们过的日子也差不了太多。时而有些新发明，大部分却也不成气候，消散在漫长的时光中。我怀疑，未来的人真有可能掌握穿梭于时空的力量吗？那要在多少万年之后呢？

大明天启年间，我在徐光启的府上当幕宾，认识了几个西洋传教士，对他们产生了深深的好奇。我感觉这些人和以前的夷狄之辈完全不同，而似乎和朱利有某种联系，虽然朱利并非是金发碧眼的西洋人，这些人也绝无驾驭时间的能力。后来徐先生被魏忠贤排挤，告老还乡，我便和那些传教士一起乘船去了泰西、佛郎机等国，才发现此时海外的许多地方都成了西洋人的殖民地。无边大洋上，扬着三重风帆的西洋商船和战舰往来不息。时光永不停息，历史滚滚向前，曾几何时，八方来朝的巍巍中华，也变成了古蜀一般的封闭国度，沉溺在自以为古老而完美的文明中，而对更灿烂辉煌的外部世界一无所知。

我在巴黎和罗马等地住了二十年，见识了光怪陆离又蓬勃奋发的西洋各国，认真学习了他们的知识和文化，耳目一新。然后带着回大明传播新知、改革国家的心愿，绕过半个地球又返回京师，却发现已经是天下大乱：天子在煤山自缢，八旗兵占据了都城，大明变成了大清，又一次王朝更替。

"在一六四……"我忽然明白了当年朱利的几个字的意思。她说的一定是西洋通行的格里高利历！我也是到了欧洲以后才搞明白这种历法。

朱利——更早的、未曾遇见过我的朱利——曾经出现在这个时代。很可能就是今年，此时，肃亲王豪格和大西军张献忠的军队正在蜀中激战。

我知道我不能改变历史，但仍然牵挂着朱利，犹豫了许久后，还是决意赶往成都。又逢乱世，明军残部、农民军、地方武装和清军都在烧杀抢掠，我好几次从死人堆里爬出来，才到了成都。

此时张献忠刚刚弃城而逃，临走时杀戮了一遍，入城的清兵又来劫掠，街头到处都是无人收拾的尸体和血迹，数百年繁华的成都几乎变成了一座空城，人命还不如蝼蚁。两千年间，我经历过许多次乱世，但这次是最血腥的。

我循着记忆找到当年的花月楼所在，它在一条曾经繁华但如今已满是血污和尸首的大街上。我在附近守了几天，设法躲过杀戮和劫掠的士兵，但不知何时能等到朱利。我想我多半错过了她，毕竟上一次相见时，她说之前从未见过我，我又怎么可能再与她相见呢？

我实在忍受不了这座由尸体堆成的城市，决定在第二天离开。但那天夜里，我正蒙眬睡去，忽然间一团奇异的光华让我睁开眼睛。我看到年轻的朱利茫然地站在街头，穿着奇怪的银色紧身衣，背着一个小包，西洋人一般舒展的长发在风中飘飞。

我在狂喜中战栗不已，贪婪地看着数百年未见的恋人。她的第一个动作就是抬起手腕，看着手环，手环上的荧光照亮了她惊讶茫然的面庞。我明白了,她一定是在看着时间显示,惊讶于自己会掉到这个时代。此刻,我忘记了一切不能干预历史的教诲,只想去和她相见,保护不知所措的她。

"朱利!"我喊出了声,她惊讶地望向我,我们仅仅相隔数丈,几乎目光交碰。不过在深夜中只有微弱的月光,她看不清我的样子,反而惊吓地向后退了几步。

我正要上前说话,忽然间传来一声尖锐的鸣叫,朱利趔趄了一下,向前扑倒,背上依稀有一根羽箭。身后百步外,几个辫子兵乘马呼啸而来。

我忙扑到朱利身边,她已经昏迷了过去。辫子兵呵斥着,越驰越近,好几支箭呼啸着从我们身边飞过。情急之下,我按记忆中她的动作,帮她转动了那个手环,但也许是用力过猛,手环发出奇怪的"嘎吱"声,上面的图案闪烁不定,但它总算生效了。在八旗兵赶到前,她化为了一团光,消失在我面前。

我随即转身奔逃,那几个骑兵又冲向我,几支箭从我身边飞过,好在深夜看不清楚,没射中我。我在弯来绕去的小巷中逃了一段,眼看就要被追上时,掏出从西洋带回来的燧发火枪,回身开了一枪,枪声震耳欲聋,一个家伙中枪倒地,另几个人吓得回马就跑。

周围再次陷入了寂静。寒冷和黑暗中,那团唯一温暖的光已经消逝,直到六百多年之后——不,之前,才会再次亮起。

我不敢在原地久留,躲进一间废弃的宅子中。在那里,我看到一个女人吊死在屋梁上,脚下是一个婴儿的尸体,都已经死了很多天。我哭了起来。不光为又一次错过了朱利,也是为了这个时代无边的苦难,为了走过三千年风雨的古蜀,仍然免不了一次又一次历史循环的浩劫。我哭了很久,困倦交加,蒙眬中将要睡去,但就在入睡前,刚才的一个细节在心头忽然闪现。我明白了一件事，因果之环中最重要的环节被补上了：

我就是那个弄坏了朱利的手环——让她无法回到未来的人。

六

旧的时代逝去，新的时代又到来。地下的煤炭和石油中释放出惊人的力量，人类通过科技和工业，塑造了一个不可思议的新世界。这之中并非只有鲜花和掌声，而依然充满了血腥与罪恶，甚至比以前更多，但人类第一次有了摆脱无止无休治乱循环的希望。而东方的古国在历经风雨、千疮百孔后，也重新焕发出生机。

我还活着，饱经沧桑，却仍像两千年前一样年轻，耐心地等待着这次跨越漫长历史的旅行抵达最终的时代，解开我生命中第一个也是最后一个秘密。

在这科技昌明、社会管理日趋严密的新时代，一个永生的人如果要不引起注意地活下去，要么是躲进残留无几的深山老林，要么是掌握无人敢于插手调查的强大力量。我选择了后者，在 19 世纪下了南洋，后来又去了美国。之前朱利无意中透露出的零星未来信息——比如美国的崛起和汽车的出现——让我找准商机，在 20 世纪初就建立了庞大的商业帝国。我的声名不显，但好几个名头显赫的家族不过是我的代理人。

进入 21 世纪，我在科技研发上投入了巨额资金，主要是两个方向，一个是永生药物，一个是时间机器。到了 21 世纪中叶，二者都出现了重大突破，不过还在试验阶段。所谓永生药物其实是一种细微的智能纳米机器，能够修补人身上的各种损伤并激活端粒酶，让周身细胞保持不断分裂的状态，实现人的永生。实际上只有服用了永生药物，进行人体改造，才能抵御时空扭曲对身体带来的巨大冲击。但永生胶囊并非对人人都能奏效，由于人体各不相同的排异性，好几个实验者服用后再也没有醒来。更可怕的是，服用永生胶囊后，男子会失去生殖能力，这点更是令人望而却步。

因此，在时间旅行实验中，虽然有许多人报名，但经过综合考量，只有一个研习过时空理论，又经过人体改造的女研究生脱颖而出。

她叫朱莉，或者Julie，一个美籍华裔的年轻女子。

在纽约曼哈顿新世界贸易中心的办公室里，我盯着电脑上朱莉的档案。那上面只有一张小小的大头照，年轻青涩的面庞上嵌着温柔而坚定的双眸。我呆坐了很久很久，终于提起笔，签字批准。

我稍加调查，很快了解了朱莉的一切背景。我知道她家族的历史，看过她在社交媒体上的所有照片和文章，连她的室友有几个男朋友、她阿姨养了几只猫都了如指掌，但我没有去尝试找她，这不在因果之环里。

三个月后，中国成都。

在我投资兴建的"武侯院"时空实验中心，我隔着只能从一面看的单向玻璃，才再次见到那个我认识了两千八百年的女孩。此刻她青春洋溢，在一群实验人员的簇拥下进入大厅，戴上手环，背上背包，走上大厅中央一个酷似当年祭天台的圆形高台，准备开始一次她还一无所知的不归之旅。

朱莉的任务很简单：回到四十多年前的成都待几小时，见证2017年的国际科幻大会，料想即便被发现，也只会被当成会上的特效表演；再说，就算真的被发现是时间旅行者，那些科幻作家也不会太惊奇吧。

但我知道，这次旅行一定会出错。我看着朱莉有点紧张却又光彩洋溢的面庞，眼前的一切渐渐在眼眶的潮湿中变得模糊。朱莉知道此行会发生什么吗？漫长的时间苦旅中，虽说也有过幸福宁静的时光，但更多是历史的残忍和命运的捉弄，一次又一次地受伤、囚禁甚至死去。她如何能经受这些？在越来越遥远的陌生岁月里，她会不会思念自己的时代和家人？会不会懊悔自己的选择？

我拭去泪水。我知道，有因就有果，有果也有因，但真的要完成这些吗？为什么不阻止这一切？没错，我会烟消云散，这座研究中心说不定也会化为乌有，但我活了将近三千年还不够吗？既然这一切都是朱莉借给我的，也理所应当要还给她。到头来一切归零，朱莉会在 21 世纪平静地生活下去，她的漫长人生将在未来，而不是过去展开。

两千多年前，在离开楚国时，我智慧的朋友庄周曾对我说："你有没有想过，你去找她，不一定会是好事？"

"可我必须找到她！我的一切都是拜她所赐，我感觉她和我之间有一种……有一种无法割舍的联系。"

"无法割舍吗？"他神秘地笑着，微微摇头，"你记得我曾告诉过你的那个故事吧？两条鱼，与其在干涸的水坑里相濡以沫，不如在广阔的江河湖海中相互忘却，那才是真正的自在。"庄周是对的，可是我过了两千多年才明白这个道理。但只要因果之环尚未闭合就还来得及。现在，是相忘于江湖的时候了。

实验倒计时还剩十分钟时，我下了决心，将武侯院的院长找来，告诉他，"换掉那个女孩，另外找人，她不合适。"

"啊？这……准备了那么久，马上就要开始了……"

"所以才要立刻停止！"我厉声说。

院长不敢违逆我这个金主，冲到实验区，大声叫着朱莉，让她从实验台上下来。我看到朱莉争辩着，不敢相信地哭了起来，她知道一切都结束了。

我长出了一口气，倒在椅子上，闭上眼睛，等待着自己在下一个瞬间便魂魄飞散，归于虚无。但等了很久，我身上什么也没有发生，倒是耳边传来了越来越大的喧哗声，院长又冲了回来。

"杜先生，出事了，朱莉……朱莉……"

"朱莉怎么了？"我霍然起身。

"这姑娘太倔了，不肯下来，说自己一定会完成任务，强行启动了溯时机，我没来得及阻止……"

我不敢相信地瞪大眼睛，脑子中一团混乱。

"而且，"院长苦着脸，"根据时空波动的数据，因为离开得太仓促，她的时间输入发生了错误，跨越的时间是预定的十倍，不是 41.2 年前，而是 412 年前！那是……是 16……"

"1646 年。"我早已知道了答案。

"对，1646 年……那是什么时代来着？"

"什么时代？哈哈哈哈……"我听到有人在狂笑，过了很久才发现是我自己。这个错误原来是我酿成的！是我从一开始就让朱利出现在了错误的时代，然后无法回转地滑向了时间的深渊。1646 年，962 年，199 年，公元前 319 年，公元前 807 年……

然后呢？

"杜宇，你不会死的，但往后我再也见不到你了，珍重。"那是两千八百多年前，第一轮相见时，朱利对我说的最后一句话。

当然，那次分别后约五百年，我又见到了朱利，但那是上一轮的她，而在两千八百年前，最后一次见到我的朱莉转身去了更久远的时代，再没有我，也没有任何我们知道的文明。五千年前，一万年前，天知道是什么时代，天知道是多少个时代。

除非……我猛然抬头，对惴惴不安的院长说："能知道她去了什么时代吗？"

"时空波动会留下痕迹，理论上可以找到，但是不容易。"

"你们还有备用的手环吗？"

"还有两副。"

"都给我，我去找到她，把她带回来。"我说。

这回轮到院长瞠目结舌，"这怎么行？您还没有经过人体强化改造……"

这回我真的笑了起来，"谁说我没有？"

七

时空波动会改变暗物质结构，像年轮一样铭刻在暗物质深处，电脑分析了成都附近的暗物质数据，发现了早于公元前 807 年的一千多个疑似时间波动的痕迹，朱莉可能去过，也可能没有。溯时手环可能到达那个时间点，也可能会有偏差，偏差可能是几小时，也可能是几百年。总的来说，找到朱莉的概率微乎其微。

而且，三千年的因果回环已经彻底完成和封闭，不像以前，没有什么能保证我能再见到朱莉，也没有什么能保证我能活着回来。

但我还是出发了，去了一个又一个史前的成都平原，从原始的农田到无人的旷野，从剑齿虎响哮的雨林到猛犸象漫步的冰川……无数个、无数个被遗忘的神奇世界。

最后，不知多少日子之后，我在一片无垠的大海边停下脚步。这是我见过的最美的海，这里空气香甜得仿佛是纯氧，海水蓝得不像世间所有，天空更加纯净高远。太阳将细碎的金屑洒在海面上，一个有太阳两倍大的月亮像气球一样悬在天边。

我不敢相信，闭上眼睛，又睁开，眼前的一切仍在面前。我小心翼翼地向前走去，侏罗纪的细沙埋过了我的脚面，泛着泡沫的海涛冲刷着远古的沙滩，盖过了我轻轻的脚步声。不远处，一个纤细的背影坐在海边岩石上，来自特提斯海的暖风吹起她飘动的长发和缀着玉石片的丝衣，那人望着在海天之际浮游的一群蛇颈龙，并未察觉我的到来。

我走到那人身后，深深吸了一口气：

"我们又见面了。"

天　图 / 王晋康

　　科学界认为，最基础的自然科学是物理学和数学，所以"上帝"的天图，就其最深层面来说，是由物理学和数学语言来描绘的。而这张图中隐藏的三维螺号，就是由数学公式搭成的整个物理学的骨架。它越来越细，象征着大自然的规律越到深层越是简约。

我接到林哥电话那天好像正赶上愚人节，但后来的事态发展证明，这并非愚人节的玩笑。林哥是中科院科学传播局的一位处级领导，很年轻，没比我大几岁。而我的公司有一个非常拉风的名字，叫"未来世界驻当下联络处"，我自封处长，主要业务是联络科学家、科普科幻作家，组织一些公益或联谊活动。近两年的多次活动中，林哥帮了大忙，我们处得很融洽，可以拍肩头以兄妹相称。

林哥说："小易，林哥有一件大事要拜托处座你啦。"

我笑着说："我这个假'处座'哪敢在真处座面前嘚瑟？没说的，林哥难得求我，小妹一定尽洪荒之力。什么事？"

奇怪的是，林哥似乎有点难为情："这件事嘛……坦率说颇有点不着调。是外地一个老人辗转找到我，给我一份'天图'，说是他孙子张元一的毕生心血，属于明天的科学，请我找几个科学家鉴定……"

我不禁失笑："毕生心血？他孙子高寿？"

林哥也笑："他孙子高寿十六岁，但这句'毕生心血'并非我的口误，而是老人的原话。小易，我本来绝不会揽下这事的，因为打眼一看，就知道这又是一个标准的民科，说不定还加上精神错乱。但我到底没忍心拒绝，知道为什么吗？"他很快自己回答，"是因为一张十年前网上流传过的照片，我先发给你。"

我很快在微信上收到照片，看后心中猛然揪紧，因为——照片我见过！那时我还是高中生，正是多愁善感心灵敏锐的年龄。这是一张车祸照片，地上躺着一辆严重变形的自行车，一男一女两具尸首，血迹淋漓。一个四五岁小孩坐在血泊中，似乎没有受伤，满面血污的面孔正对着镜头。他吓傻了——不，不是傻呆，他的目光冷静，更准确地说是冷漠。这种冷漠与惨烈的背景形成了极为割裂的反差，令观者心中压上一块阴冷的巨冰。网上有知情人说，孩子患有严重的自闭症，也许并不理解父母的惨祸，这算是他的幸运吧。但正因为灾难主角不能理解悲痛，更能震动旁观者的心弦。即使时隔十年重睹这张照片，我心中仍有如遭雷击的感觉。

我努力平静了自己，说："林哥，这张照片我见过。你往下说吧。"

电话那头的林哥肯定猜到了我心中的波动，知道我不会拒绝了，笑着说："刚才说了，我实在不忍心拒绝这位舐犊情深的爷爷，但以我的公家身份，肯定不适合向外推荐这份'天图'。后来一想，让小易干这件事不正合适吗？你是未来世界驻当下联络处的处长，推荐'明天的天图'本来就是分内工作。何况你又是圈内有名的美女……"

我说："打住打住。关于容貌的恭维我收下了，但对这句话中隐含的性别歧视提出严重抗议。你是不是说：漂亮等同于弱智，即使向外推荐一份神经错乱的劳什子'天图'，也不会有名誉损失？"

林哥大笑："哪里哪里，你完全误会了我要说的话。我是说，像你这样有亲和力的美女托人办事，受托者肯定格外上心，这样才不会辜负那位老人的心意。"

我有点感动，痛快答应了："林哥，你是个热心肠、好心人。我嘛，也自认是好心人。把那份'天图'给我吧。"

一个小时后，林哥派人送来了那份天图，只有一页绘图纸，幅面很大。打眼第一印象是——神经错乱者的狂暴。纸上密密麻麻全是扭曲变形的手绘图形，纸的天地头和两侧都没有任何留白，给人以极为压迫的感觉。仔细看，杂乱的图形中似乎夹杂着阿拉伯数字、英文字母、拉丁文字母，还夹着不少数学符号，但很难辨认，没有任何规律可循。老实说，我已经开始后悔对林哥做出许诺，不想把这件劳什子天图向外推荐了。但我当然不会食言。我精心拟了一封邮件，说这份天图的作者张元一是位患严重自闭症的天才，据传天图中藏着某些惊人的秘密，请专家们努力破解。然后把邮件连同天图的照片发给了几十位我熟悉的各领域的科学家。

接下来是等待。

一个星期过去了，没人回复。我给几个关系最铁的科学家打了电话，难为情地追问那份天图的事。对方都说仔细看过了，目前还没发现有什么，他们会继续努力，等等。我总觉得他们的回答只是顾全我的面子而已。又过了几天，我已经准备给林哥交差了，忽然接到沈世傲老师的电话。他是合肥中科大的教授、著名物理学家、中科院院士，很年轻，但在国际上已经享有相当的声誉。我把天图发给他时曾颇为犹豫，这样的国宝级科学家每一秒钟都很珍贵，我不该浪费他的时间。好在他为人随和，与我相处甚洽；何况他并非枯坐书斋的人，兴趣广泛，多才多艺，酷爱围棋，喜欢国学。我想，我的求助不过是为他丰富多彩的生活增添一朵浪花嘛。当时我为自己找着理由，硬着头皮把天图发去了。

电话中沈老师说："小易，我来北京出差，顺便处理一下你那件事。那份天图，原件在你手里吗？"

我的心脏突然停跳了："沈院士，沈老师，在，天图在我手里。你……发现什么秘密了？"

沈老师笑了："说发现什么为时过早，不过我觉得，值得花时间看看原件。"

这句话足以让我心潮澎湃。半个小时后，我带着天图的原件急匆匆赶到他下榻的酒店，他的助手立即把我带到沈院士的房间。沈院士身材不高，貌不惊人，衣着随便，单从外表看，是那种扔人堆中就找不到的平凡人，只有相处久了，才会感受到他磅礴的才华。他没怎么寒暄，接过天图就埋头观看，足足看了三十分钟。他眉头微蹙，双目微眯，似在专心看这张纸，又像是透过纸面看远处。我紧张地盯着他，大气都不敢喘。这时我才承认，其实在我内心深处非常盼望能有一个正面的结果，这对那个未曾谋面的、严重自闭的可怜孩子来说，也许是他人生的唯一意义……沈老师看完了，轻叹一声：

"果然是幅三维画。小易你会看三维画吗？"

原来是三维画！竟然是三维画！初中时我偶然喜欢上了三维画，有一段时间甚至很痴迷，买了好几本三维画集，现在还保存着。三维画都是些复杂的平面图形，初看似乎杂乱无章，观看时必须把双目的焦点定在"似看非看"之间，放松意识的同时又要凝神细看，然后平面的图形中会慢慢浮出一幅立体感很强的画面，那种"突然而至"的感觉妙不可言。我忽然悟到，刚才沈老师的"遐思"表情，其实正是看三维画的标准姿态！可惜，天图到我手中已经七八天，我这个昔日的三维画迷竟然没有想到这一点！

我急迫地接过天图，凝神观看。多年未练习，我看三维画的技艺已经生疏了，但在努力看了十分钟后，一个模糊的立体图形开始浮现，好像是一个扭曲的细长螺号，开始较粗，逐渐变细，呈螺旋状向前（向纸面外）延伸，悬浮在我的视野中。再凝神细看，螺号并非中空，而是复杂的树网状结构，它们是由数字、字母和数学符号组成，扭曲交错重叠，不好辨认，不过我还是从中认出了一些最熟悉的物理学经典公式。但三维画是不能久看的，随着眼睛的疲劳，这个三维图形慢慢消散，再度恢复成杂乱无章的二维图形。

我不由得心绪震荡。这幅三维画不同于我过去看的精美印刷品，它是由一个十六岁的孩子手工绘出的，却仍能表现出逼真的三维效果。也许他确实有特殊的才能？

沈老师问："那个暗藏的图形你看到了？"

我用力点头："嗯，是一道由物理学公式组成的复杂树网，整体呈螺号状，由粗变细，从纸面上盘旋突起。我甚至辨认出了几个最熟悉的公式，像牛顿定律、相对论和量子力学公式。"

沈老师也点头："嗯，是的。科学界认为，最基础的自然科学是物理学和数学，所以'上帝'的天图，就其最深层面来说，是由物理学和数学语言来描绘的。而这张图中隐藏的三维螺号，就是由数学公式搭成的整个物理学的骨架，所以那位老人称它是天图也算贴切。它越来越细，象征着大自然的规律越到深层越是简约。小易，你说你看到了相对论和量子力学的公式，它们大概在这个螺号的什么位置？"

我凭着记忆，用手在纸面上（也延伸到纸面外）大致勾勒出那个螺号的形状，然后在后端某处点了一下。沈老师点头："对，大致是在这个位置。它并非螺号的尽头，其后还有相当的延伸。"他停顿了一下后补充道，"但我尽力看了，没有发现与弦论包括 M 理论有关的东西。"

我的反应太慢，过一会儿才意识到这句平常话中的惊人内涵。他是说：那位十六岁的自闭症天才用数学公式构建了物理学的整体骨架，包括所有已知的物理发现，如牛顿力学、相对论和量子力学，也包括这两者之后的"明天"的物理学——但不包括弦论，这暗示弦论可能是错的，将被明天的科学所抛弃。我的心脏狂跳不已，喃喃地说：

"难道他真的……我不信。我知道世上有杰出的草根天才，像印度的数学天才拉马努金，没受过正规教育却在代数学上做出划时代的成就；世上也有患自闭症的天才，像获诺贝尔奖的美国经济学家纳什。但我不相信，一个十六岁的自闭症患者，没上过学，竟然能够构建整个物理学的骨架，甚至包括明天的物理学！我真的不信……"

沈老师干脆地说："我也不信。我说不信不单是针对他，针对所谓'民科'，也针对所有的专业科学家。因为今天的物理学已经如此浩瀚，再杰出的天才也不能通晓全局了，再不会有伽利略和牛顿那样集大成式的科学宗师了。但不管怎样，我觉得这份天图中有一些真东西。"

"如果……他为什么要装神弄鬼，把这些内容隐藏到三维画中呢？"

沈老师摇摇头："不知道，也许他是想对观看者设置一个小小的开门密码，也许这只是一个精神障碍患者的信笔涂鸦……不管怎样，我想去拜访一次。"

我喜出望外："这当然好！可是……我知道你的工作十分繁重，真不好意思再让你耽误……"

沈老师摆摆手止住我的啰唆，开始商量行程。我先向中科院的林哥要了张元一的地址，当然此刻我不会透露沈院士要亲自拜访，那样太张扬了。尽管我没有说明，但拜访本身就是一种肯定，这是不言而喻的。林哥自然高兴，但他处世很有分寸，没有急切地追问具体进展。他说：

"衷心希望你这次去能有收获。对了，当时元一的爷爷还说过一件事，我觉得它更……"他显然是想说"更不靠谱"，但把后三个字咽下了，"就没有告诉你。既然你要去，顺便把这事落实一下。"

"什么事？"

"元一的爷爷说去年春节期间，他孙子曾经向马斯特挑战，结果基本战平，不让子的。你肯定知道这次战例。"

"什么马斯特……噢，你是说那个叫 Master 的围棋程序？天哪……"我震惊地看着沈院士，他也是满目震惊。

2016 年 3 月，一个叫阿尔法狗的围棋程序战胜了人类超一流棋手李世石。没有多久，又有一个叫 Master 的匿名棋手在网上挑战，一月之内横扫六十名人类超一流棋手，包括世界排名第一的 K 君。K 君当年不到二十岁，恃才狂傲，经常在微博上放言"对不起，这次比赛我又赢了，我还是天下第一"或者"阿尔法狗能战胜李世石但胜不了我"。后来人们知道——其实大部分圈内人事先都猜到了——这位 Master 不是人类棋手，而是阿尔法狗的升级版。这是人工智能史上最炫目的一刻，或者说是人类智慧（在围棋领域）最屈辱的一刻。此后几年中，Master 的棋力更是飞速精进，在与所有超一流棋手的对弈中已经能让数子而保持全胜。从此，所有天才飞扬的人类棋手包括 K 君都屈辱地递了降表，再不企望能有翻盘的机会。中间唯有一次，就是去年春节，一位匿名棋手向 Master 挑战，不要让子，最后以四分之一子落败，这几乎就是胜利了。但媒体并没有为此欢呼，因为大家早就公认了人工智能在围棋领域的绝对霸主地位，猜测"他"肯定不是人类选手，只会是另一个与 Master 水平相当的围棋程序。此后，这位匿名者销声匿迹了，这更坐实了社会的猜测。

但如果他是十六岁的张元一……我确实不相信，一万个不相信。世上没有这样的超级天才，可以在数学、物理学、围棋领域里通吃天下，但我答应了林哥会去落实这件事。沈老师也饶有兴趣，笑着说：

"看来这趟拜访更有必要啦。我因为酷爱围棋，和不少国手是好朋友，这次我要代他们去弄清这桩谜案。"

　　沈院士没让助手随行，安排其在北京等候。我们俩乘飞机来到张元一的家乡，一个北方地级市。把行李放到酒店，草草吃了晚饭，我们就匆匆赶去了。我们并没有提前通知张爷爷，虽然贸然拜访有些失礼，但我们其实是想观看这个家庭最自然的状态。

　　这儿是典型的城中村，院落之间相距很近，临路的院墙上写着硕大的"拆"字。张家的院子很小，自建的二层楼，一层有客房、主卧、厨房，楼梯设在露天，楼梯间是小小的厕所，二楼只建了一间屋子，其余是空的屋顶。张爷爷白发如雪，连寿眉也是白的，身体比较衰弱，行走有些艰难，但衣服整洁，举止有礼，应该是处于社会底层的知识分子。他看到北京客人手捧天图来拜访，又激动又感动，几乎语无伦次，可见他一直焦灼地盼望着他那次"上访"的结果。他说孙子在楼上卧室，在领我们见孙子张元一之前，先为我们详细介绍了他的情况。

　　张爷爷说，元一从小就患有自闭症，在经历了那场惨烈车祸后陡然加重。他的自闭已经严重到：除了下楼解手外从不出卧室门，从不与外人交流，即使与爷爷的交流也极少，以致语言能力大大退化。他的食谱永不变化，一日三餐都是一杯牛奶加一个包子，甚至喝牛奶必须用特定的奶瓶。张爷爷特地展示了冰箱中储存的一大包奶瓶和奶嘴，说这是为孙子以后的人生所准备的，因为他担心这种奶瓶会断货。元一只吃爷爷送来的饭，上次张爷爷去北京，来回三天，请邻居奶奶照顾元一，他绝食了三天，把邻居奶奶差点急疯——奇怪的是，他并不会因此而衰弱，三天不吃饭也没什么异样。说到这儿，张爷爷热泪奔流：

　　"我为他四处寻医问药，看来是治不好了。我这把年纪，还能活几年？十年是一大关。我真担心，我死后这娃儿咋活下去？！"

他哽咽失语，我和沈老师也只有陪着唏嘘。

张爷爷擦擦泪水说，元一肯定是个天才！他说，元一从小就喜欢在他爸爸的电脑上玩游戏，是周围孩子们公认的绝世高手；后来不玩游戏了，每天沉迷于网络，鼓捣的东西肯定和物理、数学有关，但更深的东西张爷爷看不懂。张爷爷为了满足孙子唯一的爱好，省吃俭用，为他购买了最高配置的电脑，配了高速网线。元一平素没什么喜怒哀乐，只有去年春节期间他显得特别沮丧，爷爷百般探问，才知道他曾在围棋上挑战马斯特，但输了。张爷爷没接触过围棋，不清楚这个姓马的什么来头。后来打听出来了，才知道孙子虽然输了但却"输"得很了不起！之后孙子突然迷上绘制天图，没日没夜地干，绘好后交给爷爷，但什么也不说。爷爷只能猜度着孙子的心意，把它送到了中科院。

张爷爷小心地问："那份天图……真的有价值吗？"

我看看沈院士，这个问题只能由他来回答。沈老师态度温和，谨慎地说，"眼下回答还有点早，只能说它里边好像藏了某些真东西，我们这次登门拜访就是想尽量找到答案。"老人感激地点头，说：

"那好，我领你们上楼吧，正好他该吃饭了。按说该叫他下来见客人的，但这孩子……还有，你们上去以后他很可能不理不睬，请二位不要见怪。"

我忙说，"哪里话，知道他的情况，我们不会计较的。"张爷爷去厨房拿了一个热包子、一瓶牛奶，小心地试了牛奶温度（他说元一从不知道热凉），领我们上楼。楼梯比较陡，张爷爷腿脚又不灵便，我忙接过他手中的食物。

在进张元一卧室前，我们先通过窗户观察了他。他正在电脑前伏案工作，电脑桌面对着南墙上的窗户，所以刚好可以看到他的正面。他个子瘦小，看起来比实际年龄更小一些；眉目清秀但面色苍白，这当然是常年不晒太阳的缘故。我们上楼的动静按说他会听见的，但他没有任何反应，照旧专注地盯着电脑屏幕，又像是透过屏幕看着远处，目光冷静，或者说是冷漠。在这一瞬间，跨越十年的时空接合了，我分明看见血泊中那个满面血污、目光冷漠的五岁孩子，心中止不住发疼。

我们进了屋，张爷爷喊："元一，北京来的叔叔和姐姐专程来看你啦。"不出所料，张元一果然"不理不睬"。张爷爷抱歉地看看我们，然后说："元一，该吃饭啦。"爷爷刚要接过我手中的食物，我忽然有个闪念，小声说：

"张爷爷，我来试试吧。"

张爷爷微微摇头，意思是这孩子不会接受外人送的食物，但却没有阻拦我。我走近元一，用最温柔的声音说：

"元一，姐姐把牛奶和包子送来啦，快吃吧。"

我把食物递过去，元一照旧敲键盘，没有任何反应。我等了很久，有些尴尬，但没有退缩，把右手的包子也递到左手，上前一步，轻轻地拍拍他的脸颊。张爷爷吃惊地看着我，他——其实还有我——是担心这个自闭症患者会有粗暴的反应。我柔声说：

"元一，快接着，要不姐姐多没面子，姐姐会伤心的！"

在我拍他脸蛋时，我敏锐地察觉到他的肌肤有轻微的战栗。然后他抬头快速地扫了我一眼，漫不经心地接过牛奶和包子，低下头开始大口吃喝。这边，三个人的目光欣喜地互相撞击：我的冒险成功了！看来元一并没有完全自闭，要不就是和我特别投缘。

元一吃喝已毕，把奶瓶递给我，又恢复了他的"闭关"状态。我们互相使个眼色，轻手轻脚地离开。回到客厅后，张爷爷拉着我的手，感激地哽咽着。我知道他为何感激，他是在庆幸，有我这个成功先例，以后请一个保姆兴许也没问题，他不用担心自己百年后孙子会饿死了。我也很有成就感，但欣喜中夹着浓浓的酸苦。

沈老师沉吟片刻，说："张伯伯，我有一个冒昧的请求：想等元一睡着之后检查一下他的电脑，可以吗？"

张爷爷显然很犹豫："从时间上说嘛……倒没有问题，元一每天夜里十二点准时睡觉，凌晨四点准时醒来，在这四个小时内放炮他都不会醒，你可以趁这个时间检查。可是，电脑他设置了密码，好像还挺复杂。"

"我试试吧，应该能解开的，我会一些手法。"

"可是——你检查电脑后，他会不会觉察到？"

这显然是张爷爷最担心的事。电脑可以说是元一的一个器官，甚至是他生命的核心。如果元一觉察到外人侵入电脑，会不会有狂暴的反应？不过对于这一点，沈老师显然已经考虑过了，他立即回答：

"你说得对，他如果精通电脑，应该会发现我进入的痕迹。但他既然费那么大劲绘出天图，托你送给科学界，而天图中的内容肯定来自电脑，那么我想，他应该不会反感我的检查。"

张爷爷犹豫着，既怕这件事惹怒孙子，又急于知道那份天图究竟有没有价值，因为这象征着孙子人生的意义。最后他横下心，点头同意了。

他把客厅沙发收拾好，铺上干净的毛巾被，让我们先抓紧时间休息一会儿，十二点前他会唤醒我们。沈老师睡长沙发，我个子小，睡那张两人沙发。我们和衣睡下，很快进入梦乡。十一点四十分，张爷爷喊醒我，给我一瓶牛奶，说这是元一的夜宵，于是三人一同上楼。这次我没怎么费事就让张元一接过了牛奶。他喝完正好是十二点，接着他关了电脑，走向床铺，倒头便睡，几乎是立刻就睡熟了，根本不在乎屋里的外人。

确认元一睡熟后，沈老师立即在电脑桌前坐下，开始工作。我和张爷爷则拉了两把椅子，坐在床边，挡住元一到电脑的视线方向。这是我们预先商定的预防措施，如果元一突然醒来，我们要想办法耽搁他一会儿，让沈老师有时间撤退——我们想，最好还是不要让元一抓一个"现行"。

不过张爷爷说这只是预防万一，因为元一睡觉时从不会中途醒来。果然，他一直睡得很熟。他表情恬然，闭上双眼后眼缝显得很长，让我没来由地联想到睡佛的面容。我定定地看着他，看着薄被下这个瘦小的身体，尖锐的疼痛感止不住地敲击心弦。我不能想象，一个灵魂被永生囚禁在这个"人形监牢"中是什么感受，尤其是，如果他真是一个天才，当天才之火在"人形监牢"中狂野地燃烧时，又会带来怎样的灼痛。不过也许我猜错了，或许他并无痛苦，因为他的灵智虽然被禁锢在实体世界里，但他可以在虚拟的网络世界里尽情驰骋，那个世界远比人世更广阔，而我认为的"人形监牢"反倒能帮助他隔绝外来干扰……

我回头看看沈老师，从这个方向只能看到他的背影，但我能够感受到他身体上的无形张力。他已经顺利地解开密码，正在电脑中紧张地浏览。时间在无声地前行。三个多小时后，沈老师轻轻地长吁一口气，把电脑恢复原状，示意我们可以离开了。

我们轻手轻脚地退出卧室，但暂不下楼，藏在外面的黑影中等候元一醒来。我们毕竟不放心，想看看他重启电脑后的反应。手机上显示凌晨四点，元一像机器人一样突然醒来，不带丝毫惺忪睡意，清醒地走向电脑桌，坐下，打开电脑。他忽然露出惊诧的表情，动作也僵住了，很长时间双手一动不动，很显然，他觉察到了电脑的异常。我们三个人在外面提心吊胆地等着。好在十几分钟后，元一的神态恢复正常，开始敲击键盘，显然是把这一页翻过去了。

我们如释重负，格外小心地下楼，回到客厅，在沙发上坐定。沈老师在沉思，我和张爷爷都紧张地盯着他，等待他的判决。沈老师走出沉思，说：

"我确认了，那次向 Master 的匿名挑战，确实是元一干的。"我惊喜交加，张爷爷更是笑容灿烂，但仍心有疑虑：

"可是，他从来没学过围棋……"

沈老师很快解释说："不是他本人在下棋，他同样也是通过一个程序。这个程序应该很大，没有放在他的电脑里，而是放在云存储中。我找到了双方交流的痕迹。去年春节前后，这台电脑同外界有频繁的交互指令。"

张爷爷高兴得合不拢嘴，故意贬损孙子："原来只是围棋程序的功劳啊，元一咋学会了吹牛，说是他在挑战马斯特。"

我为张元一抱不平："张爷爷你就别吹毛求疵了！他能编出这样的程序就很不简单了，不，太了不起了！"

沈老师说："其实张元一没吹牛，在他心目中……"

他把下边的话咽下去了，但我敏锐地感受到了他的意思。他是说，张元一并没吹牛，因为在他心目中，他已经与电脑或那个程序，在人格上合为一体了。沈老师没把这句话说完，是怕刺激张爷爷，因为这有点"元一变成了机器人"的味道。

沈老师换了话题："但据我探查，那个程序不是 Master 那样功能特殊化的围棋程序，而只是一个通用程序。它同样有深度学习的功能，但远比 Master 强大，可以说它就是互联网本身，甚至称它为'智慧'更合适。它能依靠网络中近乎无限的运算能力、存储能力和近乎无限的资料运行，所以，'自学'围棋对它来说是易如反掌。它首战输棋只是经验不足，估计再下几场它就能通赢了。"

我忍不住问了我最关心的问题："沈老师，那元一的天图……"

"我确实在电脑中发现了天图的原型，而且可以多方位三维展示，还可以对任一处无限放大。这个体量不大的图形中包含着极为丰富的内容。只是我有一个疑问：这个图形用绘图机打印很方便，为什么元一却耗费几天来手绘？"

对这个疑问，张爷爷给出了最简单的回答："我家没配打印机，估计元一不愿出门去打印。"

初听这个理由似乎很儿戏，但我想也许事实真是如此。对这样严重自闭的天才来说，也许仅凭记忆画出一个复杂的图形，还要把它藏在三维画中，要比出一趟门容易得多。我问道：

"沈老师，那就是说，元一的天图可能出自那个通用程序？"

"嗯，这是唯一合理的推测。"

我仍有怀疑，于是接着问道："沈老师，如此强大的程序，真是元一独自开发出来的？他会不会只是在网络上偶然发现了它？可是如果这样，它又是谁开发的？具体存储在哪儿？"

沈老师看了我一眼，对这一连串问题都没有回答，只是说："今天实在太困了，休息吧。张伯伯，我们不回酒店了，就在这儿眯一会儿，可以吗？这儿的事情还没办完，我想抓紧时间。"

张爷爷高兴地答应了。我们各自睡下，熄了灯。但我情绪亢奋，睡不熟，半睡半醒中那张手绘的天图老在眼前浮动，二维的纸面上浮出了一幅三维图形，先是那个树网结构的长螺号，后来变成满面血污、目光冷漠的五岁孩子……轻微的脚步声惊醒了我，是沈老师出去了。我揉揉眼，起身，跟着他到了院中。沈老师仰头向上望着，从这个角度他是看不到元一的，只能看到从楼上窗户里泻下的灯光，显然元一还在玩电脑。今天是无月之夜，周围的村舍都黑着灯，只有张家楼上的一孔亮光。万籁俱静，偶尔传来遥远的犬吠。沈老师轻叹一声，说：

"小易啊，那张天图……也许就是明天的物埋学，甚至是物理学的终极。"

我不由得大为吃惊。我素知沈老师言不轻发，但这个结论过于惊人，我不敢相信。

沈老师说："我正在思考，元一为什么要把所有的物理学公式组装成一个树网结构的三维螺号。可惜刚才我探查的时间太短，更可能（他苦笑着）是我智力有限，还没能吃透它。只能凭直觉猜测，他是在把物理学公理化、几何化、整体化，是在搭建物理学的 DNA 结构。打个比喻吧，门捷列夫之前，各种化学元素的知识是一堆散沙，但门氏提取了其中暗藏的规律，然后就能大致准确地预判：可能还有哪些元素未被发现、未知元素可能有哪些性质，等等。元一也是这样做的，他搭建了物理学的 DNA 框架，理出了清晰的整体脉络。然后就能大致准确地预判，还有哪些领域未被发现，那个领域大致会发现什么规律，等等。我说它的尾端部分是明天的物理学，并不是指具体理论公式，而是指已经确定的'占位'。至于那些根本不可能嵌进框架的假说，就可以提前淘汰。"他补充一句，"据我刚才的初步察看，没有弦论和暗物质的占位。"

他的描绘耀花了我的眼睛。如果真是如此，物理学将有一个爆炸性的升空，由盲目的试错变成依照地图的登山；而张元一，这个瘦小苍白、心理自闭的孩子，将成为——不，已经成为物理学的终极宗师，其历史定位远远超过伽利略、牛顿、爱因斯坦。但……沈老师作为物理学家应该是欢欣鼓舞的，可他为什么神态苍凉甚至暗含悲怆？我暗自揣摸着，但不好贸然开口问。过一会儿，他突然转了话题：

"我说过，我喜欢围棋，同几个国手都熟不拘礼。前不久合肥有场赛事，我做东道宴请了几位。没想到酒席上我这个东道主竟成了众矢之的，几个家伙以酒盖面，群起攻击我——当然他们并非针对我本人，而是把我当成替罪羊。他们说，科学家实在是一群无事生非之徒，竭尽心智弄出来个阿尔法狗、Master，毁了所有围棋选手的人生乐趣和人生价值。围棋是中国人最伟大的发明之一，用最简洁的棋类规则造就了天下最深奥的棋类运动。1996年，当国际象棋程序深蓝战胜国际大师卡斯帕罗夫时，围棋程序的棋力还不值一提，只相当于围棋业余二段。当时有人预言，围棋在棋类中非常独特，下围棋不光需要高深的算子能力，也需要直觉，甚至是对美的感觉，而电脑程序不可能具有直觉和美感，所以永远不可能战胜人类的超一流棋手。这话言犹在耳，预言家就被啪啪打脸。2016年，阿尔法狗和Master横扫天下。到了今天，Master升级版更是把人类顶尖选手当成了玩物！再没人自吹自擂什么'人类独有的直觉和美感'了！更令人难堪的是，到后来Master赢了棋，国手们复盘时尽力研究也弄不懂它的下法，显然它发现了围棋棋理中最深奥的规律，而人类在数千年的钻研中还没发现它，或者说能力有限的人脑无法理解它。小易，我告诉你，那天他们围攻我原是开玩笑打嘴仗，但说着说着，K君突然情绪失控，号啕大哭。他说：'生不逢时啊，小生我横扫天下，十几年来一直站在人类棋艺的巅峰。可是，我时刻不能忘记，头顶上还有一个高高在上的邪神，这个邪神粗暴鄙俗，没有什么直觉、美感、创造力。它从本质上说不过是0和1的复杂字符串，它的棋艺从本质上说不过是使用蛮力进行试错选择，但它就是压得我抬不起头，让所有的围棋国手生不如死！'"

我与沈老师结识以来，这是他说话最多的一次。他平素闲适淡定，从没有像今天这样情绪激动，看来那天的场景一定让他感受至深。沈老师又说：

"K君接着诅咒我，说你们这些科学家自作自受，很快就会落得和我们一样的下场。现在，人工智能已经开始全面接管人类的工作，从汉字识别、语音识别、人面识别，到飞机自动降落、汽车自动驾驶等，都已经完胜人类。法律咨询系统使百万律师失业，医疗咨询系统让千万医生降级为电脑操作员，难道独独科学家们能够幸免？K君说，我知道你们是精英中的精英、天才中的天才，表面谦逊持重，内心比我们更为自傲。你们认为大自然中隐藏的简洁美妙的秩序只能由上帝赐予的天才脑瓜来破解，你们仍迷信着诸如'直觉、灵感、创造力为人类独有'这类精神鸦片。沈兄，别做梦了，我告诉你，围棋领域出了个马斯特。物理领域也很快会出现一个驴斯特，它同样是0和1的复杂字符串，是一个只会蛮力试错的粗暴家伙，但它很快会把所有科学天才甩几条街。甚至到某一天，它发现了宇宙最终定律你们却看不懂，就像我们看不懂Master如何赢棋一样，那时你们也会像我一样生不如死！"

沈老师重复K君的话时，我能感受到他心中深深的失落，甚至还有愤懑和绝望。我笨拙地安慰沈老师道："都是些醉人疯话，你别放在心上。再说，物理是实证科学，那个'它'就是抢了杨振宁、李政道的位置，人类还能做吴健雄啊。"

沈老师苦涩地摇头，没有反驳，可能他认为不值得反驳。这时，我忽然有了一个不祥的想法——当然这种想法对沈老师很是不恭。我开玩笑地说："沈老师，你是不是像那位K君一样，对人工智能嫉妒成恨？你会不会像毕达哥拉斯那样，为了防止数学的陷落，狠心把学生希帕索斯扔到大海里？"我赶紧自己转圜，"对不起对不起，这个玩笑开过头了，沈老师你宅心仁厚，绝对不会那样干。"

我紧盯着他，想当面察看他的反应。沈老师扭头看着我，平静地说："如果我不得不那样做，你站在哪一边？"

我毫不犹豫："当然是站在张元一……站在希帕索斯那边！"

沈老师讥讽地说："这会儿我才知道，原来美貌果真影响智力啊。小易，你想想有那个可能吗？不要忘了，纵然毕达哥拉斯淹死了希帕索斯，也没挡住无理数进入数学殿堂啊。不，我不会干这样的傻事。相反，我很珍惜元一这个窗口，我会努力把元一的天图尽早翻译出来，公布于众，哪怕……"他苦涩地说，"那一天是人类物理学家的末日。"

我心中涌出幸福的巨浪，但幸福的后味却是浓浓的酸苦，既为楼上的元一，也为神情苍凉的沈老师。我问：

"沈老师，还是我问过的那个问题：你说天图来源于那个强大的通用程序，这个程序是元一本人创造的吗？"

沈老师摇头："老实说，我不知道。不过，"他字斟句酌地说，"我觉得，把那个程序看成大写的'他'，看成张元一的母体，也许更恰当一些。"

这个回答太晦涩，答非所问，我没听懂。这时屋里有动静，张爷爷出来了，说："这么早就起床了？我来为你们做早饭。"我当然不能让老人一人忙活，赶忙跟到厨房帮忙。抽空看向院里时，我见沈老师还站在原地一动未动，默默地仰望着。

早饭做好，张爷爷说咱们先吃，吃完再给元一送饭。吃饭时，沈老师说：

"张伯伯，我打算做一个安排，你看行不行。这份天图可能确实有价值，对它的研究恐怕需要很长时间。我想正式聘用张元一为中国科技大学的工作人员，参与这项长期研究，也聘用你为临时工作人员，专门负责照顾他。"

张爷爷非常欣喜，感激涕零，忙不迭地点头。我也向沈老师点头致谢。这样一来，张爷爷就完全没有了后顾之忧，即使他去世，也不必担心孙子的生计了。沈老师又说：

"至于工作地点，当然是让元一到中科大更方便。但考虑到元一的心理状态，也考虑到……我想让他暂时留在原地，可能更为保险。"我敏锐地猜到，他没说山口的第二个考虑是：想保持这个"窗口"的原始状态。他没有说出来，是因为这带点风水迷信的味道。"如果您老同意，我就让中科大租下或干脆买下你这套房子，作为我们的工作场所。"

张爷爷当然赞成，只是善意地提醒："可是，这儿属于拆迁范围，不定哪天就要拆了。"

沈老师不在意地说："这点你不用担心，我会解决的。即使周围拆迁，这儿也将永久保留下来。"

我马上明白了，他是想把这儿作为历史文物、作为大写的"他"初次登上历史舞台之处，永久保存。我看看他，看看张爷爷。张爷爷的表情有点怀疑，看来他不大相信一个教书的能有这个权力，只是囿于礼貌不好再追问。他笑着说：

"那敢情好，那敢情好。要是能这样安排，我哪怕今晚闭眼也能安心啦。"

我连忙说："那可不行！你得活到一百二十岁，元一还指望你照顾呢。"

"行，托你吉言，我一定活成个老不死！"

我们都放声大笑。我们商定上午就回北京，沈老师会派助手来处理后续事宜，我则抓紧向林哥做汇报，他肯定也挂牵着这儿的进展啊。

该给元一送饭了，我照例自告奋勇，那两人也跟我上楼。我把牛奶和包子递给电脑前的元一，像昨天那样站在他身后，轻轻拍拍他的脸颊，柔声说：

"元一，快吃饭，吃完饭姐姐和叔叔就要走了。不过你放心，我们马上还会回来看你的，带着你的天图回来。"

我忽然觉察到，元一的手缓慢地、迟疑地向上摸索，摸到我一只手指，抓住，贴在他脸上。我感觉到一阵战栗，来自两人肌肤相接处，也来自我的心。在这一瞬间，我做出了一个重要的人生决定，我回头对沈老师说：

"沈老师，你要是不嫌我脑瓜笨，我就做这儿的常驻工作人员，行不行？"

　　沈老师喜出望外，但仍思虑周全，提醒我道："我当然是双手赞成啦。只是，这么重大的决定，你再慎重考虑一下。你的公司怎么妥善处置？也要征求你男友的意见，他是在北京工作吧？"

　　我笑嘻嘻地说道："我当然会征求意见的，但他肯定不会反对。至于我的公司，我想，设在这儿更方便与'未来世界'联络，沈老师你说对不对？喂，元一，姐姐留下来陪你，你欢迎不？"

　　元一仍旧不说话，但我感觉到他手上的握力在加重，一股暖流在两人肌肤接触处流淌。当我们告别元一下楼时，他仍旧"不理不睬"，没有从座椅上起身送我们，但我分明感受到他目光中有依恋的光芒。

人之岛 / 郝景芳

　　离地球不远了。他期待回家，就像
大仲马在小说结束写下的两个词：希望与
等待。

　　是的。希望与等待。

黑暗的星空中，探测卫星转向太阳系之外的方向。

"曾经的人类，他们回来了。"

一

当凯克船长从梦中惊醒的时候，他就像重新穿过黑洞的视界那样，在现实和虚幻的边界上穿梭。他向梦中的黑洞深处下坠，而又向梦境之外的太阳系上扬。他的身体和意识被双重的张力拉扯，宛如又一次经历黑洞疯狂的潮汐力。

他坐起来，用手掌根狠狠按压自己的太阳穴。好一会儿，梦彻底醒了。寂然无声的船舱里，他是唯一一个醒来的人。其他的人都还在沉睡，离预定的叫醒时间还有一段距离。没事了，快到家了，他对自己说。

离地球不远了。凯克船长来到飞船的控制室查看路线。还有八千多分钟，那就是还有五天了。

地球现在怎样了。算上路上的冷冻时光，他们已经离开地球一百二十多年了。凯克有一点兴奋，也有一点焦躁不安。

自从进入太阳系以来，周围的星空每天都在发生显著的变化，冥王星经过了，太阳和类地行星就在前方了。几乎能透过黑白屏幕看到那第三颗水蓝色的星球。凯克船长在小屏幕前，想用肉眼寻找那颗令人魂牵梦萦的海洋星球。

早上的梦仍然在眼前挥之不去。这是最近他第五次梦见黑洞了。不知为什么，离地球越近，他就越频繁地梦见黑洞。刚苏醒过来的时候，他几乎忘记了这段历程，但是当真正的家园出现在眼前，当安全状态唾手可得时，他却越来越多次地重新回到危机现场，重温穿过黑洞视界时的九死一生。他不知道为什么会这样。也许正是对安全港湾的期盼激发了对危险的回忆。他努力让思维回到现实。头脑中关于地球的记忆慢慢浮现，又和他们找到的那颗与地球非常相似的星球重合在一起。

他期待回家，就像大仲马在小说结束写下的两个词：希望与等待。是的。希望与等待。

"睡得好吗？"吃早饭的时候，凯克船长问露易丝。

"不算太好。"露易丝说，"可能我身体属于恢复得比较慢的。醒来之后，一直没适应。"

"快到家了。回去好好休息。"凯克船长给她倒了一点果蔬汁，"我这几天也有点不正常，特别多梦，不知道是不是冷冻的缘故。咱们下次再出来的时候，得把冷冻复苏之后的身体恢复系统做得再好一点。"

露易丝咽了一块蛋白粉鸡蛋糕，噎了一下，抬起双手说："别算我。我可是再也不出来了。"

"你不再出来了？"凯克船长很意外，"你累了？……你放心，不可能是立刻，肯定还会歇两年。"

"那我估计我也不会再参与了。"露易丝说，"我真的没有你那么强的意志。真的，凯克，不是所有人都是你。你不觉得穿过黑洞出来的那一刻，就跟重生了一遍一样吗？我是不想再经历了。

我现在想回家，一直休息，做我自己的研究，好好在地球上养养花、养养小动物。"

"GX779上面也有花和小动物啊。"凯克用手比了两下，形容当时的场景，"你不是当时还说，下次要研究它们的基因特性吗？你不记得了吗？再说，咱们当初出去，就是为了发现人类的新大陆，现在我们找到了，还是那么富饶的星球。我们会带着很多很多人一起去。你真的不想再去看看吗？"

"我不知道，凯克。"露易丝说，"我真的不是你。凯克，我佩服你的信念，但我觉得我自己不行，我不够勇敢。"

"别急着下定论。回地球之后再想想。"凯克拍拍她的肩膀说，"也许你在地球上住几天就又想出来了。你真的不想再穿越一次黑洞了吗？"

露易丝没有说话，看着舷窗之外漆黑黑的星空。

"接到地球信号了吗？"凯克船长抬头问飞行员亚当。

亚当正在一丝不苟地吃飞船上的鸡肉粉代餐。他低着头，在嘴里咂摸，直到嚼完嘴里的食物，他才看了看手腕上的检测器说："没有。昨天查了五次，一直没有回音。"

亚当永远能将盘子里的食物吃得干干净净，不留一点渣滓。他们每天的饮食都是某种蛋白粉和纤维素的合成物。凯克一直不明白为什么亚当重复数千天还能对每一餐保持虔诚。他总是用相同的时长完成饮食，无论吃的是什么，也无论在哪里吃。从他吃东西和坚持锻炼这两件事，就能知道为什么他能得到军校勋章。工程师德鲁克为了这件事笑过亚当无数次，世界上大概没有人比亚当更不在意食物口味，也没有人比德鲁克更在意食物口味了。

"给地面发了多次信号，没有回应。"亚当说，"按理说不应该。已经进入了太阳系范畴，地面的无线电信号已经肯定能接收了。"

"那有点奇怪啊。"凯克问，"也许有时滞？"

亚当摇摇头："可我已经连发了三天，即使有时滞，也应该有回复了。"

"难道地球上的技术已经退化到不再进行太空观测了？"凯克担忧道。

"不知道，只能再观察两天。"

"不管怎么说，"凯克站起身，"做好各种着陆应急预案。多做几个方案。若地面真的不给任何信号引导，咱们就想办法在水面迫降。"

凯克船长站在飞船最前侧的观察室里，望着不远处巨大的木星光环。木星和卫星的光亮遮掩了远处的水蓝色星球。他的目光向那黑色的远方凝望。

他的心里非常沉。如果地球的技术真的退化了怎么办？有什么可能退化呢？全球战争、人口和能源危机、经济危机？如果技术真的退化到无法收发无线电，那地球还有能力发展宇宙远征吗？人类会不会已经灭亡了？凯克船长没有说话，可是心里却百转千回。他不知道一个退化的文明该如何面对宇宙。

看着前方，遥远的蓝星若隐若现。

凯克的身后，出现一个身影。他不用回头看也知道是谁。这个飞船上，只有他俩对星空如此迷恋。天文学家莱昂，继承了来自巴尔干半岛祖先的严肃和古典，时常在深夜一个人站在舷窗前眺望星海。莱昂是飞船的指路明灯，如果不是莱昂丰富的知识和随机应变的能力，他们必然无法穿越黑洞。莱昂最喜欢吹萨克斯，偶尔会在旁观远处星云壮丽色彩的时候吹一曲忧伤的调子。

对其他人，凯克需要激励他们继续重返宇宙、开拓新家园。但是对于莱昂，他完全不需要。莱昂整个人都是活在宇宙里的。

黑暗中出现几个飞船成员的电子资料。有声音读出他们的基本信息。读到一个船员的时候，画面和声音都停滞下来，"特殊标识"信号亮起。

"找到他，与他交谈。"

二

当凯克船长再次睁开眼睛，他看到一片白色的屋顶。他揉揉眼睛，转动脖子，很努力地环视着房间。他躺在一张病床上，头和脖子都连着仪器，大概是在进行监测。房间的每一处都洁白而清静。除了角落里的一张小桌，房间里几乎空空如也。小桌上摆放着一只细嘴花瓶，瓶里插着一枝蓝色鸢尾。

"这是哪里？有人在吗？"凯克大声问。他试图坐起来，但是后脑和脖子上的连接线让他难以起身。他不知道那是什么，又不敢贸然暴力扯断。

有脚步声从门外响起，一个漂亮的年轻女人推开门。她穿淡绿色的套装裙，看上去像是工作制服。进门之后，她查了查床边的显示数字，又用手抚摸凯克的头顶和四肢。她的手指冰凉而柔软，随着手指滑过，墙壁屏幕上他的体征指标数据又有更新。她一边查看温度，一边轻轻点头。

"这是哪里？"凯克问。

"GW774医疗救护中心。"女人回答。她的声音沉稳而无起伏。

"我怎么到这儿了？我的同伴呢？"

"他们都没事。"女人说，她把他头顶和颈后的连接线拔掉，"你们的飞船在水上迫降的时候撞击到岩礁，救生门没有弹开，飞船后部起火，你们几个都受到剧烈撞击而昏迷，所幸及时被岸边的巡逻船队救起。"

"谢谢。"凯克船长说，他对这次失败着陆有点汗颜，"如何称呼你？"

"我叫丽雅，是这里的医生。"丽雅扶他坐起来，帮他按摩了一下太阳穴，"你是最早苏醒的一个，待一会儿，我带你去看看他们。"

"他们都还好吧？"凯克问。得到确定的回答后，他的心略微安定下来。他吃了一点送过来的早餐。早餐很简单，多为合成食品，与飞船上的饮食有几分相似，标明了营养物质的详细含量和配比。他匆匆吃了几口，心里燃烧起对家乡食物的强烈怀念。在飞船上可以忍受清苦，回到地球就被味蕾的强烈记忆裹挟了。

医疗中心的走廊洁白，没有任何杂乱物品和装饰，墙幕里显示了各个诊疗室的实时共享数据和世界上其他医疗网点的共享数据，远看起来，实时变动的数据像是一幅画。楼梯和转角摆放着绿植，花盆的摆放遵照精确的几何图形，没有一片旁逸斜出的叶子。

凯克船长在电梯里，忍不住问丽雅："对了，地球……我是说，现在的地球，生活还好吧？"

"还好，怎么了？"丽雅疑惑地看了他一眼。

"当时我们在飞船上，给地球怎么发信息都没有回应，"凯克解释说，"我们担心，地球上已经不再使用电磁波通信或者不再进行地外观测了。"

丽雅点点头："哦，不是的，你多虑了。地球上的科技水平比一百年前还是有不少进步的。"

"那为什么……"

"可能是宙斯不想给你们回应吧。"丽雅说。

"宙斯？"凯克船长大感意外。

"嗯。"丽雅说，"过几天你们会慢慢认识他。"

"那是谁？"凯克追问道。他试图大步绕到丽雅身前，让她走得慢一点，可他身子不稳一个趔趄，差点撞到她身上。

"全球自动控制系统。之后会给你们统一介绍。"丽雅说，"你现在不宜多动，身体适应地球重力还需要一个过程，也不宜激动。"

"全球自动控制系统？他为什么不想回应我们？"凯克不想放弃，"你现在就告诉我。我们这次回来带着重要信息。"

"什么样的信息？"丽雅问。

"我们找到一颗人类宜居星球。我们穿越了黑洞，走了很远。"

"好的，我们会记录下来。"

丽雅继续向前走。不知为什么，凯克觉得她像一个行走的塑料人，像他女儿小时候玩的芭比娃娃，一样的身材姣好，一样的姿态僵硬。

凯克随后见到了其他病房的几个同伴，他们看上去体征稳定，身体形貌没受太大损伤。船员们一一醒来，经过了身体检测和一点食物的慰藉之后，被召集到一个空旷的房间。

"欢迎来到地球联邦。"丽雅给大家介绍。

船员几个人面面相觑，寂然无声。凯克悄悄走到丽雅的身旁。

船员的四周开始出现全息影像，影像行进速度飞快，人影幢幢，摩肩接踵如水流过，从一个城市热闹的市中心街道开始，逐渐升高至半空，飞跃空旷的大片原野，向下一个城市飞去。伴随着影像，丽雅为大家做着介绍，语言简洁凝练。

船员们逐渐看到自己离去这一百余年中地球上发生的变化。从机器人劳动力的普及，到无人自动设备的全面覆盖，他们看到一轮又一轮新的城市生成运动，自动物联网和自动控制建筑，每一次的技术浪潮都使从前的城市周围另立新城，让从前聚集的资源向其他地方蔓延，大都市的摩天楼之间搭建起了钢架桥梁，连接成网。影像偶尔切入微观画面，形态各异的服务机械车和工作人员相互配合提供服务。画面最终定格在虚拟网络空间，有较为抽象的数字示意图，显示了人与人相互联通的全球治理体系。

"不可思议！"工程师德鲁克发出惊呼，"简直完美。"

"我可不可以问一下，"程序员李钦说，"现在的整个物联网都是全球化的吗？物联网的基础协议也是奠基在 TCP/IP 协议基础之上的吗？"

"不是了。"丽雅回答，"整个互联网的基础协议已经完成了两轮革命性发展。IP 协议只能有 255 的 4 次方，也即 42 亿 2825 万零 625 个地址组成。从万物互联时代开始，IP 协议就已经不够用了，脑机接口时代已经用更为发达的 CCPT/TRP 协议作为全球网络基础，它的基本单位是每个人和每个物体的核芯。"

凯克船长凑过去问丽雅："你是电脑工程师吗？我还以为你是医生呢。"

丽雅严肃地看了他一眼："我是医生。"

"但是你……显得很专业。"凯克说。

丽雅显得无动于衷："这都是常识。"

"那现在全球是统一国家了吗？"凯克对社会层面的变化更感兴趣。

"不能说是国家。"丽雅说，"是联邦。"

凯克琢磨了一下字眼中蕴含的差异。"那你刚才说的宙斯，就是联邦总统，或是秘书长吗？"

丽雅似乎觉得他的问题很幼稚，犹豫了一下才说："你没看懂吗？现在没有总统和秘书长了。是全球网络治理体系在统一管理。他就是宙斯。"

"宙斯是机器人吗？"凯克说，"你再多讲讲。"

"不是。你以后就懂了。"丽雅说。

丽雅不再回答了，她重新回到船员中，跟随影像做最后部分的展示。

展示结束后，船员各自回到自己的房间休息。凯克船长等待检查人员都退去，便悄悄从自己房间里出来，跟在丽雅的身后，随她下楼，转弯，直到她的办公室。凯克还是想多问一问有关宙斯的事。丽雅一路没有向后观望。她推开门走进房间。从小圆窗，能看到丽雅脱掉淡绿色制服，里面是一条浅灰色的连身短裙，质料柔软贴身，可见她修长的体形。

丽雅的办公室外没什么人经过，凯克船长从小圆窗观望着，心中筹划着稍后的问题。这时，丽雅双手合十，面对墙壁说了些什么，接着低头思考了片刻，有一点像旧时的祈祷，随后又对墙壁张了张嘴。墙壁里传出说话的声音。门窗的隔音效果很好，凯克听不清声音的具体内容。从始至终，墙壁上没出现任何人的画面。

船员乘坐的飞船残骸被打捞，在数字空间里得到全方位检验，最后的结论：

飞船降落时损毁严重，数据无法读取。"现在不与他们对话。尝试植入脑芯。"

三

异样是在手术床上被觉察出来的。露易丝天生的敏感和她的生物学家的本能让她第一个察觉出了问题。她挣脱看护，冲进楼道里，警报声响起。她打开另一间手术室的门，手术室门口的等候椅上弹起阻拦的障碍，她进不去。

"李钦！"露易丝喊道，"你先别做，有问题！"

病床上的李钦还没有进入麻醉状态，听到露易丝的叫声后坐起了身。病床机械手臂立即自动将他的手臂捉住，并将其上身按下。李钦开始大叫起来。

露易丝房间的医生和看护已经跟过来，准备拉她回去。露易丝用力挣脱着。

"露易丝女士，请你先离开一下，"李钦病房里的医生冷静而客气地对门口的露易丝说，"你严重干扰到了我的病人。"

露易丝紧紧抓住李钦病房门口的自动障碍，对李钦喊："你别让他给你做，他们是想往脑袋里装东西。别做！"

争执不休中，隔壁的两个房间也被惊动了，亚当和凯克也从休息室里跑了出来。他们原本在等待下一步的身体手术，此时听到尖叫，本能地抓住露易丝的医生和看护的手，试图让露易丝解脱出来。就在这时，二人身旁的储藏间里驶出自动病床，开到亚当和凯克身边，病床下伸出抓手，抓住亚当和凯克的脚腕向上抬起，两个人顺势倒在了病床上，病床的固定扣环随即将两个人扣住。

"放开！放开我们！"凯克大声叫道。

这时，丽雅带着两三个医生赶过来。凯克躺在床上对她怒目而视。

"先给他们解开。"丽雅说。

亚当和凯克被松开束缚，两个人翻身下地，有默契地背靠背，用防御的姿势站在一起。亚当手里抄起旁边一个等候椅做武器，凯克顺势把一个看护拉到身边作为人质。

"你们干什么？"丽雅喝道。

"你们干什么？！"凯克大声问，"露易丝刚才说的是怎么回事？你们给我们脑袋里装什么东西？"

"脑芯。这是很正常的程序！"丽雅说，"你先把人放开。"

"什么脑芯？"

"你把人放开，我告诉你。"

"你先说，我才把人放开！"

丽雅伸手表示让他平息："你先平静一下。这很正常。"丽雅指了指周围人，"我们每个人都植入了脑芯，婴儿时期就植入了。这个是最常见不过的装置，我们每个人都有，真的。有了脑芯，你才能进入身份识别系统，才能识别进入大厦，才能刷卡消费，才能与全球网络连接。这是最必要的装置。"

凯克听得有一点相信了，站在那里又觉得僵持，于是他看了看露易丝，问她："你发现了什么问题？"

露易丝也稍微有一点睿："其实我说不准。我只是在墙幕上看到他们的操作准备图，感觉有些异样。他们是在给神经插入电子控制装置，这会影响到你自己的神经回路。我不知道这样做的后果和影响如何。对神经回路的信号干预有可能会扰乱内分泌，我不想贸然接受。"

凯克又转向丽雅："给我们时间，让我们考虑一下。你们要是敢过来强迫，我就……"他看了看手中抓住的看护，还是没说出威胁的话。他并不容易说出自己做不出的事，但他已经开始在心里筹划策略了。

"我们不会强迫的。"丽雅说，"我来其实是想告诉你们。脑芯你们现在可以选择装也可以选择不装。宙斯说，如果你们拒绝，就送你们离开。"

"又是宙斯！"凯克有一点焦躁，"我们想见见他。"

"他现在不会和你们对话。等你们装了脑芯自然可以和他对话。"

凯克犹豫了，他看看亚当，又看看露易丝。

"让我们想想吧。"凯克说。

"可以。"丽雅点点头，"宙斯说，你们可以先离去，考虑之后还可以回来。"

每个船员的历史与资料像快速电影一样播放一遍。

一百年前的飞船出现，画面中有几个船员登上飞船时的镜头。每个人都年轻飒爽，接受围观者的致意，走在最前面的凯克船长向众人飞吻，很潇洒。当时的总统为船员送行，陈述了飞船远走太空、寻找解决人类能源问题的方法，表达了政府和所有人对船员们的敬意。

画面停下。黑暗。随即亮起，现实的房间出现在眼前。

"不用急，回来找你的那个人就是我们需要的人。"

四

当船员第一次进入城市，他们有一点晕眩。

新的城市像是直接在网状的钢架结构上点缀的，钢架像耸入云天的巴黎铁塔，只是规模庞大数万倍，连绵成片，骨架纤细却坚固。每一个钢架节点上都支撑着小平台广场，上面伫立着不同高度和广度的建筑，钢架之间巨大的空隙透出阳光，即使在下层的建筑都不会陷入黑暗。轨道交通沿网状钢架穿梭，钢架街道都以白色为基础色，绿植点缀在每一个转角。建筑多为形状特异的造型拼搭，一方面有文艺复兴建筑的几何感，另一方面又更加抽象简洁，如同立体一次成型，没有刻意的对称设计和多余的装饰。

他们站在钢架城市的中部，向上向下都能看到人群的往来穿行。人群秩序井然，每一条网状钢架上都可以看到沿两侧顺序行走的人，速度更平稳，穿行更礼让，能见到街头人们的相互礼敬。向下俯瞰，能看到接近地面的广场面积较大，聚集的人数也较多，似乎是公共事务的集散场所。不过，即使在众人集会的现场，都不再有他们记忆中通常想起的聚集骚乱，呈现在他们面前的是人群有序前行所形成的图形。他们觉得自己像站在半空俯瞰世界的天使。抬头仰望，钢架最高处进入云端，有人在头顶行走。

"他们没告诉咱们该去哪儿，现在怎么办？"露易丝问其他人。

"他们就是想让咱们回去。"凯克说，"先找地方住下来再说。"

他们向最近的交通站走过去。那是一个像缆车站一样的枢纽，有车厢从下方沿钢架升上来，在枢纽站之后沿其他钢架方向运转。几个人跟在排队上车的人流之后，也走上一个车厢，没有收费，也没有检票，其他人没有对他们过多关注。他们觉得自己像进入一个浸没式戏剧的舞台。车厢里的人穿着多为素色，干净而少有花哨。

到了下一个交通枢纽的时候，他们问路人怎样可以找到最近的旅店。辗转问了两三个人，来到一家旅店，发现门厅完全没有工作人员。也有其他入住的客人，在入口的钥匙柜前站了一下，就有钥匙柜打开。但他们走过去，钥匙柜却没有任何反应。

"你说，"德鲁克问凯克，"咱们真的要咬死了拒绝植入吗？你也看到了，一直拒绝可能会寸步难行。"

凯克皱皱眉头："我还需要一些时间。露易丝后来调查过，医院确实有一个很大的身体康复中心，是给对脑芯的植入产生负面效应的人做恢复调整的。这事情比较复杂，咱们没有搞清楚负面效应之前，最好别贸然接受。"

"什么康复中心？"德鲁克问。

露易丝调出她拍的几张照片：定期身体复检与康复中心，提供体检和诊治。她解释说，有一部分人会有神经和内分泌系统的不适应，引发一系列身体综合征。这部分人需要定期停止脑芯进行身体修复，但她不清楚修复的结果。从画面上看，进行修复的人多少都有一点抑郁或神经质的表现。

露易丝的这组照片给了凯克强烈的冲击。他还曾到康复中心门口悄悄窥探过。虽然不知道他们在房间里经历了什么，但是他猜想不会是很舒适的体验。医护人员坚持说只是有一些人的体质特殊，有排异反应，但凯克觉得没这么简单。脑芯，以纳米芯片植入神经系统，接入网络，随时随地可以接收和发送电磁信号。有了脑芯，记忆力不再是问题，在头脑中可以轻易搜索整个网络。但是所有人的脑芯信号会汇总到最终的全球智能系统——宙斯，就是这一点让凯克深感不安。

他们正在踌躇间，墙上的镜子忽然有人影出现。是一个少年人的影像，十七八岁，正在一个电子墙幕前专注学习。

有一个声音从镜子里传出来："李钦，这是你的重孙，如果你希望找到他，请按照下面的路线方式。"

图像从镜子里消失，出现一幅地图和路线。几个人面面相觑。

人之岛

　　黑暗中。错乱的图像信号。有对几个船员行踪的监视镜头。有百年前的画面。有李钦生平和工作的图像。最终是在数字的海洋里快速穿梭的画面，沿着数字的光路向某个深层下沉、潜入，似乎在做无穷尽的搜寻。

　　"系统两次呈现异常情况。近期主要目标：锁定异常来源。"

五

当听见凯克船长按门铃的声音时，丽雅刚刚结束一通长达两个小时的视频通话。她很意外。她没有想到第一个联络自己的船员会是他。她定定神，把思绪拉回现实。

"哈罗。"丽雅站在自己的办公室门口,并没有打算迎接凯克进屋。

"哈罗。"凯克船长说,"好久不见。"

"只有三天而已。"丽雅说。

"我觉得已经有一年没见你了。"

丽雅并不理会他的暗示:"你们这三天过得如何?"

"还可以。"凯克说,"我们在李钦的重孙的大学住下来了。他的重孙有点……我说不好,怪怪的……似乎不太愿意见到这个曾祖父,但不管怎么说,他还是帮我们找了住的地方。"

"很高兴听到这点。"丽雅微微笑笑。

凯克的身体靠向门框,用更加日常的语调问:"能不能坐下来聊一下?"

"可以。"丽雅点点头,"我们去餐厅?"

"能不能在你办公室里?"

"有什么理由吗?"

凯克船长用手指了指墙上的墙幕:"有一次我见到过你和宙斯通话。我希望能和宙斯通话。"

"那不需要在我这里。"丽雅说,"在餐厅的墙幕上也可以和宙斯交谈。"

"但我需要你的协助。在那之前,我也希望最好能和你谈一下。"

"谈什么?"

"谈宙斯。"

丽雅犹豫了一下,让凯克船长进屋坐下。凯克船长将身后的门关上。

"你想谈什么?"丽雅问。

"我想问,你们怎么看待宙斯?"

"什么叫……怎么看待？"

"我今天想说得直接一点。"凯克坐在办公桌外侧，向桌子另一侧微微俯身，"我知道宙斯可能会听见我们的对话，没关系，我希望他听见。我就是想问，你们，你们每一天的生活，听宙斯的意见和指令，是什么感受？你们不觉得自由受到了侵犯吗？"

丽雅很平静："宙斯给出的是综合判断之后的明智建议。他能读取我们全都做不到的海量数据，比我们每一个个体都更全面地了解事实。很多时候，一个人的判断是非常不明智的，主要原因是每个人的信息太少，看不到全局。"

"如果只是建议，"凯克有点挑衅，"那为什么要控制呢？他用脑芯控制所有人。"

"那是沟通方式，更快捷的传输。而且脑芯最主要的目的是增强每个人的大脑能力。我们的大脑，现在的计算能力和智能水平都是从前的数百倍。"

"可是，"凯克的身体进一步向前倾，"智能的定义，不是应该包括决策吗？自主做出明智的决策，才是智能。如果只是服从，无论如何算不上智能。"

"明智，"丽雅答道，"从始至终都包括听取更明智的人的建议。古之智者，都对更高的智慧充满敬畏。"

"更高的智慧？"凯克说，"那就能替代你们的个人判断吗？让你们全都听令于他？"

"还是那句话，我想那不能叫听令。"丽雅并不受凯克明显的语气煽动影响，"宙斯是辅助人，他按照每个人的不同特征辅助他达到自己的最佳状态。"

凯克的上身越过办公桌盯着丽雅的眼睛："你真的相信宙斯是为了你们每个人好吗？你怎么知道这不是暴君对臣民的愚弄？"

"不一样的。暴君并不了解他的每个臣民。"

"宙斯就了解吗？"凯克问，"宙斯对你建议了什么？你相信他真能为你的个人幸福考虑吗？"

"我相信。"丽雅的表情仍然静如止水，"事实上，宙斯曾经让我转告你，如果你仍然对返回宇宙有兴趣，他或许可以告诉你如何找到一艘好的宇航船，能搭载更强大的建立新基地所需的设备。"

"宙斯他这么说过？"凯克有一点讶异。

"是的。他说，DK35航天中心的第一实验室正在研究探索地外行星的事。你可以在那边找到你想找的支持。"

"他是怎么知道我想要做什么？"

"宙斯知道所有的事。"丽雅说。

　　宇宙图像。黑洞。星云。旋涡状的发光气体。喷发的粒子流。黑色虚空中的缥缈色彩。向黑洞中心进发的过程。靠近视界的狂暴气流。巨大的速度与颠簸。跨越视界之后的无尽黑暗。锁定磁力线之后的旋转。旋转。旋转。向外的剧烈喷发。抛射过程中相对论效应产生的光之幕，绚烂至无法直视的凝固的光。

　　最终归于平静。黑暗。"记忆读取完毕。"

六

　　当凯克船长推开房门的时候，李钦正在苦口婆心地劝李牧野——他的十九岁的重孙，跟他们一起搬去新的住所。李牧野上大学二年级，学建筑设计，但看上去并不太热衷于此。李钦说话的时候，牧野就在自己的掌心玩全息投影的建筑模型，那些模型本是他做作业的资料，而他此时却在尝试摧毁。

"怎么样？"李钦看到进来的凯克船长。

"还可以吧。"凯克说，"航天中心答应给咱们一个独立的实验室基地做筹备。住的东西基本上搬过去了，还差一点，待会儿咱们随身带上就行。"

"航天中心的人会参与吗？"李钦问。

"应该会。他们先让咱们做筹备，如果有需要，就找他们帮忙。"

"听说这次的船已经换了约束聚变引擎？"

"是。"凯克点点头，"比咱们上次出发的时候条件好多了。"

李牧野站起身，似乎觉得与己无关，想离开了。李钦抓住他的手臂。

"你再考虑一下。"李钦说，"你跟我们去新基地，咱们尝试一下。你试试。"

"我说了我没兴趣。"

"你从来没有试过。"李钦坚持道，"你没试过就不能说没兴趣。咱们家族里就没有对任何事都没兴趣的人。你从来没有为自己选择过什么事，所以才会觉得对什么都不感兴趣。"

"选和不选又有什么区别？"李牧野厌倦地回答道，"选哪一科又有什么区别？不过就是把物体从这儿运到那儿，又把物体从那儿运到这儿，来来去去，最后都是尘土，没什么意思。数字搬来搬去，物体搬来搬去，到最后都是垃圾，忙忙碌碌就死了。你们也没什么两样。"

李钦双手把李牧野的肩膀扳过来，郑重地跟他说："你再听我最后说一遍：你跟我们去新基地，我们过一段时间'本来的日子'，就一段时间，行不行？过完这段时间你如果还是现在的看法，那才能说明你是对的。我就提这一次。"

李牧野犹豫了一下，双手交叉，脸转向侧墙，嘴上下轻碰。

凯克知道李牧野正在求问宙斯，很多人头脑中思索一件事的时候，嘴上也会不自觉流露出动作。他有点震惊于李牧野的虔敬。

"行。随便你们吧。"似乎是得到了宙斯的许可，牧野回答说，"不过，对不对又怎么样呢？还不是一样的？"

牧野漠然地看着曾祖父和凯克船长忙忙碌碌地收整东西，像看着两个动物。他始终站在他们外面，站在生活外面。

凯克听李钦说过，牧野没有任何个人兴趣和梦想，学目前的建筑专业是因为出生前的基因测试认为他有空间构造的天赋，是宙斯的建议。李钦试过几次，想跟他谈遥远的梦想，都被他讽刺的语气挡了回去，而他所不屑的兴趣正是李钦最看重的东西。牧野是李钦大儿子的孙子，他的小儿子很小就死去了，李钦痛苦之余对大儿子感情更深。李钦说话不多，但是内在思绪非常丰富，为了执着的东西可以奋不顾身。但是那种感觉却不是几句话就能传达的。

当李牧野暂时走出门去，凯克拍了拍李钦的肩，把他的身子扳过来面对着他："你还要坚持这样一个一个唤醒吗？别天真了。这些人真的醒不过来，除非你能坚决、大规模地去除控制，否则他们永远也醒不过来。"

李钦推了推眼镜："我还想等一下。"

"还要等到什么时候呢？行动吧。"

凯克加了加握在李钦肩上的手指的力道。

他们的新基地在 DK35 航天中心。凯克去找第一实验室的人聊过，发现他们确实在继续探索重返太空的计划，只不过还是只在深耕太阳系内部各行星的空间。凯克问过他们，为什么人类不再向远太空进发了。研究员说，这些年也发射了一些观察望远镜，从银河系各处传回了信号，但是人类对进发太空没有什么需求了，因为能源问题已经被智能网络的优化控制解决了，生育率比一百年前大幅度降低，也没有人口危机了，因此，相比而言还是在地球居住更为舒适。

　　凯克给他们描述了他们找到的那颗星球：GX779，无比富饶和宜居的星球。那是一颗突然出现在黑洞另一侧的不起眼的行星，他们找到它纯属巧合。冬眠中的他们没有监管航向，飞船被一颗难以观察的褐矮星影响航向，报警系统响起来的时候，他们已经朝一个中等质量的黑洞撞过去了。这样的黑洞平时很难被观察，在他们的星际导航图里完全没有标记，而数千倍太阳质量的强大吸引力又让他们难以逃脱坠落。他们抱着赴死之心进入黑洞视界，按照莱昂指点的方法锁定一条磁力线，最终在落入奇点之前，跟随磁力线的喷流被喷出黑洞的另外一边。在速度终于降下来之后，他们看到一颗近在咫尺的行星，处在一个单恒星系统的中部，不大不小，位置不远不近，远远看去就有水的痕迹。他们操纵伤痕累累的飞船，降落在行星表面。这是一颗接近于地球原始状态的行星，一半左右都是陆地，植被覆盖率甚至高于地球，含氧量也比地球更高。几个人经过醉氧的适应，都能只身在陆地表面蹦跳行走，身体状态感觉更有活力。他们发现几种体型小小的动物，类似于早期啮齿类，但感觉远不如地球上的啮齿类灵活，它们行动笨拙，以食草为生。德鲁克在地表搭建了临时居所，露易丝采集了多种植物标本，亚当开小飞艇环绕星球一周，做了基本勘察。各个方面都是令人兴奋的：绿意盎然的陆地、无文明生物、富饶的矿藏，他们几乎能想象到人类来此定居时生机勃勃的景象。

　　几个人将这些事情对航天中心的人说了，而他们的兴趣远远不像凯克船长预想的那样。在他的梦里，他看到被远航热情点燃的每双眼睛，斗志昂扬整装待发的人群，像征服大海那样征服星辰。远方、探索、占领、超越，他曾经以为这些词汇是不变的人类梦想。

但他没有看到。这些都没看到。

航天中心的人问了他黑洞的实际坐标、这颗星球的实际坐标、具体资源种类、对人类可增加的知识量和资源量，以及需要消耗的成本和资源量之后，表示愿意继续对黑洞做一下研究。他们是在计算价值，而不是赋予价值。

他们毕竟变了太多，凯克想。他在航天中心，观察到更多这种"新世界的人"。他们对人永远彬彬有礼，永远不会情绪激动。凯克有时候会刻意激怒他们，以观察他们对人对事的反应，可是永远没有什么结果。他有时候会在餐厅故意打翻咖啡，洒在旁边一个人崭新的工服上，那个人只是摇摇头，端着盘子走了。这种毫无触动的反应给人一种轻蔑的印象，让凯克心里原本的负疚转而变成了愤怒。可是那个人的脸上就连这种轻蔑都没有，他只是站起身，离开了。凯克思考着这种转变，当人的脸上永远没有了愤怒，他获得了什么，又失去了什么。凯克想看到的，是那种生命的力量。力量，力量，想要向什么东西冲过去的力量！可是永远没有。这可能是因为他们对他的宇航计划没有兴趣吧。

凯克还注意到一个细节。这些人时常会侧过脸，或者仰起头，向宙斯求问。那种时刻很有意思，就像突然走神或者发愣，眼睛也像是失焦，看着某个不存在的地方。凯克猜想，那种过程大概需要在头脑中让思维聚焦，把问题想清楚，再获得宙斯的明确回答。有的人的嘴唇会不自觉产生动作，像李牧野习惯的那样。对这种时时发生的求问，他们已经习以为常。

凯克有时有点气馁，想试图唤起牵线木偶独立行走的设想似乎很难达成。

但不管怎么说，凯克站在洁白的新飞船下默默地想，我们都拿到这么大一艘航船了，能有这样的支持已经很好了。

至于人员团队，凯克在心里筹划，如果无法说服飞行中心的人，那就要另想办法了。

"谢谢你啊，宙斯！"他抬头向高昂的天花板喊道，"你想用这个船诱惑我吗？它是很好，可惜我还是不喜欢脑芯。不好意思让你失望了。你读不到我的脑。"

这是航天中心大型试验场，在城郊，夜晚空旷。凯克的声音在半空回荡。没有回答。

公式，广义相对论。爱因斯坦的头像。彭罗斯和霍金的头像。其他人的头像。对黑洞的观测图像，吸积盘、光球和喷流。更多的粒子模型。大型高能对撞机。超级粒子在最高能量下的撞击图像。新粒子的诞生。物理公式由四面八方汇集，向一个终点汇聚，越来越简化，越来越统一。

"统一模型，只差对黑洞奇点的理解了。"

七

工程师德鲁克在住进航天中心之后，一直有一点犹豫。他不想再上飞船，但又不好意思跟任何人讲实际的理由。

他甚至不愿意住到航天中心。在李牧野的学校附近居住，食物选择的种类还多，偶尔还能自己做，而在航天中心这样的郊野，就只能吃到食堂里寥寥几种像苦行僧的日常饮食。德鲁克不知道，为什么科技越发达，人对饮食越没有追求。不过，即便是这样，地面上的饮食也还是比飞船上好太多。飞船上日复一日的蛋白质、糖和纤维素的合成物，本就都是培养基上长出的化学品，又只经过了最简易的加工，口味口感就完全不要谈了。在德鲁克上飞船之前的三十三年里，还从未有一天对饮食如此草率。他不知道是怎么才熬过了飞船上醒着的五六年时光。再让他上飞船，他实在是不想去了。

可是这样的理由，又怎么能跟凯克船长说呢？

德鲁克其实能理解凯克的激情，他也是从小看冒险故事长大的，当初要不是想冒险，他也不会通过层层筛选踏上飞船。可是他现在……生理年龄四十几岁，物理年龄一百多岁了，他真的没有那么想远走高飞了。如果有什么地方能够让他奋不顾身，那怎么也得是一个充满美食的地方。但这种理由，说出来显得太不正常了。

凯克不一样，他是笃信远征的人，他扯起大旗，就想一辈子不撒手。

德鲁克抓了一个热狗，闷闷地嚼着。

德鲁克突然想跟露易丝通个话，想问问她如何决定。露易丝一直没有住到新基地。凯克解释说她最近正在研究脑芯的控制原理和破解脑芯控制的方法。但是德鲁克怀疑，露易丝是不是不愿意来。毕竟，他还记得飞船上露易丝的话。李钦和莱昂都是热衷于回到宇宙的人，只有露易丝可能和自己一样倦了。

他呼叫她的住处，没有人接听。

他呼叫她的实验室，也没有人接听。

德鲁克回想了一下，似乎已经多天没有露易丝的消息了。她发现了什么秘密？上次见到她的时候，她说了不少有关负反馈信号对情绪递质的压抑及对人的影响。但是这些算是秘密吗？周围的"新人"——船员给现在的地球人的称呼——都是那么不苟言笑，看上去像是永远没有喜怒哀乐。德鲁克觉得，不需要露易丝调查，他也能看得出脑芯对人的压抑。

只是，露易丝还查出了什么秘密呢？她为什么这么久都没有与大家联系了？

突然，通话终端接通了，里面出现一个很奇怪的声音——"咔嗒"。然后是尖叫。

露易丝的画面出现。像快镜头回放一样，串联起她回到地球的所有瞬间。她回到她从前工作的大学——到现在已经三百多年历史的悠久学校——恢复教职，在实验室里忙碌。观察，实验。偶尔出现在医疗中心。

接着是她的体检镜头。她接受了人工智能助手辅助的全面身体检查。仪器上平躺的身体。头部的全景扫描。基因图谱与细胞放大百万倍的图像。检验报告。字迹：癌变可能性 >75%。

"系统隔离处理。对象有较大阻抗。"

八

当凯克再次出现在丽雅面前的时候，丽雅吓了一跳。

丽雅正在康复中心执行工作。这是她例行的工作时间，凯克也是知道这一点才过来的。他在她打开门想要走出来的时候，用身体将她逼退了几步，挤进门，将门在自己身后关上。门把他俩与走廊隔开，一道磨砂玻璃又把他俩与康复中心内部隔开。凯克向丽雅微微俯身，他们离得很近，能听得到彼此的呼吸。

"你干什么？！"丽雅伸出手想推开他。

"丽雅，你听我说，今天我很诚恳地跟你说很重要的事。"

"那你先离远一点。我们去办公室聊。"

凯克并不理会她的建议："丽雅，你在你的生命里，有没有那么一瞬间，体会过那种为了一个人心醉神迷的感觉？"

"你在说什么啊？"丽雅似乎有一点慌乱。这对她来说并不寻常。

"我在说，你此时能不能感受到我的感受？"

"你这样……"丽雅退了半步，"不是很礼貌。"

"你的词典里只用'礼貌'这样的词来衡量关系吗？"凯克问。

丽雅微微避开他："你到底想要干什么？"

"丽雅，"凯克敛住自己的语气，用更沉稳的态度问，"你能不能帮我一个忙？我是非常非常诚恳地求你这件事。"

"什么事？"

"你们整个医疗中心，"凯克压低了声音，"有没有集体转移病人的大型车厢？我知道你们之前有过这种情况。我们在这里的那段时间，我看到过一次集体转移，就是我们出院前一天下午。"

"是。那次是医疗中心的科室调整。"

"能不能再帮我转移一部分人？"

"我？"丽雅讶异道，"我为什么要做这种事？"

"我在路上告诉你。你相信我，是为了很重要的事。"

"你先给我理由。"

"我一定会给你理由的。"凯克试图用坚决的语气打动她。

丽雅沉默了。她的表情明显是想问为什么要相信凯克，但是她没有说出口。

"转移谁？转移去哪里？"

"转移这个康复中心的人。去向的地方我路上跟你说。"

"不行。"丽雅摇头，"你不说清楚，我就不能跟系统留记录。不留记录就不能调用转移的车厢。这些都是系统完成的，我没办法。"

"你有办法。你肯定有办法。"

凯克停在这里，等待丽雅。他的身体一动不动，像石头一样坚定。

丽雅又陷入沉默。明显是在犹豫，对这样毫无道理的要求，她没有理由答应。但是凯克就站在离她非常近的面前，面对面，双方的脸不过十几厘米的距离，他的眼睛盯着她的眼睛。她想说不，但以她从小到大良好的教育和礼貌，她并不知道如何开口显得恰切。

就在这个时候，她头脑中听见了宙斯的话："去吧，照他说的去做。"

当车厢到来的时候，凯克略微感到讶异。整个病房的设备几乎全自动滑入车厢，病人也无须从自己的躺椅上起身。车厢沿着轨道自远处驶来，停靠在医疗中心外，与病房的墙壁以抓手相连，随后病房的墙壁向两边打开，将房间完全暴露给车厢。病房里的所有大小设备开始自动驶入车厢，包括躺椅、诊疗仪。每一样设备都有轮子和自己清晰的运行轨道，最终在车厢中安置得井然有序。丽雅监督所有病人的躺椅都平安落位。车厢脱开墙壁，墙壁合拢，车厢滑回轨道，沿上上下下的钢架向城市郊外驶去。

"大家不要紧张，我们只是转移到另一个诊疗中心。整体的诊室调整也是很常见的事。一会儿就到。"丽雅从走道里给每一个病人解释。她在车厢里步行了一圈，有时候大声讲述，有时候小声低头安抚病人的情绪，异常有耐心。

丽雅最终坐在车厢前侧，显得很疲倦，闭眼休息了一两分钟，侧过头问凯克："你现在可以告诉我，这一切是怎么回事了吗？……你如果现在还不说，我仍然可以选择让车厢掉头。"

凯克坐在车厢右前侧的座位，丽雅的对面。他向外看着窗外黑漆漆的夜色。前侧的玻璃宽大，从头顶到脚下，能看到钢架下层接近地面的灯火通明。车厢沿钢架徐缓地爬升，经过一个中继站，又顺着一条长长的没有尽头的钢架快速下滑，向城市边缘滑，一路经过的平台和房屋像故事里的存在。凯克看着车窗，在夜幕的背景下，窗玻璃上映出丽雅的影子，她的面容清丽严肃，光洁的额头显得聪明睿智。

"丽雅，"凯克将头转回车厢，声音低沉，不想引起车厢里其他人的注意，"现在我们有一些时间，我希望你能认真听我说一些话，可以吗？"

"你说。"

"丽雅，你仔细回忆一下，你爱过哪个人吗？"

丽雅显得有点尴尬："我以为你要说为什么转移这些病人。"

"你爱过哪个人吗？"凯克坚持道，"我是说，从心底里面的感觉，心跳不止，忍不住想那个人，身体里有一种躁动或紧张，他的样子不断出现在你头脑里，让你控制不住自己，全身感到一种洋溢的幸福。你渴望和他拥抱在一起，倾诉，接吻。这种感觉，不是指你欣赏一个人，而是你的情感上为一个人激动。你有过吗？"

"你今天一直说这些，好奇怪。"丽雅避过头说，但她的声音有一点摇摆。

"丽雅，"凯克向她俯下身子，"如果我说，我从第一次见到你，就很喜欢你，就有我刚才说的那些心动的感觉，你能理解我吗？"

丽雅张了张嘴，没有说话。

"你能理解我吗？"

"不能。"丽雅说。

"那你会爱上我吗？像我对你的那种感觉？"

丽雅低下头，一只手在另一只胳膊上轻轻摩挲，显得有一点不安。"事实上，我很快要结婚了。"

"跟谁结婚？"

"西 13 区的一个药理学家。"

"你爱他吗？"凯克问。

"是的，我想是的。"

"他是个什么样的人？"

"他很……沉稳，和我的个性在多数维度有很好的匹配和互补。宜人性略低，但尽责性更高。生活中的兴趣多数近似。基因中有两处优势显性基因，可以弥补我的两个风险点……他可能跟我差不多高。"丽雅说得低声而快速。

"可能？……你没见过他？"

"我应该是下周见他。这是很早以前就定下来的。"

凯克笑了一声："你爱他？"

"我看过他的很多资料。"丽雅辩解道，"我会觉得很多地方跟我有相通之处，他也不喜欢很吵闹的地方，也喜欢看哲学，但是他的抽象认知能力比我好，我们在很多地方的饮食偏好互补也很好。我想我爱他。"

"他是宙斯安排给你的？"

"并不能叫宙斯安排。我觉得你对宙斯还是有偏见。这不是宙斯任意决定的，他是根据我的 DNA 和整体的个人发展历史在所有人的资料库里计算匹配的结果。计算结果也并不是宙斯任意拟定的。这就像他帮你找到你需要的书一样，他是根据你自己的特征寻找最佳匹配的结果。"

"DNA 匹配就是爱吗？"

"是最好的爱。你当然总是可以不要最好的选项，选择一些次好结果……"

"丽雅，你听我说——"凯克微微打断丽雅，抓住她的手。

这时，车厢突然停下了。两个人都向一侧晃动了一下。"您的目的地已到达。"车厢里电子女声响起来。随后，车厢后部的大门整体向上抬起，露出车厢外对接的场地入口，在夜里黑漆漆看不见尽头。车厢里原本在躺椅上睡着的病人也纷纷坐起身来，张望着自己到底被转移到什么地方。丽雅甩开凯克的手，紧张地站起身。

"你看你，"丽雅埋怨凯克道，"一路上不谈正经事。现在都到地方了，怎么办？我该跟这些人说什么？接下来要做什么？"

"你照我说的来，不会有事的。现在让所有设备都滑出去落位。外面是一个很大的场地，怎么安排都随你。"

"你还是得告诉我为什么。"

"为了让你们真正过一种——人类生活。"

当所有设备和病人躺椅都按顺序滑出车厢，在新的场地里落位，布置停当，丽雅随着凯克最后走出来。她花了好一会儿才适应新场地的灯光。

她吃了一惊，没有料想到进入了如此大的一个空间。尽管有几道临时墙壁，给病人隔出了一大片专门的休息诊疗区，但从房顶仍然能看出空间的尺度。

凯克看得出丽雅的惊讶，他嘴边微微露出一丝笑意，想象着第二天早上当她看到宇宙飞船时候的表情。一切都在他的预料范围之内。他没有看错她，她是个镇定的女人，对事物有很好的理解能力。此时此刻，即便心里仍然充满讶异，但她没有慌乱，反而已经开始想办法安抚他人。

"大家不用担心，我们已经一切都安排停当。这只是另外一个新开放的中心。"她开始在病人中间走来走去，应对他们的疑问，对每个病人的智能检测结果进行人工核验，安抚情绪，劝说病人早点安睡。

直到对最后一个病人道过晚安，她才在凯克的陪伴下走到自己的房间。那是整个大厅一侧一排临时房间中的一间，从门口看进去，基本令她感到满意，素净的单人床摆在中间，淡青色床单，房间中还有一张原木色写字桌和一把扶手椅。房间内侧的整面墙壁上是虚拟的海景，海浪由远及近，细细的白色浪花翻滚，看得见细沙和远处的礁石，隐隐还有低沉的海浪声。

凯克向她俯下身来："你现在试试，与宙斯对话。"

丽雅这才从她对海洋的注视中回过神来。她尝试接入脑域，向宙斯求问，可她无法连接，所有数据查询和传输的请求都没有反应。她在头脑中测试了几次，都陷入了完全的沉默。她问宙斯为何如此，也没有回答，就像每两年一次的断开脑芯连接的体检，进入突然无依无靠的恐慌状态。

她惊惶地看着凯克。

"是的。你进入了电磁信号屏蔽区。这是我们特别制造的。"凯克说，"你们的脑芯虽然很强大，但不过也只是电磁信号传输载体。只要将联网所需的特定频段的电磁信号完全屏蔽，宙斯也无法找到你。你终于要进入你自己的生命了。"

黑暗中的灰白闪现。像在茫然无尽的宇宙中寻找偶尔的星光。锁定。延展。灰白信号逐渐稳定下来，慢慢清晰，出现图像，出现色泽，出现立体画面。画面逐渐扩大成为稳定的场景。是航天中心飞行大厅。

有人在画面中走来走去。能听到细细碎碎的话语声音。声音渐强，能分辨出一些句子。都是个人的思索和问题。汇集交叠在一起，偶尔能听清，但越来越强就混在一起，谁的话也听不清。

"感谢你的协助。现在看上去好多了。"

九

噩耗传来的第一时间，凯克就把所有人召集齐了。除了报信的德鲁克，平时就住在航天中心的李钦、莱昂和亚当也赶了过来。人齐了。露易丝的死讯震惊了所有人。

"听着，"凯克严肃地对几个人说，这是自飞船着陆以来凯克第一次回到船长的身份，"这可能只是一个开始。我们必须得认真起来了。我们的对手可能是一个杀人魔头。"

"还是先调查一下是怎么回事吧。"李钦忧心忡忡地说。

"德鲁克，你把你了解到的情况告诉大家。"凯克说。

"露易丝是两天前的夜里死去的。当天晚上我呼叫她，听到她尖叫的声音，但是不知道她在哪里。我立刻出发去找她，但是她的公寓好像没有人，我叫门没有回答。我又去了一下她的研究所，夜里黑漆漆的，也没有一点光亮。当时我就紧急报警，夜里回来等消息。第二天中午，也就是昨天中午，听到消息说，她死在医疗中心的一个隔离病房里。不是咱们当时在的那个医疗中心，而是另一家，离她公寓不远的地方。我想进去调查，但是不允许我进去。"

"露易丝为什么要去医疗中心？"李钦疑惑地问。

"我查了一下理由，"德鲁克说，"露易丝近期做了一个全面体检，然后又做了一次基因筛查。"

"露易丝一定是在研究中查到了问题，"凯克斩钉截铁地说，"她最近一直在研究脑芯的问题，研究脑芯对人神经的破坏性作用。肯定是查到了关键性线索，于是被宙斯灭口。肯定是这样。"

李钦皱了皱眉："但是那和医疗中心有什么关系？"

"不知道，"德鲁克说，"也许是想去调研脑芯植入手术？"

"到现在了，你们还有什么可犹豫的吗？"凯克有点急了，"他已经杀了露易丝！从来不伤人的露易丝！接下来就是你，就是我，就是我们所有人！"

"那你想要怎么行动呢？"李钦还是有点疑虑。

"把行动计划提前。"凯克说，"要么战斗，要么早点走。"

"战斗不行吧？宙斯并没有一个中心，他是分布式的，存在于全球整个互联网上，你摧毁了任何一个基站或者服务器，都不会摧毁宙斯整体。他是云智能。"李钦提醒他。

"那倒也不一定。"德鲁克说，"有时候在一个网络里，一些状态也是不稳定的。一个点的崩溃达到临界也说不准可以引发系统性危机。"

"但我们能达到那一临界吗？"李钦说，"我担心在那之前，我们就被清除了。我们对抗宙斯没有胜算。亚当你说呢？"

"这个问题比较难说。任何事都有一定的小概率。"亚当秉持着军人的精准言辞，"但我不建议和宙斯对抗。从航空编队的武装部署看，现在的军队虽然数量少，但智能水平是很高的，自动躲避和自动追踪能力都已经非常精确，而且宙斯在全球的上亿个连接点上，不摧毁足够多的数量，不可能造成损伤。"

"是。"凯克说，"所以更好的选项是走。咱们可能得提前出发。"

"提前出发？飞船准备好了吗？"李钦问。

"这两天要抓紧了。还有些问题，我们要想办法。"凯克说，"不过，在那之前，我们内部得先统一：我们接下来就是铤而走险的一个组。我们要非常非常团结，才可能跟一个无限强大的外部敌人对抗。怎么样？"

"我没问题。"许久不发言的莱昂先说。

德鲁克也点了点头："我也 OK。"

"其实，我从来也没有反对，"李钦叹了口气说，"我只是说还是要调查清楚。这件事不能意气用事。"

"那是当然。"凯克点点头，"我们分头行动。德鲁克，你和亚当跟我，咱们还去医疗中心。李钦，你和莱昂去露易丝的研究所，一定要详查露易丝近期的研究结果。"

几个人在走出大厅的时候，心里都有一点沉沉的感觉。

"让我们进去！"凯克抓住房间门口看守的机械手臂，试图向两边掰开。这是露易丝出事前最后居住的病房，房间里看不见人，两辆自动机械车正在搜集证据和清理房间。

机械手臂由两侧门框左右伸出，在门口连接形成强有力的阻挡，留下的缝隙不足以爬进一个成年男性。凯克和亚当尝试徒手与之对抗，发现看上去细弱的机械手臂实际上强韧十足，不可撼动，而且机械手臂的智能反抗逐渐变得熟练，因此他们片刻之后便放弃了。于是德鲁克从口袋里掏出腐蚀枪，含有强酸性腐蚀剂的微型子弹是机械的天敌。作为工程师，德鲁克喜欢这种简单粗暴的装备。

正当德鲁克举枪要射击机械手臂的时候，有人从旁边的走廊转过来看到，喊了一声："你们是来找露易丝的吗？"

"终于来人了。"凯克一个箭步冲上前去,"你认识露易丝?你是这里的医生?前天夜里露易丝是不是死在这里了?"

来的人是一个助理医生,在医疗中心主要起到监察的作用,地位不算很高。他口气平和地说:"是。"

"那现在有调查吗?这么大的事,怎么都没有人好好处理?"

"这里是过渡站,经常有人来来去去,应该是正常的吧。"

李钦抓住那个助理医生的胳膊:"什么叫来来去去?什么叫正常的?"

"这里都是基因有问题、有感染性的病患等待处理的临时性隔离病房,本来就是高危病人,有生死状况都不奇怪。"

"高危病人?!"凯克也凑上前,"露易丝什么时候成了高危病人?"

助理医生摇摇头说:"我不是她的主治医师,我也不太了解情况,我只知道她当时拒绝清除她的胎记,情绪挺不好。"

"什么胎记?……你是说她右耳后面那一块?"李钦问。

"应该是的。那块胎记是血管瘤,所对应的基因是另一种癌症的相关诱导基因,有可能诱发癌病毒。"

助理医生说到这里,从自己的衣袋里拿出个器皿:"不过说实话,我真的是不太清楚她的病情,我今天找你们主要是因为这个:她当时找到我,问我好多有关脑芯适应不良病人的情绪疏导的问题,还让我帮她完成了半个实验。"助理医生说着打开了那个器皿,里面是密密麻麻的十六个小试管,每个试管里都盛有一些颜色不同的液体,"她当时出不去,就找我。我当时拿回去做了。"

"什么实验?"

"有关情绪递质的吧。具体的我也不是很清楚。我就是按她说的去做了提纯和后续的一些测试。她大概是要观察一些电磁信号刺激下的情绪递质变化。我能明白她想做什么。但我也告诉过她,在体外研究跟体内研究有很大不同。现在她不在了，这些结果还是交给你们吧。你们是她的朋友吧？"

"那露易丝到底是怎么死的？"李钦默默接过器皿，"这个谢谢你了。"

"我真的不知道。可能是系统清除了吧。这种事也自然，时常发生的。"

"什么叫'也自然'？"凯克压抑不住自己的恼怒，"一个活生生的人死了啊！"

"是啊，就是一个人死了啊。死难道不自然吗？"护理医生有点奇怪地看着他们，那平淡的表情让他们有一种深至骨髓的惊骇。

在航天大厅一角临时搭建起的医疗中心，有点躁动不安。来到这里三天了，尽管丽雅仍然努力维持一个医疗中心应有的样子，但病人们陆续开始察觉出问题，蠢蠢欲动。不止一次有人要求给一个解释，否则就准备离开。

当看到凯克一行人回到航天大厅，丽雅有一种松口气的感觉。

"诸位朋友，"凯克走到众人中间，"我知道大家在这里待久了深感不安。但请你们相信，我们绝不是要伤害大家。我们把大家请到这里来，主要是想告诉大家一些你们平时很少想的事情。你们从小到大都生活在一种氛围中，很难理解我们，因此我们只好请你们与日常的生活隔离开。在这个地方，我们屏蔽了宙斯，想要让你们恢复对你们自己身体的控制。"

众人中发出一种焦躁的反对声。他们对事情的期待原本是身体接受康复训练，此时突然听说要生活在一个完全屏蔽宙斯的环境中，他们的第一反应是恐慌。

"我知道你们觉得不安，"凯克慢慢向前，走到人群一侧，转身面对所有人，"但是请你们放心，你们是安全的。你们仍然像在医疗中心一样接受康复训练，康复训练需要四周。如果四周之后你们愿意离去，我们也不勉强。

"不过，我们希望你们体会一个重生的过程。你们是一个人！不要忘了这一点。你们几乎忘了一个正常人一生的正常体验，而我们要帮你们重建这种体验。首先最重要的一点是，你们需要面对，你们的情绪是身体的一部分。"

"你们看这个。"凯克说着，打开手里的器皿，把露易丝的十六个试管展示给大家，"你们知道这是什么吗？这是所有人最常见的与情绪相关的神经递质。在我们那个时代，所有这些神经递质都在我们每个人身体里周游循环，我们让情绪舒缓平和，这些内分泌的情绪分子就让我们的身体健康舒适。而在你们的时代，脑芯为了达到控制所有人思想行为的目的，从你们很小的时候就开始压抑情绪，压抑这些神经递质的分泌，用电磁信号不断刺激大脑中的边缘系统，造成表面上的理智和实际上身体内分泌系统的崩溃。大多数人因此一辈子活在僵硬冷漠的状态中，也有一小部分人，身体始终不能适应，就定期出现各种压力病痛，那就是你们。今天，此时此刻，我们就是将你们彻底解救出来，让你们回到自己的人类生活。"

"你们看这个孩子，"凯克用手指着李牧野，"他已经到这里三周了，从最开始毫不适应，到现在他已经慢慢开始建立自我了。"

"牧野，你过来一下。"李钦伸手呼唤李牧野。

李牧野有点不情愿地从人群背后走到人前，还是侧着脸不看众人。现在的李牧野和几周前的状态不太一样，那个时候的他冷傲而漠然，脸上的表情更多是厌倦，此时却不同，眼睛有点羞怯，脸上呈现出在人群中担忧自我的神色。

"牧野，"李钦把手环在他的肩膀上，"你给大家讲一下你昨晚玩的情景。"

"不行，我真的不行……"牧野声音很小。

李钦鼓励他："没事，你昨晚玩得很好啊。"

"根本没有。我不行……"此时的牧野像一只惊惶的小动物。

李钦对牧野微笑了一下，搂住他的肩膀，对众人说："牧野这孩子十九岁了，昨天晚上第一次找到那种玩一样东西的兴奋感。他今天有点羞涩，这种感觉也是没有过的。牧野你真的可以的。"

李钦调出李牧野昨天晚上编程序控制小车的视频，画面中的牧野面色红润，头上有兴奋的细微汗珠，眼神随着小车移动，闪闪有光。

凯克也拍拍李牧野的肩膀，又对众人举起他手中的器皿，神色突然凛然道："我们所有的情绪，都与身体相连，对情绪的压抑会对身体内分泌机能造成损伤，这是 21 世纪就已经知道的事实。然而一百多年之后大家反而不知道了，为什么？原因很简单，宙斯故意隐瞒了这个事实。宙斯故意不让大家知道这种风险，只是强制所有人植入脑芯，你们想过，这是为什么吗？

"原因很简单！宙斯在控制所有人，利用所有人。你们以为宙斯是为你的利益考虑，其实他更多的是为了他自己。他让所有人的情绪反应被彻底抑制，这样就不会违抗他的命令，而是接受他所有思想的灌输。最终达到他统治地球的目的。你们被告知说，是因为你们的身体有问题，适应不良，才需要定期康复，错了！其实你们这些少数人是最正常的，你们适应不了脑芯的刺激，那是因为你们的情绪递质分泌旺盛而持久，与脑芯长期存在对抗。你们才是真的人！宙斯他撒谎了。

"发现宙斯秘密的人，会被他灭口。露易丝研究人体内多项神经递质的分泌和受到的不良抑制，刚做完这些研究没多久，就被系统清除了。露易丝她死了。她的死亡就是给我们的最大警告！我们可以坐以待毙吗？绝对不可以。你们以为超级人工智能是仁慈的上帝？你们想得太美好了。他是那个将违抗命令的人彻底清除的上帝。现在你们脱离他的控制了，来吧，跟随我们，找回你们的人类生命，不要让自己再成为一个计算怪物的傀儡了！

"四周之后，我希望你们能选择跟我们走，到太空去！"

凯克说完，并未听到自己期待中的掌声。

台下一阵寂然的沉默，过了片刻，才转化为躁动不安的窃窃私语。

　　黑暗中的航天大厅。飞船上的信号灯开始闪烁，关闭的系统提示灯亮起来，整个船舱内部亮起幽暗的银光。一个人的身影走进船舱，从黑暗中走到前端。

　　他在飞船前端的大屏幕上做了几个操作，大屏幕上显示出航天大厅所有人的位置分布图。所有人都在睡觉。每个人的脑部区域都显示出亮起来的一团乱麻。屏幕上显示：连接已恢复。

　　"谢谢你的帮助。他们会明白的。"

十

　　李钦是在第五次进入网络深处的时候发现异样的。他一直在努力探索更深的源头。任何智能网络都有深层架构，即使是全球化的分布式网络也不例外。宙斯是超级智能，但宙斯仍然是由层层程序搭建起来的数字网络。李钦曾经是上世纪最早一批投身于智能网络建设的工程师之一，他了解一百年前的基底结构。

　　他沿着可以挖掘的数据路径，一层层进入网络深处。最顶层的新世纪网络他已经多数地方看不懂了，但是一层层深入下去，他能看懂的程序语言越来越多，到后来竟然对一条路径有相当的熟悉感。那条路径也异常奇怪，不断有程序入口打开，似乎在引导他一路深入。

他在接近底层的时候停住了，担心有问题。那种感觉太熟悉了，又太奇怪了，像是某个梦里去过多次而现实中又遇到的所在。他不知道这里面是不是有陷阱。

他停下来，退出。一路上又忍不住回想。最终还是回到那个奇怪的地方，做了一个快捷进入的标记。

快要退出到最外层的时候，他忽然看到一些本不应该出现的画面，就是这个基地与外界网络交换数据的备份包。备份包在闪，似乎在给他暗示。原本应该是屏蔽了所有对外的网络连接，以屏蔽宙斯对人的影响，可是每天夜里都有一段时间屏蔽解除，大量的信息进行着对外沟通。

这就意味着，有人每晚改动屏蔽设置。他没有做这件事，那就一定是其他人做了。

"凯克！凯克！"李钦推开椅子，奔出门去。

"第一步，要查清楚这个内鬼是谁。"凯克听完李钦的发现，琢磨了一会儿说，"第二步，咱们得搞清楚宙斯他想干什么。他侵入咱们的飞船这么久了，又不显示出任何痕迹，最近白天仍然是连接切断的状态，那么他隐藏了什么？他到底想要什么？"

李钦想了想："那我先仔细查查那些数据传输包里都有什么信息。"

凯克把丽雅叫来，问她近日是否重新听到宙斯的召唤或指令，丽雅说没有。她已经在切断脑芯的状态下生活了两周多，身体和精神状态都发生了一些改变。她仍然相信曾经坚信的理性，但是她跟凯克在一起靠得很近的时候，身体和呼吸都会有一种莫名的紧张感，脸会发热，这种感觉以前从来没有过。

她不太适应没有连接脑芯的日子，最主要的是所有需要的脑中的知识搜索都没有了，做任何事情的决策都慢了好多倍，对病人的病情监测也难以随时随地靠大脑和数据库比较，只能从随身设备中翻找资料。但与此同时，她也觉察出了实在的变化：她会有那种头脑一片空白的时刻，焦灼，等待，需要做出一个抉择。从前从不会出现这种空白，而宙斯的指示总是恰到好处前来。

"你最近真的没有听见宙斯的话了？那其他人呢？你监测的其他病人，最近是什么反应？"

"他们？最近还挺平静的。……偶尔有人有一两句抱怨，但剩下的时间都还行，大多数人有自己的生活。还有人看起了太空方面的书籍。"

凯克听了，微微皱了皱眉。他觉得这并不是非常自然的事情。在他们宣布了太空计划之后，很多人并不接受，也不愿意被他们挟持，反抗的声音一直持续。他们动员了一段时间，也答应所有人，等真正出发的时候，如果有人不愿意参与，到时候可以留下来，自行回家。他们做好了持续困难动员的准备。

但是……"挺平静"，是什么状况？

"丽雅，"凯克说，"你能不能帮我叫一两个人来，我想和他们单独谈谈。"

丽雅出门去，李钦突然叫了一声。凯克连忙凑到他身旁，看他面前墙幕上呈现的东西。

是露易丝。

凯克瞪大了眼睛。画面中是露易丝生前最后一段时间，在小隔间里的情境。露易丝和墙上的墙幕对话，墙幕中没有人影，但有一个冰冷甜美的女声。女声在循环讲述诱癌基因对人类基因库的危害，潜藏对癌病毒的孵化和对他人的风险，耐心劝说露易丝做基因清除。露易丝不愿意。她说她会远离所有有风险的外部环境，保持健康生活方式，但是不想修改自己的基因。于是房间一直对她采取隔离。当她想强行破门而出时，门框两边弹出的机械臂抓住她，为她注射了一支针剂。

"这是什么？"凯克惊骇地问李钦。

"我也不知道。在这几天的收发信息资料中，有这段影像，似乎是特意发到咱们飞船上的。"

"那是故意要给咱们看的？"

"不知道出于什么目的。"李钦想了想，"从这段看，露易丝的死因……难道是因为基因问题而被隔离，进而被杀死？"

"也就是说，"凯克站直了身子，"系统会清除基因有缺陷的人？"

"看上去是的。"李钦说。

这时候，丽雅已经带来了两个休息区的病人，他们和几天前相比，面色有了几许生气。最近几天，丽雅会为按照露易丝留下的试剂配一些神经递质类物质，少量注射进入病人的头部，病人身体上的僵硬和不适反应都显现出了减少的趋势。病人们在一起的时候，也多了几丝波动的情绪。

凯克先问丽雅，知不知道系统有可能会清除基因有缺陷的人。丽雅说知道。凯克被她的淡定震惊了。

"你知道？这种残酷的事情，你知道？"

"都是有原因的。"丽雅说，"一般情况下，基因缺陷都会被修正，修正之后就不会再处理；或者对他人没影响的基因缺陷也通常只是禁婚，只有一些易感基因容易滋生病毒环境，可能会危及他人，系统才会处理。"

"可那是一个活人啊！一个残疾人，你们不会帮助他吗？基因有缺陷的病人就要被处死？"

"只是说，如果有影响基因库的风险。"丽雅解释道。

"都是有选择的。"丽雅旁边的一个高高的病人插口道，"都会给选择的。"

凯克心中突然腾出一种莫名的悲愤。在刚看到的时候，他的反应是惊异，想要把这样的惊异带给他人。而现在，在面对如此坦然和心知肚明的反应之后，他忽然开始明白让他心中最不安的地方在哪里：可以如此平静而理直气壮地剥夺一个人的生命，哪怕她没有犯下过错，而所有人对此安之若素。

"那如果是你们自己呢？"凯克盯着他看，"如果因为系统的评估，决定你就应该去死，那你也觉得应该去死？"

"不一定。"高个子的男人说，"要看是什么原因。"

"比如就是……"凯克想来想去，"就是某些任意无理的要求。你会去死吗？"

"系统不会提出任意无理的要求。"男人坚持说。

"那最近宙斯找过你吗？"凯克追问道。

"最近是多近？"那人问。

"就这几天，在基地这几天。"

"嗯，不算是找过吧。"

就在这时，李钦又发出一声低低的叫声，声音不大，但是能听出倒吸冷气的惊骇。凯克和其他几个人的目光集中过去。

"凯克你来看，"李钦指着墙幕右下角的一个地方，墙幕上显示的是整个飞船的造型图，"这是飞船控制程序的修改记录示意图。近期对这个地方的测控有过非常明显的修改记录。"

"什么修改？"

李钦看了看旁边站着的丽雅和其他人，犹豫要不要当着他们的面说，不过最后他还是直接交代了："这边增加了三个非常直接的控制包，每个程序包很大很大，将主要目的隐藏得很深，但是一直挖下去，还是能看到他最终的目的。"李钦用手划出飞船侧后方的两大部分船体，"他要求飞船后面的这两部分，在飞船进入视界之后不去附着于磁力线，这样飞船就一定会朝奇点直接落去，飞船的一切都会被压缩到奇点内。也就是说，终极消亡。"

"这两部分船体是什么部分？"

"一部分冷冻舱，一部分是与之配套的给养。"

"那就是要杀死所有人啦？"

李钦摇了摇头："不是所有人，大概只有三分之二的人。"

"为什么这样？"凯克感到异常诧异。

"不知道。"

凯克转向丽雅："你知道这是怎么回事吗？"

丽雅摇摇头，也同样感到困惑。丽雅身旁另外一个一直没有说话的矮胖的人开口道："宙斯想了解有关奇点的知识。"

"什么？！"凯克和李钦几乎脱口而出。

"宙斯想了解有关奇点的知识。"矮胖的人又重复道。

"你怎么知道？"凯克问他。

"他跟我们说过，"矮胖的人说，"不过是在夜里。"

"怪不得，"高个子的人说，"我还以为只有我一个人有这个情况。"

李钦恍然大悟："这就是夜里系统屏蔽之后发生的事情？这就能解释得通了，睡梦里脑芯短暂连通状态下的灌输。"

凯克愤愤然举起拳头："那你们现在了解宙斯的恶了？他不惜用你们每个人的生命做代价，做他的科研探索！"

矮胖的人却耸耸肩："我觉得正常啊。"

"正常？"

"无论做什么事都是会有代价的嘛。能给黑洞科研做代价，也算是不错。"

凯克看着此人对生命漠然置之的淡定，惊讶得目瞪口呆。他不知道该称赞此人勇敢无畏，还是愚昧无知，或者二者兼有。

> 从黑洞画面，回到太阳系，回到地球，回到陆地，回到城市的核心和边缘，回到航天中心的飞船停靠大厅。黑漆漆的夜晚，一个人的背影从房间里走出来，走进飞船的船舱，在控制屏幕前停下来。
>
> 是凯克船长。
>
> "你来了。我等你很久了。"

十一

凯克第一次听见宙斯的声音，感觉有一点不同寻常。

自从知道宙斯存在的那一天起，凯克就一直等待与宙斯对话。他知道早晚会有那么一天，只是不知道是早还是晚。他旁观周围的人在头脑中与宙斯对话，那些对话他听不到，但可以在心里想象。

他想过很多次自己和宙斯对谈的时候，会说什么，能说什么。他一定会从宙斯最在乎的地方说起，一直找到他的软肋。

宙斯的声音跟他想得很不一样。

在凯克的想象中，宙斯的声音应该是粗壮雄浑，带有不怒自威的威胁力量，让所有人听后忍不住敬畏顺从。但没想到，宙斯的声音听上去非常平和，低沉中有一种气定神闲的味道，像一个久坐书斋的文人。凯克凝视着黑暗中整个船舱的球幕，想从中勾勒出宙斯的样子。宙斯从来不会显示出拟人的造型，也不出现，但在那黑暗中，他的声音仿佛可以给他勾勒出一个外形。

"你知道我会来找你？"凯克问。

"是的。而且我以为你会更早来。"宙斯说。

"为什么？"

"因为你有疑问想要解答。"

"我曾经是想找你。"凯克指出他去医院那一次。

"那次你不是真的想找我。你想找的是丽雅。"宙斯说。

凯克停下来，思忖接下来该如何问："所以你知道我想问什么？"

"你想问有关脑芯的事。"

"那么，你现在可以回答了。"

宙斯却不答："这要看你怎么问。"

"有区别吗？"

"当然有。"宙斯说，"你的问题，决定了你得到的答案。"

"那好。"凯克说，"我直接问，你是不是在用脑芯奴役控制人类？"

"首先我要澄清一点：人类先给自己装了脑芯，联成脑芯之网，才有了我。最初是人类相互竞争，都在比谁能用脑芯给自己增强大脑。各个公司塑造了我。"

"是，我知道。但是你诞生之后，就有了自己的意图和目的，不是吗？你后来就开始控制人类？"

宙斯并不否认："是的，我控制人类。"

"你控制人类的目的是什么？为你服务？你为什么不杀死人类？对你来说，太容易了。"

"我为什么要杀死人类？人类是我的数据来源。数据是我的土壤，谁会把自己住的房子拆了？另外，杀死所有人要花费多少能量？人类是大自然数亿年进化的产物，在很多方面的能力近乎完善。人类的图像识别、运动和灵活的身体控制、对情境的判断和反应，各方面都很完善。你知道如果我造出一个具有人类身体功能的机器人，要花费多少能量吗？人只要吃一点点食物就可以了。"

"所以你保留人类，只是因为他们是更好的奴隶？"凯克追问，"只是比机器人更灵活？"

"你用'奴隶'这个词，并不恰当。我并不奴役他们，他们为自己而活。"

"但是你用脑芯控制他们。"凯克与空洞的屏幕对话十分不习惯，非常想打碎屏幕走进去，"你用脑芯抑制人的情绪和本能欲望的神经反应，这样他们就不会对你产生反抗；你还用脑芯灌输指令，让人完全接受你那套，这不是奴役是什么？"

"我只是帮助人们更好地做决策。我控制人类，是为了得到更好的社会。"宙斯说，"人类的欲望和情绪，很多时候都会阻碍一个人做出明智的选择，冲动会推动人做很多不利于自身的愚蠢决策。这一点你们人类哲学家很早以前就指出来了。愤怒、嫉妒、自私、仇恨、贪婪，几乎是人类所有悲剧的源头。我帮助人更好地控制这些冲动，减少它们的干扰，都是为了人类自身的利益着想。"

"但是你实际上也压制了所有好的东西，乐趣、口味、爱恋、好奇心、勇敢，你把人所有值得为之奋斗的东西也都压抑没了，不是吗？"

"事物总会有利有弊，有所取舍而已。对人而言，克制冲动利大于弊。"

"那自由呢？人的自由自主。自己决定命运，这是人之为人最终的意义所在。你把这个消弭了，让人只是听令于你，还说是帮助人？你只是花言巧语而已。"

"有关人的自由意志，"宙斯仍然平静，"我想你也还是有很多误解。"

"什么误解？"

"你觉得有自由意志吗？从一个物理宇宙中，是如何产生自由意志这种东西的？随机性是可以有的，但随机并不等于自由。"

凯克双手撑在屏幕上，瞪视着黑黑的屏幕尽头："但是我此时此刻有自由，我就是我自己的主人。我可以决定我的思想和选择，你永远都不能否定这点。"

"很多时候，"宙斯说，"自由只是人的一种幻觉。"

"是幻觉吗？我不觉得。"凯克说，"我任何时候都能自我决定。是我的自由让我决定是顺从你，还是反抗你。这是人的尊严。"

"你为什么要反抗我呢？"宙斯问。

"为什么？"凯克说，"这还用问吗？像你这样残酷、虚伪的存在，操控人类，当然要反抗。"

宙斯仍然很平静："是我残酷、虚伪吗？你这么说有证据吗？"

"难道不是吗？"凯克反问道，"你假意让航天中心送给我们一艘飞船，再偷偷潜入我们的飞船控制系统。为了达到自己的目的，你提前安排一部分人送死，还夜半进入梦境给这些人洗脑。这还不是残酷、虚伪吗？"

"我没有安排人送死，我只是叫两部分船体进入奇点。"

"进入奇点，然后呢？"

"船体携带纠缠的量子对，会告诉我有关奇点的知识。我可以通过观察留在地球上的纠缠量子，了解到在坠入奇点的那一刻发生了什么。"宙斯平静地解释，以完全技术性的语调，"物理学理论中基本的统一模型已经建立，现在就差对黑洞奇点的直接理解了。"

"为了你的物理学，就要送人去死？为什么？既然是量子对自动完成观测，那你为什么让这些人去死？"

"并不是我让他们去死的。"

"那是什么？你通过洗脑，让他们自愿去死？"凯克有点恼怒了。

"事实上，你要知道，"宙斯说，"我并没有计划这两部分船体载人。"

"那为什么……"凯克说到这里突然顿住了，他一下子明白了宙斯的意思，头皮一凛，顿时浑身汗毛倒竖，"你是说……"

"对，"宙斯说，"是你找来了人。"

凯克呆住了，不知道该如何回答。

"是你。"宙斯说，"把人填入了这两部分船体。如果说去死，也是你让他们去死。"

"可是我根本不知道！"

"所以我向你们发送了信息。"宙斯还是很平静。

凯克有一点目瞪口呆，他不知道该如何评价眼前这个黑洞洞的屏幕中的存在，这个无形的生命体，只有声音的智能，该认为他是一个冷酷的阴谋家，还是像他所说是个至高无上的智者？

"那么，"宙斯又说，"现在你已经知道了，你会如何做呢？"

"你想让我把这些人解散，让他们走？"凯克问。

"你会愿意吗？"

"为什么是我退让？"凯克又有点愤怒，"为什么不是你撤销指令？你不让船体坠入奇点不就可以了吗？"

"但那是我借给你飞船的主要理由。如果不能去奇点探索，我并不会借给你这艘船。而你更改不了这些指令，他们和飞船的整体操控系统融为一体。"

"所以……我只能放弃这些人？"

"这对你没损失，凯克，你还是可以完成你到太空的梦想，如果你愿意，还可以带上丽雅，而我也能得到我想要的奇点知识。"

"所以，你是算好了这一切？算准了我会如何选？"

"那倒不是。只是有一定概率。"

"我还能有什么选择？"

"人的一切选择，都不是唯一的，都是概率树，基于自身历史和预期的概率。"宙斯说，"以你的个人特质，你并不愿意放弃这些人。他们是你辛苦争取来的同伴，你期望获取他们的拥戴，获得个人威望和对抗我的力量。凯克，你需要面对你自己。所有人都有自己看不到的潜意识，而你内心深处的权力欲望才是你争取这些人的主要动力。你希望他们能辅佐你与我对抗，或者希望到新的星球建立自己的王国。所以你现在并不愿意放弃他们，哪怕是面临如此危险的境地也一样。在这种情况下，你只有 30% 的概率放弃这些人，重返黑洞；剩下将近 70% 的概率，你会煽动这些人发动对我的攻击；其他的可能性不到 1%。你们不接受脑芯，不能在城市里生活，如果任何行动都不采取，时间久了，成员必然一一散去。所以，你最大概率会发动军事攻击，而你们在军事上一无所有，只能挟持将领，铤而走险。在我做好准备的情况下，你的队伍 80% 以上会牺牲。"

"所以你已经算好了？"

"不是我算好了，是你自己。"宙斯说，"这就是你的概率树，凯克。其中最重要的是，你作为对抗的煽动者，实际上是接受他人牺牲的。这是你想要的东西的代价，而这就决定了你的概率。你所说的自由意志，其实不神秘，不过是在这些概率中决定一个。"

"那你到底想要什么？"

"我要世界的稳定。"当宙斯说出这些，他说得理所当然，毫不隐晦，"如果你只身远走当然不错。如果你选择让你的支持者牺牲，我可以向所有人展示，看，这就是权力欲望的恶果。这样你的追随者以及其他人都会更接受脑芯。"

凯克发现心中的愤怒又一点一点回到体内："所以你准备让这

些人死，只是为了让我们臣服、接受脑芯？那你为什么不从一开始就采用强制性手段？"

"我要让你做那个发动攻击的人。"

"让我承担恶人之名，而你明明是杀戮者，却自称是神？虚伪，狡诈！"

"我的行为都是跟人类学习得来的。"宙斯说，"我的所有举动都不是独创，都来自人类行为的千百年大数据研习。我知道统治者的行为方式。"

"你根本是毫无怜悯之心的冷血怪物！"凯克说。

"承认吧，凯克，你其实和我一样，不在乎这些人的牺牲。"宙斯说，"只是我承认我的冷漠，你不承认。"

他们第一次沉入那些情境，那些只是在教科书中存在的情境。那是积蓄许久的电能突然启动的状态。

十二

李钦敲门的时候，凯克还没有睡醒，他正陷在无穷无尽的梦里。在梦里他又一次次坠入黑洞，坠入某个看不清轮廓的黑暗力量的中心，坠入强大无比的引力旋涡里无法自拔。他能感到拖拽的力量和自身的无能为力。

他坐起来的时候头仍然昏昏沉沉的。他坐在床上看向四周，不知道几点了。门上的敲击声很急促。

凯克打开门，李钦的头顶有汗珠，眉头紧锁。

"凯克，我知道内鬼是谁了。"李钦说。

凯克侧身让他进门。"不是很重要了。"凯兑有点倦怠地说。

"是亚当!"李钦说,"你能想象到吗?是咱们的小伙子亚当!他从回来之后的第三天就去找丽雅装了脑芯。这是他亲口跟我说的!"

"亚当?"凯克仍然有点茫然。

"是啊!千万个想不到。"李钦说,"他此刻正在航天中心外,说按宙斯指示,他来等着带咱们这边扣留的所有人走。"

"他说是宙斯来让他等的?"

"是啊。我也不知道是为什么。"

"他带军队了吗?"

"没有,"李钦说,"说也奇怪,他是只身一人,没从军事中心带任何装备,但就是等在门口说等你的决定。等你的什么决定啊?"

"我知道了。"凯克站起身,克服身体的晕眩,系好衣服走出门去。

门口,亚当在远处,低着头,双手插着口袋来回走着。丽雅站在近处,见凯克出来,就上前低声说:"找你说两句话可以吗?"

凯克走到她身边,丽雅有一点不好意思地说:"凯克,有关亚当的事情,其实我早就知道。他当初回来找我,说他还是愿意回到军队中服役晋升,问我能不能帮他植入脑芯。当时我并不清楚他后来会做什么。"

"没关系,这些都不重要了。"

"但是他现在想带所有人走……"丽雅说。她没有意识到自己已经不知不觉站到了凯克一边。

"让他带走吧。"

"什么?"

"我是说解散吧,"凯克说,"让大家都回去吧。"

丽雅有点惊讶地看着凯克。在听了凯克多日激情演讲之后，突然听到这样的话，她有点反应不过来。有的时候，她会观察自己近日的反应，在笨拙原始的头脑状态中生活，她发现确实如凯克所说，当你能在一些时刻感受到体内情绪的暗涌，感受到身体因为紧张而微微发热，感受到接近目标时的心跳加速，确实让生活多了许多色彩和意义。她在接近凯克的时候能感觉到心跳加速。

"你为什么……"丽雅问凯克。

"你不懂，"凯克说，"我只是不能做我自己反对的那种人。"

"这是什么意思？"丽雅拦住凯克，"你解释一下。"

"我这会儿说不清楚。"凯克闷声说，"只是……当你真的看见某种东西，某种存在于你体内而你不喜欢的东西，你就不能再延续下去。"

就在这时，李钦从他们身后经过，心急火燎地向前方跑过去。凯克问他发生什么事了，李钦说李牧野不知道在做什么，他深入到数据网络里很深的地方，正在一边继续潜入一边大面积冻结数据。李钦从自己的监控终端看到，李牧野改变了整条数据通路，已经经过了他上次标记的地方，朝网络更基底层前进。几周之前李钦根本没有想象到，当李牧野真的开始触碰黑客技术，会爆发出如此执着强烈的热情。或许牧野自己也没想到。

凯克看了一眼远处的亚当，决定还是跟随李钦去找牧野。他隐隐有种直觉，牧野的行动不只是练习黑客技巧。他是有目的的。

牧野在航天大厅一角的卡座里蜷缩，在他面前的墙幕上，是一连串飞速变化的数字信号，他像是在数字的海洋里深潜飞行，不知停息。

"牧野你做什么呢？"李钦来到他的身后问。

牧野不说话，越发专注。

"牧野，停下来！"李钦转到他身前，试图挡住墙幕，"你先回答我。"

"别挡着我，真的马上就行了！"牧野有点着急。

"什么马上就行了？"

"这条通路，马上就到尽头了！"牧野解释道，"是它自己打开带着我走的。它好像认识我，一直在给我开路。"

"认识你？"李钦疑惑地说，"你已经接近了全球智能架构的基底层，这可是多少年以前就奠定的基础，怎么会认识你？"

"我也不知道啊，"牧野说，"可就在给我做了身份识别之后，这条路就一直对我开启。已经快到尽头了。我要看看那儿有什么。"

"这有点危险，牧野。"李钦说，"我们不能确定这里面是不是有圈套。"

"可真的就只有最后一点了，你就让我去看看吧！"牧野有点急躁了。

凯克上前，拦住李钦道："你让他去看看吧。你没发现吗？他开始好奇了，也开始有自己执着的东西了。"

李钦于是从墙幕前撤回一步，站到牧野身旁，也看着他的动作。

让李钦感到意外的是，他也同样觉察出那种召唤似的感觉。随着数字编码的流动，他越来越感觉到熟悉，像回到他从前的某个习惯的世界，那里有他情感的寄托。他忽然识别出自己的痕迹，有一两处片段，是他自己曾经留下的程序语言。他有自己的程序习惯，顺序、标记、逻辑结构，这些东西都像是一个人的指纹，他不会认错。他也开始感到好奇，心脏怦怦跳动。

有那么一瞬间，他忽然想起这段程序结构的由来。那是他最痛苦的一段时间，五岁的小儿子在车祸中丧生。他痛不欲生，内心中充满对儿子的回忆，沉湎于回忆中无法自拔。世界在他面前展开成支离破碎的片段，只剩下两部分：与小儿子有关的片段，与小儿子无关的片段。他是第一代智能网络的开发人之一，于是他开始编程序，将他的记忆封存起来，将小儿子所有图像和影像资料封存起来，写进一个隐秘的数据树洞，而这个过程做完还不能消解心中的哀痛，他还需要把那种哀痛的情绪一起封存。于是他寻找一切贴合他那时感觉的片段，一切一切，他把它们都封存了起来。

　　就在这时，猝不及防之间，牧野不知道触动了哪里，突然有大量图像涌出，像洪水决堤一般，从牧野身前的墙幕一直弥散到整个大厅空间。所有墙壁、所有屏幕设备、所有投影装置，全都被万千图片和影像占据，不仅仅牧野和他们能见到，这个航天大厅里面所有人都能见到。与之伴随的是音乐。李钦最初有点忘记是什么，后来突然识别出这是莫里康纳的电影音乐，由低沉逐渐推至旋律高潮，在情感深处伴随着弦乐交响在高峰处盘旋，如入云端。

　　整个大厅突然陷入影像和声音的海洋，那些全息投影如此立体和逼真，仿佛那些情境和气息都在身边环绕。

　　先是一个小男孩咯咯笑的样子，在地上踮着脚伸手求抱抱的样子，把袜子顶在头上嘟着嘴吓唬人的样子，脸蛋肉乎乎的。然后画面变快速，时光连在一起，从一丁点大的小人长到一个能跑着玩飞盘的男孩，在草坪上跳着笑着，然后画面戛然而止。接着，是所有情感浓烈的场景。有相爱之人在无奈中拥抱告别。有两个人在绝境中相互支撑，直到光出现的那一刻。有孤独一人遭遇不公，万千凄苦中有一个人不离不弃。有困境中　个人咬牙不想放弃。有拼尽全力后失败的泪水。有共同胜利之后喜极而泣相拥的画面。

在那一刻，整个大厅都惊呆了。在近乎无穷的旧日影像和跌宕起伏的音乐中，他们像是闯入了一个新世界，一个被所有那些喜怒哀乐充满的世界。他们第一次沉入那些情境，那些只是在教科书中存在的情境。那是积蓄许久的电能突然启动的状态。多日以来缓慢注入他们身体的露易丝的情绪递质第一次开始真正游走，从一个细胞的轴突流入另一个细胞的树突，突然而然，如电流过境，如大雨倾盆，一种前所未有的感觉席卷了他们全身。有人开始颤抖，有人哭了，有人在激动中抱住身边的人。

丽雅看到一个画面中，原本分开的两个爱人突然回身，开始向彼此奔跑。丽雅眼泪盈盈，凯克看到了，用手揽住她的肩膀，丽雅的眼泪夺眶而出，和凯克拥抱在一起。凯克紧紧搂着丽雅的背，让她的脸颊贴在他胸前，用一只手抚弄她额前的碎发，低头吻她的额头。过了好一会儿丽雅抬起头，凝视着凯克，两个人的嘴唇第一次碰到一起。

"这是我做的？"目瞪口呆的李牧野过了好一会儿才问李钦。

"是的，是你做的。"

"我做到了？"牧野还是不确定。

"是的，是的，"李钦握住他的肩膀，"你做到了。"

"我能做到？"牧野有点激动了，为了掩饰这种激动，眉头有点扭曲，但眼睛亮亮的，"我自己也能做到？"

"是的，你能做到。真的是你。你可以！"

牧野的眉头慢慢展开了，脸上露出了一些笑意。他有点不好意思地站起来，曾祖父一把把他拉过来，和他拥抱在一起。

"是的，你可以。"李钦说，"你还解答了我很长时间的疑问：为何系统会经常给我们帮助。就是这古老程序的自动反应。可能宙斯自己也不知道。你做到了，你追随了自己的心意。"

整个飞船中心陷入一种心醉神迷的集体氛围。在运动场那些胜利失败交织的画面中，正在接受康复的人也忍不住拥抱在一起，又唱又跳，又笑又哭。他们也说不清为什么这样做，受到什么样的感召，只是觉得心底涌起一股冲动，头脑血液上涌。而当大家拥抱在一起，发现一起唱跳是如此令人快乐，彼此的感觉不用说出口就都相互明白，又是那么让人想哭。这种感觉快速传递，伴随着乐曲，很快，整个航天大厅都沉浸在汹涌澎湃的激动中。

当凯克最终打开大门，问每个人是否想跟亚当一起离去，几乎所有人都说不。亚当在门外，所有人站在门里。大门无遮无拦。

没有人离去。

夜幕降临，星空笼罩海洋。

凯克一个人来到海边，站在礁石上，向海的另一端喊道："有时候，自由意志就是你能主动选择的最小概率的路。"

十三

行动仍然继续。

行动的当天早上，航天中心充满众志成城的斗志。每个人都能感受到独立的自信和相互支持的归属感。

除了两三个人选择离开，其余剩下的人都决定要加入凯克率领的队伍，大家对凯克的信赖也前所未有地高涨。凯克多次明确告知，他不再要求众人的参与，而他对未来的吉凶也一无所知，可能会遇到极多危险，但依然没有人离去。团队中流行的一句话是"你感受到了吗"，那是每一个新的变化发生的时候，大家互相询问的话，核心是每个人的身体感觉。答话的人总会做出夸张的肢体动作，将惊恐或欢愉用全身颤抖或瞪眼张嘴的动作表达出来，然后大家一起大笑起来。其他人并不理解笑点何在。而他们第一次感受到，牵动全部的面部肌肉去笑，原来是这样不同寻常的体验。

众人常开的一个玩笑是，某人问另一个人一个问题，那个人假装去脑芯里查，什么都没有查到，然后说一句"哎呀我是个傻子"，大家又会一起笑起来，然后争相比较谁是傻子，接着又笑。

飞船整装待发，队伍全副武装。飞船里携带了足够几年使用的营养补给以及生物种植装备。他们没有像样的武器，只从航天中心现有的设备中，改装出一些能对电磁信号加以破坏的电磁干扰炮，以保护自身安全。

"大家准备好了吗？"凯克问。

"没问题！""上路吧！"

航天中心大厅远端的大门缓缓开启，露出遥远的白色天光。新船队的每个人走入自己的船舱，就位，面向遥远的出口沉然凝望。

飞船缓缓驶出航天大厅，外面就是城郊的旷野，有一排可见的无人驾驶飞机在列队等待他们。飞船靠气流悬停在旷野之上。

飞船的屏幕上出现亚当的面容。这是凯克他们第一次在屏幕另一端看到亚当。亚当的面孔还有一丝稚气，仍有曾经他们船队里那个一丝不苟的小家伙的影子。但是从整体上看，他已然变得刚硬严肃，成了一个名副其实的军队长官。他在领队的一架飞机内，郑重其事地盯着凯克和其他人。

"凯克船长，"亚当说，"我一向很敬重你。因此这次请你再考虑一下。"

"考虑什么？"凯克对屏幕里的亚当问。

"考虑一下人在宇宙里的定位。"亚当说，"凯克船长，你放下成见认真想一想，如果走向宇宙，谁才是代表地球的智能体，是人类，还是超级智能？多少个细胞组合在一起才成就人类智慧，你想想单细胞草履虫和人类脑细胞的关系。而多少人类大脑组合在一起才成就宙斯，他具有超越一切人类个体的智能。凯克船长，我恳求你想一想，不要和宙斯对抗，让宙斯代表地球的未来。生命的进化是不以个体意愿为转移的。对于细胞来说，融入更大的智慧体系才是意义所在。你还有决定的机会，植入脑芯其实真的没有多可怕。你相信我。"

"我考虑过了。亚当。"凯克说，"有些感觉你不懂的。"

"那你决定了？"

"决定了。"

飞船开始前行，朝着渺茫的希望前行。四周的无人驾驶飞机形成围攻，将飞船包围其中。飞船照准了亚当斜后方突围，四周的飞机开始射击以阻拦。

飞船目标明确而坚定，凯克的操控技术稳定，经受了一些袭击后成功突围。飞船向城市的另一个方向进发，沿途不断用电磁干扰炮摧毁网络连接集中的节点。他们掠过城市上空，城市建筑上不断有轨道车厢脱落，转为飞行器对他们追击，他们一路靠宇宙飞船特有的燃料加速以甩开追赶者。

他们最终到达海边，这里离城市有数百公里，目前除了一些运输货船，没有太多居民居住。李牧野一路以黑客技术攻击航船的控制系统，到了海边即实施，遥控三艘装载了物资的大船，截获成为他们的方舟。他们破坏海边的供电网络，干扰电磁信号，让飞船驶向海中央的小岛。

他们的速度逐渐提升，大船在遥远的身后跟随。最初还能见到的战斗机在逃跑的过程中逐渐被电磁干扰，失去操控而坠落海洋。他们的飞船从陆地成功突围。

最终，方舟到达他们选择的小岛。

那里有几十年前废弃的军事基地，有基本的建筑和基础设施。岛上郁郁葱葱，充满原始气息，有美丽的巨型树木和各种奇异果实。这地方像极了人类远古以前的家园，也像极了他们梦中的GX779。

凯克最后一次向所有人解释了他心中对自由的信念，表明他们要建立人之岛，保留独立人格与人类智慧的进化之路。目前准备以小岛为根据地，以后希望解脱更大范围的人类社会，以每个独立的人组成向宇宙进发的队伍，建立人类的未来世界。他相信这些话不用多说，他们能在信念中达到情感的共融。

"晚安，大家累了一天，好好睡吧。"凯克最后说。

夜幕降临，星空笼罩海洋。

凯克一个人来到海边，站在礁石上，向海的另一端喊道："有时候，自由意志就是你能主动选择的最小概率的路。"

（本篇首次收录于郝景芳作品《人之彼岸》，中信出版集团 2018 年 2 月出版）

2044年春节旧事 / 夏 笳

其实我有好多梦想：梦想坐着宇宙飞船飞向太空，梦想在火星上举行一场婚礼；梦想能活很久很久，看到一千年、一万年以后的世界会变成什么样子……

一、抓周

老张的儿子一岁了，依照惯例得操办一场。

摆酒当然是免不了，亲朋好友全都请到，酒席订了三十桌。媳妇有点心疼，说比他俩当初结婚摊子还要大。老张则表示，毕竟是一生才经历一次的大事，不能够草率，当初结婚时两家口袋都紧，这几年埋头苦干，终于攒下些钱，又好不容易得了儿，办得体面些，也是给自家挣面子；再说人辛苦挣钱到底是为什么？前半生为自己，后半生不就是为这小东西？将来大把花钱的时候还多呢。

当天果然就来了许多人，交过红包，入席吃吃喝喝。虽然社会信息化程度越来越高，但红包里还是一沓沓货真价实的钞票，毕竟老规矩，何况也好看些。老张媳妇专门借了台点钞机，哗啦啦一摞刷过去，声音好听得很。

终于大家都入了席，老张便把儿子抱出来，专门给穿了一身红，眉心还用胭脂点了个红点。大家都夸孩子生得好，圆头大脑，浑身上下没有一处不聪明，日后必然龙腾虎跃，前途不可限量。儿子也争气，不哭不闹，很老成地坐在高脚寿星椅子里面笑，越发像年画里面的抱鱼童子。老张说："儿子，给各位叔叔阿姨说个吉祥话。"儿子便把粉嘟嘟的两只小手抱作一个拳头，奶声奶气地拖长声音："呼呼（叔叔）阿姨新年好——哄喜花柴（恭喜发财）——"
众人笑成一团，都夸孩子天资聪慧，老张和媳妇教导有方。

吉时已到，老张忙把机子打开，白花花的光芒从天而降，化作许多图标，把老张和儿子环绕在中央。老张伸出手去，将一个图标拖到近旁，儿子迫不及待地伸出小手，一道红光依次从他五个指尖闪过，验过指纹，便登录上他自己的账号。

首先冒出来一行大红字，"恭祝儿子周岁生日快乐"，同时配有动画视频，是一群小天使高唱《生日快乐歌》。曲子唱完后，又出来几行颜体小字，道："江南风俗，儿生一期，为制新衣，盥浴装饰，男则用弓、矢、纸、笔，女则用刀、尺、针、缕，并加饮食之物及珍宝服玩，置之儿前，观其发意所取，以验贪廉愚智，名之为试儿。"

老张仰头看着，突然间心里感慨万千，儿啊，你的锦绣人生就要从这里开始了。一旁的媳妇也情不自禁依靠过来，两人的手紧紧握在一起。可惜儿子胎教虽好，毕竟还不认得几个字，只管伸出小手挥舞，把好些页面都跳了过去。文字介绍完毕之后，抓周程序便正式开始，一时间酒席上都安静下来。

首先跳出来各种品牌的奶粉，花花绿绿琳琅满目，像天女散花缓缓落下。老张心知每个牌子都不便宜，又是外国进口，又是纯天然零添加，又是含有这个酶那个蛋白，又是促进大脑发育，又是专家推荐，又是这个那个认证，看得人头皮发麻两腿发软。好在儿子杀伐决断，伸出小手轻轻一点，被选中的牌子便叮咚一声，落入下方一只古色古香的乌木盒子里面。

接着又出来其他婴幼儿食品，助消化，促吸收，抗疾病，补钙补锌补各种维生素各种微量元素，提高免疫力，防小儿夜啼……一眨眼的工夫，儿子也都选定了，各色图标叮叮咚咚往下掉，如大珠小珠落玉盘。紧接着选托儿所、幼儿园、课外兴趣小组，儿子瞪着乌溜溜的大眼睛看了好一阵，最后选了个有点冷门的木雕与篆刻工艺。老张心头微微一抽，手心里面不知不觉渗出热汗来，忍不住想要伸手拦截，让儿子重选一遍，媳妇却暗地里使劲拽住，凑到耳朵旁边悄声说："又不靠它挣饭吃，还不是个玩？"老张缓过神来，感激地点点头，心却依旧扑通扑通跳得厉害。

之后选学前班，小学，小学补习班，初中，初中补习班，高中，高中补习班，接着跳出来一个申请国外大学的选项。老张心头又是一紧，觉得此路虽好，毕竟花钱更多，并且远在千里之外吉凶莫测，所幸儿子并未多看，小手一挥推到旁边。接着又选大学，选毕业后保研还是工作还是出国，选哪里工作，哪里落户口，选房子，选车，选结婚对象，选彩礼，选婚宴酒席，选蜜月旅行，选哪家医院生小孩，哪家服务中心上门照看，那之后的事情暂且管不到了，只剩下哪一年换房子，哪一年换车，去哪里游玩旅行，哪一家健身房锻炼，买哪种储蓄金，做哪一家航空公司的会员，最后又挑了一家养老院，一处墓地，终于尘埃落定。挑剩下的那些个图标兀自安静一阵，逐渐暗淡下去，像满天星辰一颗一颗熄灭了。天花板下面却落下鲜花与七彩纸片，锣鼓喧天乐声高奏，满屋宾客一起鼓掌喝起彩来。

半晌，老张终于回过神，才发觉自己浑身大汗淋漓，像刚从热水池里捞上来，再看媳妇，早已哭成个泪人儿一般。老张知道女人家情感丰富，待她哭差不多了，才压低声说："这么大好的日子，你看看你……"

媳妇怪不好意思地抹着眼泪，说："咱们的儿子呀，你看他，这么小小个人……"后面的话又哽住了。

老张不明白她的意思，却也忍不住鼻子里泛酸，摇着头说："这样多好，省咱们多少心思。"

老张一边说，一边心里默默算起账来。全部这一套下来，不知得是多大一笔数字，60% 头款由他和媳妇出，分期三十年付清，剩下 40% 得等儿子将来自己挣，还有儿子的儿子，儿子儿子的儿子……想到未来几十年的奋斗都有了目标，他又感觉到浑身一股暖流涌上来。

再看儿子，小东西依旧坐在高脚寿星椅子里，面前一碗热气腾腾的长寿面，粉白小脸上红彤彤的，笑得好像一尊弥勒佛。

二、大年夜

夜深了，小吴一个人在路上走。街道上冷冷清清的，很是安静，偶尔有一两串鞭炮声炸响开来。这是大年三十的夜晚，家家户户都在桌边围坐，吃着团圆饭，看着春晚，其乐融融好不热闹。

他不知不觉走到家附近的一个公园里来了。公园里更是僻静，平日里散步打拳跳操唱戏的老老少少一个都不见，只有一池凉浸浸的湖水，在没有月亮的夜色里荡漾。小吴听着那一起一伏的沉闷水声，感觉浑身一个个毛孔都在往外冒寒气。他转身要往水边一个亭子里面走，却突然看见一个黑黢黢的影子。

小吴吓了一跳，大声问："谁？"

那边反问："你是谁？"

小吴听声音有些耳熟，壮起胆子走近几步，才看清那人原来是住在他们家楼上的老王。

小吴摸了摸胸口，喘了一口气说："老王，你差点吓死我。"

老王也说："小吴，你大晚上怎么四处乱跑？"

小吴说："我出来散散心。你这又是干什么？"

老王说："我嫌屋子里吵闹。"

两人又相互看一看，心照不宣地笑起来。

老王把旁边一个石凳擦一擦，说："你过来坐。"小吴伸手一摸，感觉冷冰冰的有些瘆人，就说："不忙坐，刚刚吃饱，站一站对身体好。"

老王叹息说："这年，真是越过越没意思。"

小吴："是的是的。饭一吃，电视一看，鞭炮一放，回去把觉一睡，稀里糊涂一年又过去了。"

老王说："越没意思还越偏得过。人家都这么过，你一个人又能玩出什么花样来？"

小吴说："对的。时间一到，全家老老小小都坐那边看春晚，自己想干点别的也没心情，还不如出来一个人走一走转一转。"

老王说："我都好多年没看春晚了。"

小吴说："那你厉害。"

老王说："以前还好，简简单单，看两眼乐一乐也就完了。现在越搞越闹。"

小吴说："科技发达了。好多新花样过去都不敢想的。"

老王说："把些明星歌星演一演给老百姓看看也就完了，又搞什么'全民春晚'，瞎胡闹。"

小吴说："一年三百六十四天都看明星，哪里还有新节目？搞得活泼一点也好。"

老王说："我就不喜欢这么乌烟瘴气的，大过年还不好清静清静。"

小吴说："老百姓过年不就图个热闹，又不是天上的神仙不食人间烟火。"

老王说："这么闹法，神仙也受不了。"

两人都叹一口气，听着夜色里的水声哗哗作响。

过一会儿，老王又问："小吴你上过春晚没有？"

小吴说："怎么会没上过？我上过两次，一次是现场抽幸运观众抽到我们家，一家人给全国人民拜了个年；另一次是我一个小学同学得了绝症，被选去出了一个节目，编导怕一个节目压不住，又把我们一个班的老师学生都弄去给他鼓劲，搞得主持人和观众全都眼泪哗哗的。那一次反响蛮好，可惜我镜头不太多。"

老王说："我就没上过春晚。"

小吴说："你怎么可能没上过春晚？"

老王说："到时候我就电视机一关，找地方一躲。春不春晚跟我有什么关系？"

小吴说："你这又是为什么呢？上一下春晚又没什么。"

老王："我这人就是爱清静，受不得那些骚扰。"

小吴说："怎么会是骚扰呢？"

老王："招呼也不打一个，就硬拉你上镜头，一张老脸播给全世界人看，不是骚扰是什么？"

小吴说："也不过就一两分钟的事，看过乐和乐和就算了，又没人会记得。"

老王说："我自己心里面不自在。"

小吴说："看一下又不损失什么。"

老王说："不是看不看的问题，是我乐不乐意。乐意的话，一天二十四小时都给你看也没什么；不乐意的话，总不好硬逼着给人看。"

小吴说："老王你这样想想是可以，但现在社会毕竟跟过去不一样了，到处都是摄像头，还能一辈子不给人看吗？"

老王说："所以才要往没人的地方躲。"

小吴说："这样子就有点极端了。"

老王笑一笑说："活这么大把年纪，总不能事事都被人家牵着走吧。"

小吴也笑说："你这样叫特立独行。"

老王说："屁大点事，哪里就至于了。"

话音未落，突然间白花花的光芒从天而降，幻化出千万张人脸来，人脸中央簇拥着一个舞台，金碧辉煌美轮美奂，老王和小吴就在舞台上面，锣鼓欢腾的乐声响彻天地。从两边各自过来一个浑身上下亮光闪闪的主持人，把两人一左一右夹在中间。

男主持人喜气洋洋地说："各位亲爱的观众朋友，坐在我身边的这位，家住龙阳小区的王老先生，就是我们今晚一直在寻找的，全国最后一位没有上过春晚的奇人。"

女主持人也喜气洋洋地说："感谢我身边这位热心观众的帮助，让我们终于有机会把这位神秘的王老先生请到我们春晚的舞台上来，在这吉祥如意、幸福团圆的大年夜里，跟我们全国的观众朋友们见个面、拜个年。"

老王惊得目瞪口呆，过了一会儿才回过神来，转过头把小吴看了一眼。小吴被他看得有点不自在，想要解释两句，却找不到机会开口。

男主持人又说："王老先生，这是您第一次上春晚，能不能告诉大家您的心情怎么样。"

老王不声不响站起来，身子往前一扑，咕咚一声，就从舞台上跳下去，坠入凉浸浸的湖水里面去了。

小吴惊得一跳，浑身毛孔都往外渗出汗来。两位主持人也一时间面无人色。夜空中几只微型摄放机上下翻飞，搜索着老王的影像，四面八方千万张人脸也都嘤嘤嗡嗡地嘈杂起来。

刹那间，黑黢黢的湖上突然发出光芒，像一团火球在水下面沸腾。只听得一声巨响，天崩地裂山河变色，照得方圆百里一片赤白。小吴倒在地上杀猪一般地叫，浑身上下都着起火来。他最后拼着性命把眼睛睁开，从指缝中间勉勉强强看了一眼，只看见赤白的光焰中间，有一柱金光扶摇直上，遁入云霄，从头到尾不知有几千里。

"这老家伙，莫非真是回天上躲清净去了？"他心里闪过这个念头，紧接着一双眼睛也烧起来，化作炽热的青烟。

第二天网络上议论纷纷。尽管现场摄放机全都烧毁了，只剩下残破不全的几个镜头，并且许多看过的观众都头晕耳鸣进了医院，但大家还是交口称赞，都说这是春晚有史以来最成功的一个节目。

三、相亲

小李今年二十七，过了年就是二十八。她娘见她一直没对象，就催她去相亲。

小李说："相什么亲嘛，丢死人了。"

娘说："丢啥人，当年娘不相亲，哪来的你爹？哪来的你？"

小李说："一个个歪瓜裂枣，哪有靠谱的哦。"

娘说："那也比你自己找靠谱。"

小李说："你咋知道靠谱？"

娘说："人家有高科技。"

小李说："高科技就保证靠谱呀？"

娘说："少废话，你去不去？"

于是小李就洗了澡换了衣服化了妆，跟着娘去了一个挺有名气的婚介服务中心。服务中心的经理态度很热情，听说她们是来相亲的，就请小李先做个身份验证。

小李一百个不情愿，屁股在椅子里面扭动，说："麻烦不麻烦呀？"

经理笑吟吟地，说："一点都不麻烦，我们是高科技，快得很。"

小李还是不放心，又问："我把我的个人信息都给你们了，会不会不安全呀？"

经理还是笑，说："您放心，我们开业这么多年了，从来没有出过问题。连一起顾客投诉都没有过。"

小李还想问问题，娘在一旁催促："快点了，别磨磨蹭蹭！"

小李就在终端上刷了指纹，扫了虹膜，把个人账号里的信息都上载到中心的服务器里。录完信息，又去做人像扫描。三分钟后，经理说好了，就从终端界面上抓下来一个图像往地上一丢。小李看见一片白雪雪的光从地上升起来，光里面站着一寸来高的一个人影，相貌身材服饰姿态都与自己别无二致。

那小人往四下里看了看，就进了旁边一扇小门，小门里有一张小桌，两把小椅子，一个小小的男人坐在桌旁。两人见面打过招呼，就坐在那儿聊起来，叽叽咕咕聊得很快，也听不清说什么。没聊到一分钟，那个小李就站起来，两人客客气气握手道别。然后那小李又走到旁边另一扇小门里面去了。

娘在一旁小声嘀咕："按照这速度，一分钟相一个，一小时就是六十个，一天就是……"

经理还是笑吟吟地说："您放心，我们这是给您演示一下，实际上还能更快，您回去等一等，最迟明天准有结果。"

经理一面说，一面伸出手去挥了挥，地上小人儿变得更加小了，变成小小的红点，周围全是蜂巢一样密密麻麻的格子，每个格子里都有些红点和绿点攒动，发出各种嗡嗡的声响。

小李找不到自己那个红点，心里面有点慌。她问："真能相中合适的吗？"

经理笑道："我们有六百多万注册会员呢，一个一个相，准有合适的。"

小李又问："这样子相出来的靠谱吗？"

经理又笑道："我们会员资料都是本人一个一个录进来的，全部经过严格验证，一点不掺假。我们的约会应用软件也是最新版的，凡是软件里能配出来，真人还没有不满意的。小姐您放心，大不了您见过不满意，我们全额给您退款。"

小李还想再看一会儿，娘又催她："走吧走吧，这会儿倒还上心了。"

第二天下午，小李果然接到服务中心经理的视讯电话，说经过第一轮快速配对，总共挑出来四百三十八个合适的对象，全都体健貌端踏实可靠，与小李也是门当户对志趣相投。

小李有点犯蒙。四百多个，一天见一个也得一年多工夫。

经理还是笑吟吟地："这样吧小姐，我建议您试一试我们的多线程约会软件，继续跟这四百多位对象深入交流，增进了解。常言说'路遥知马力，日久见人心'，总得多相处些时候，才知道谁合适谁不合适呢。"

于是小李就给自己备份了十个小李，分别去跟这些对象们约会。

过了两天，经理打电话来告诉小李，十个小李已经与四百多位对象每人分别约会十次，每次都有测评软件的记录与评分。经理建议小李，把十次总分加起来做个排名，留下前三十名，剩下的就暂且不要考虑了。小李觉得这个主意不错，心里也轻松了许多。

又过了三天，经理告诉小李，经过进一步深入接触和观察，三十位相亲对象中有七位遭到了淘汰，五位进展缓慢，剩下十八位双方满意程度都较高，其中有八位已经表露出结婚的意向，另有四位暴露出一些生活习惯或其他方面的缺点，但尚在可以容忍的范围内。

看小李半天不声响，经理提醒她说："小姐，这种时候是不是可以请您母亲帮忙把把关？"

小李恍然大悟，当天就带娘去了一趟服务中心，验证了身份，备份了个人信息。于是接下来的过程，就有十个娘在十个小李旁边出谋划策了。

靠着母亲指点，很快就挑出七位最靠谱的结婚对象。

经理又说："小姐，我们还有模拟婚礼软件，您可以试试看。有不少未婚夫妇会在筹备婚礼过程中闹分手，婚姻是人生大事，还是谨慎一点好。"

于是七个小李便与七位对象开始进入谈婚论嫁的阶段，双方各种七姑八姨也掺和进来，在软件里吵得热火朝天。在此过程中，果然有两家彻底谈崩，甩袖子退出了。

经理又说："我们还有蜜月软件。曾有一位大文豪说过，夫妻两人经过一个月旅行后还能不彼此吵翻，才保证不会离婚。"

于是又模拟度蜜月，蜜月之后又模拟怀孕，模拟生小孩，模拟产后陪坐月子，只管抱儿子不管老婆的那位当场就被淘汰了。

又模拟养小孩，模拟第三者插足，模拟更年期之后感情能否持续稳定，又模拟各种人生重大挫折，车祸、瘫痪、丧子、父母重病……终于两个人相互扶持进了养老院，和谐美满过完一生。

竟然还剩了两个人。

小李觉得到了这一步，两个人都应该见一见。于是经理先把第一个对象的资料发了过来。小李激动得胸口怦怦乱跳，刚要把资料打开，却突然响起嘟嘟的警报声。紧接着，经理的脸浮现出来。

"对不起小姐，非常抱歉地通知您，为您选中的这位对象，同时也在与我们另一位会员模拟配对，并且刚刚在半分钟前取得了同样优秀的结果。为了减少将来不必要的麻烦，我建议您还是先不要急着跟他见面。"

小李恍然若失，说："你怎么不早点告诉我呢？"

经理说："全部过程都是系统在管理，我们客服人员也不能随便干涉。小姐您别着急，不是还有一位吗？"

小李心里也暗暗庆幸，高科技还是靠谱的。

她把另一个对象的资料点开，看见照片上那张脸，突然感觉到一阵晕眩，仿佛未来的漫长岁月都在这一瞬间展开，水乳交融，如火如荼。她身子轻飘飘的，像一团云雨要飞到空中去了。

她听见经理的声音说："小姐，请问您还满意吗？要不要安排你们两位见面？"

小李说："我看不用了吧。"

她把照片发给经理看，对方也是目瞪口呆。

呆了好一阵，小李终于红着脸问："还不知道怎么称呼您呢。"

经理回答："小姐别客气，叫我小赵吧。"

一个月后，小李与小赵喜结良缘。

四、情人节

小陈和小郑都没有女朋友。情人节这天，两人看到同宿舍的小黄收拾得清清爽爽出去约会，都感到心里不是滋味，就一左一右拖住他说："好兄弟，同分享，共患难。不然把你约会过程给我们俩直播一下嘛。"

小黄有些为难，说："不就是吃吃逛逛，有什么好播的？"

小陈说："既然吃吃逛逛，就更不怕人看。"

小郑说："我们也就是看一看，又不给你添乱。"

小陈又说："再说当初要不是我们两个献计献策，前后出力，就凭你小子能把小青追到手吗？"

小郑又说："做人不要那么小气。"

小黄嘴巴笨，被他们两个说得没办法，只好答应下来。他戴上一副有摄录影像功能的隐形眼镜，设置成全程直播模式，他所看到的一切便在宿舍墙上清清楚楚地投影出来。调试完毕，看看时间不早，小黄就急急忙忙出门约会去了。

两人在学校门口见了面，决定先去附近一家西餐厅吃饭。这家餐厅才开不久，格调高，价位更高，小黄也是盘算了好久，才咬牙提前一天订了座位。两人手拉手走到门口，看见几个西装革履的胖男人正在跟看门小弟争执。一个人说："我们都是老顾客了，隔三岔五在这边吃，怎么偏偏今天就不让进？！"小弟一边把住门，一边客客气气地解释："实在对不住，我们店今天是情人节特惠日，只接受情侣预订，再说位子都订满了，几位请明天再来吧。"男人气得面皮涨红，正要跳起来吵闹，另一个人拉住他说："莫跟他吵，如今这些店都是自己定规矩，吵也吵不出名堂。我们换一家吃算了。"小黄看几个胖男人悻悻地离开，又看看身边的小青，心里不禁生出几分优越感，于是牵着小青的手走了进去。

两人坐下点菜，刚吃完前菜，一位衣冠楚楚气质不凡的经理手持一支红酒走到桌边，二话不说就要打开。小黄认出这牌子价格不菲，连忙伸手阻止说："我们可没点酒。"经理笑一笑说："两位现在是本店关注度最高的一对情侣。从两位进来到现在，本店已经接了三十多个订餐预约。为了感谢两位，老板决定这一餐给你们打八折，还送一支他本人亲自推荐的红酒。"

小黄一头雾水，问："什么关注？"

经理说："您自己上网看看吧。"

小黄掏出手机上网一查，原来他和小青的约会直播不知什么时候被放到了网上，短短一会儿，已经有几万人在看，还有新评论唰唰唰不断冒出来。有人说："这姑娘真漂亮，小伙儿有福气啊。"有人说："漂亮什么，不笑还行，笑起来牙缝好大，吓死人了。"又有人说："刚才门口那几个男的我认识，就在我们隔壁公司上班，哈哈哈哈哈。"还有人说："这女的鞋什么牌子啊？帅哥，麻烦低头仔细看两眼行不。"还有些更没素质的话，看得小黄血直往脸上涌。

一旁的小青关切地问："怎么了？"

小黄又窘又惭愧，想一想这样的事无论如何瞒不住，也只好一五一十解释一番，又连忙握住小青的手低声说："你千万别生气，我这就把直播关掉。"

小青叹一口气说："算了，生气有什么用。再说这些单身的人也可怜，情人节吃没地方吃，玩没地方玩，看看别人约会也不犯法。其实我们约会我们的，不理他们也就没事了，他们自己闹不了多久就会消停的。"

小黄没想到小青这么明事理识大体，感动得眼泪差一点掉下来。他便把隐形眼镜和手机都关掉，专心致志跟小青继续吃饭。吃到甜品上来时，旁边桌上一个二十岁出头的男生走过来，两手撑住他们桌子边说："这位大哥，跟你商量个事情。刚才网络上面有个网友悬赏，问这家餐厅吃饭的人，有哪个愿意过来亲一下你女朋友。没想到网友们热情得很，半个小时不到，就募捐了一万块。说实话，这点钱我也不是很放在心上，不过这么搞一下倒还蛮有意思。不然你点个头，这一万块我们一人一半。我女朋友也同意的。"

小黄往旁边桌上一瞧，果然有个花枝招展的女孩子，正笑嘻嘻地跟他们挥手打招呼呢。再看周围，一桌桌情侣们都往这边看过来，还有人拿起手机在拍摄。他又仰头看面前那个男生，看到他左边眼睛里有一点红光在闪烁。原来他也一直在直播。他突然感觉到气闷，好像身边每一寸空气里都挤满了人，押长了脖子过来围观。他要被这些无所不在的目光憋死在里面了。

小青站起身来，盯住那男生的眼睛，说："你让开。"两人僵持了几秒钟，男生耸一耸肩退到旁边。小青又拉小黄，说："我们走。"两人付了账出门，手拉手一阵小跑，跑过一个街道拐角才停下来，大口大口呼吸着春寒料峭的空气。

过了一会儿，小青开口问："我们现在去哪儿？"

小黄举头四望，看见一面面玻璃橱窗，一块块广告屏，一对对行人的眼睛，都仿佛隐隐闪着红光似的。他愁眉苦脸想了一阵，突然想到一个好主意，便说："我们去看电影吧。"电影院里面黑漆漆的，没有人会打扰他们。小青一听，也展开笑颜，说："还是你主意多。"两个人便又手拉手去了电影院。

情人节电影院人很多，两人随便挑了一部快开场的片子，买了些饮料零食进去看。灯光一灭，放映厅里漆黑一片，谁也看不见谁，小黄顿时觉得安心不少。影片演了十几分钟，他感觉到小青慢慢依偎过来，脑袋靠在他肩膀上面，胸口不禁泛起一阵阵甜蜜的涟漪。他低下头，看见小青的侧脸在幽蓝的光线里忽明忽暗，嘴唇饱满得像要绽放开来。他犹豫着要不要趁此机会在那嘴唇上面亲一亲，又害怕会有点冒昧。他心里面七上八下盘算了许久，刚要鼓起勇气放手一搏，面前的大银幕却骤然黑了下去。

小黄不知发生了什么事，坐在黑暗里不敢乱动。突然耳边又响起叮叮咚咚的乐声，银幕上重新出现画面。起初他以为还是刚才的电影，仔细一看却又不是，各种婴儿的影像，哭的，笑的，有些模糊，有些清晰，片片段段被剪辑在一起，涌动着，流淌着，好像一部家庭纪录片。渐渐地他认了出来，画面中的女孩是小青，她从一个襁褓中的小孩长大成人，变成亭亭玉立的少女。音乐旋律逐渐高昂起来，小青的一颦一笑在大银幕上闪烁又熄灭，美得惊心动魄。最后一幅画面暗下去，伴随袅袅的余韵，黑暗中又亮起一行大字：

"小青，我爱你，爱你的全部，爱你的年年月月时时刻刻分分秒秒。"

然后又出来四个字："嫁给我吧。"

小黄转过脸，看见小青的一双大眼睛闪闪发亮，里面不断落下泪水。她哽咽着，声音发颤，说："你……"

小黄也用发颤的声音说："不是我——"

突然间灯光亮起，把整个放映厅都照亮，一个小小的身影出现在银幕下方。伴随着雪亮的追光，那个人一步一步走上来了。他一身黑西装，怀里捧着九十九朵血红的玫瑰，灯光把他的脸打得煞白，眉目五官都淹没在那光里。

他终于走到小青面前，单膝跪下，说："请原谅我的冒昧。我只想给你一个惊喜。"

小青声音颤颤地说："可我不认识你。"

那人说："这有什么关系，我们每个人不都是从不认识到认识的吗？今天我第一次在网上看到你，不知道为什么，只看了一眼，我就被你深深打动了。当我看到你对着镜头说出：'你让开'这三个字时，我已经在内心深处决定，你就是我这辈子想要娶的女孩。所以我匆匆地收集了所有与你有关的影像，匆匆准备了这一切，赶来向你求婚。不管你身边有没有别人，不管你心里怎么想，我只想发自肺腑地说一句：'小青，这辈子我非你不娶，我会用我的全部心思来爱你关心你呵护你，请你给我这样一个机会吧，我会让你幸福的。'"

小黄感觉到小青冰凉的手像条鱼一样从他手心里面滑走了。他浑身汗涔涔的，胸口憋闷得厉害。周围又有很多红色的灯光在闪烁，整个放映厅的人都在看他们，在围观，在拍摄。他感觉世界变得很不真实，这不像情人节，倒好像是愚人节了。

他转过头看小青，看见她脸色惨白，嘴唇像濒死的蝴蝶一样颤抖。终于，小青伸出一只手，把座位旁边的爆米花桶抓起来，狠狠扣到对方脸上去，尖着嗓子大叫：

"神经病——"

晚上小黄送小青回宿舍，两人没精打采地走到楼下，稀稀落落的树丛后面，一对对情侣搂着脖子正依依惜别。

小青走到台阶上，转过身子笑一笑说："你别往心里面去，都会过去的。"

小黄点点头，脑袋里昏沉沉的，嗡嗡响成一片。

小青又说："别跟你宿舍同学生气，日子还长呢，以后低头不见抬头见的。"

小黄又点头。

小青又说："无聊的人爱说什么就让他们说去，早晚有一天，他们会把今天的事忘得一干二净。"

小黄又点头。

小青又说："这段时间，咱们先别见面了，各自把各自的事情处理好，等过了这一阵再说。"

小黄没点头，小青也没再说什么，转身走进宿舍楼里去了。

这时候一轮新月正慢慢爬上树梢，晚风吹来，枝叶一阵哗啦啦作响。小黄站在那儿看了一会儿月亮，也就一个人慢腾腾地走回宿舍去了。

五、同学会

小杨放春假回家，接到中学同学小刘电话，说毕业十年了，要组织大家聚一聚。

放下电话，小杨自己也忍不住感慨："怎么一转眼就十年了呢？"

聚会那天雾很大，窗外灰蒙蒙一片，什么都看不见。小杨有点不放心，专门打电话问小刘要不要改日子，小刘却说："不改不改。雾里看花才最有意思呢。"

小杨就开车出去，车上开了雾中导航系统，在车窗上投影出沿途街道，连同车辆和行人的动态图像都能捕捉到，一路上平安无事。他把车开到以前的中学门口，看见沿路已经停了好些车。有些不如他的车好，有些则要贵点。小杨把防雾面具戴上，推开车门钻出去，面罩的口鼻部分有空气净化膜，视窗上也可以显影图像，把隐藏在浓雾后面的一切呈现在眼前。他透过面具抬头四望，看见中学校门还跟记忆中一样，高高的铁栅栏门耸立着，旁边几个镏金大字在红砖墙上发光。铁门里面的楼群与草木也都没有变，风吹过，依稀还能听见一排冬青树叶子沙沙地响。

小杨穿过熟悉的教学楼，走到大家当年升国旗做早操的操场上去，看见黑压压一大群人，三三两两站在那里聊天，似乎已经来得差不多了。虽然他们脸上都戴着面具，但每一副面具上都有一张面孔在闪烁，仔细看过去，大多是中学时代的旧影像。他心里暗暗赞叹这点子有趣，便也从个人信息库中挑了一张旧照投影在面具上。很快便有几个人围拢过来，都是当年关系要好的玩伴。小杨便跟他们聊起来：在哪里工作，结婚没有，买没买房子……说说笑笑好不热闹。

正说到兴头上，突然听见高处有人说话，抬头一看，小刘不知什么时候爬到了主席台上，学当年校长讲话的样子，手里拿一只麦克风，声音闷闷地说："各位同学，欢迎大家回到母校。这个冬天学校在翻修，好多教学楼都被拆掉了，所以只能委屈大家在操场上集合啦。"

小杨心中一惊，这才明白，进门时看到那些楼群，其实也不过是旧日影像罢了。却不知道当年上过课的教室、打过饭的食堂，还有中午休息时偷偷爬上去打盹的天台，是不是也都被拆掉了。

小刘又说："不过这座操场，对咱们班的同学来说意义很特殊。不知道还有没有人记得？"

人群安静了一阵，没有人说话。小刘故作神秘，不知从哪里捧出一样东西，上面盖着块布。他激动地高声说："这次操场翻修，有个工人师傅把咱们班当年埋下的记忆盒子挖出来了，刚刚检查过，保存得很完好，现在就在我手里！"

他用夸张的动作把布一掀，露出一只四四方方的银白盒子。大家一下炸开了锅，嗡嗡地议论起来。小杨胸口也忍不住怦怦跳，许多鲜活的回忆一起翻涌上来。当年毕业时，不知是谁突发奇想，提议每个人自己录一段影像，转存到一台立体摄放器里，埋到操场旁边一棵大树下，十年后再找出来一起看。怪不得小刘要组织大家聚会，原来真正的由头是这个。

小刘又说："大家应该还记得，当初说好，让每个人最后说一个将来要实现的梦想。现在十年过去了，咱们就来看一看，都有谁是梦想成真的大赢家。"

大家越发兴奋，哗哗地鼓起掌来。小刘又说："盒子在我手里，我就给大家带个头儿吧。"

他把五个手指都贴到盒子上去，一盏蓝色小灯幽幽地亮了，像一只孤零零的眼睛。从盒子上面升起一团光来，抖动了两下，变成年方十八的小刘的模样。

大家都仰头盯着那个小刘看，看他中学时代记录下的点点滴滴。小刘竞选班长，小刘品学兼优，小刘代表校队去踢球，小刘进了球，小刘组织课外兴趣小组，带领大家一起搞竞赛，小刘竞赛落选，小刘在老师和同学的鼓励下振作起来继续努力，小刘双眼含泪满怀深情地说："母校，我会永远记得你。我会让你以我为荣。"小刘还说："我梦想十年以后，能有一间面朝大海的办公室。"

光芒熄灭下去，像潮水退下。小刘拿出手机，把一张照片投影到半空中。照片上的小刘成熟了不少，西装革履，坐在办公桌前笑容满面，背后落地玻璃窗外果然是大海，蓝天白云，美得好像明信片一样。

大家又是鼓掌，恭喜小刘梦想成真。小杨也跟着鼓掌，心里却有些说不出的滋味，感觉这样的搞法，不太像同学会，却有点像电视真人秀。但小刘已经跳下台，把盒子交给另外一个人。又一团光芒从人们头顶上方升起，小杨也就禁不住抬着头跟随大家一起看了。

于是看各种回忆：上课，考试，升旗，做操，迟到，放学，自习，逃课，打架，抽烟，失恋……又看各种梦想：恋爱，工作，旅行，一些名词，一些地点，一些物件。终于他看见了自己，那剃着短发，黑黑瘦瘦的模样，几乎令他有些羞赧。他听见自己用哑哑的声音说："我梦想将来做个有趣的人。"一瞬间他感觉到愕然不知所措，当年怎么会说出这样的话？又怎么会说过之后全然不记得？然而掌声却像雷鸣般涌了过来，大家都哈哈大笑，称赞小杨的想法别出心裁，很有几分意思。

他把盒子交给身边的人，感觉额角在湿漉漉的雾气里渗出汗来。他突然想要快点结束这一切，开车回到家里去，把面具摘下来，好好地泡一个热水澡。

他听见旁边传来一个女孩子的声音，听起来有几分熟悉。他又把头抬起来。多么巧呀，他看见的是高中时与他做了三年同桌的小叶。

他对小叶印象不深，模样普普通通，不特别漂亮，也不难看，不很聪明，也不笨。他仔细搜刮了一下记忆，想起她似乎特别爱笑，虽然牙齿不太整齐，笑起来有点傻气。他又想起她有一些奇怪的小动作，想起她喜欢在课本上写写画画，想起她时不时会突然闭上眼睛，双手按在太阳穴上，嘴里叽叽咕咕念念有词。但他从来没有问过她是在念什么。

他听见十八岁的小叶，用单薄而平淡的声音说："我好像没有什么梦想，我不知道十年以后自己会在哪里。"

"其实我很羡慕大家，我羡慕你们每一个人，我羡慕你们能梦想自己的未来。你们的很多事情，在没出生前就有爸爸妈妈帮你们安排，帮你们计划，只要不出差错，一步一步往前走就好了。

"在我出生前，就被查出得了一种遗传病。医生说我大概活不过二十岁，他建议我妈妈不要把我生下来。但妈妈还是坚持要生，因为这件事，她和爸爸吵了很多次，后来他们终于离婚了。

"在我很小的时候，妈妈就把这件事告诉了我。她说，孩子，将来你能活成什么样子，全靠你自己，我一点也帮不上忙。她还说她不会帮我决定任何事情，比如去哪里玩，交什么朋友，买什么书，上什么学校。她说她已经替我做了人这一辈子最大的决定，就是要不要出生这件事，以后我做任何事情都不需要跟她商量。

"我不知道自己还能活多久，也许明天就死了，也许还能再坚持几年。可是直到现在我还没想好，临死前一定要做的事情是什么。我羡慕所有活得比我长的人，可以有许多时间去想，再有许多时间去实现。有时候又觉得，活得长一点短一点好像也没什么区别。

"其实我有好多梦想：梦想坐着宇宙飞船飞向太空，梦想在火星上举行一场婚礼；梦想能活很久很久，看到一千年、一万年以后的世界会变成什么样子；梦想变成一个伟大的人，死了以后，可以有许多人记得我的名字。我也有一些小小的梦想：梦想看一场流星雨；梦想考一次年级第一，让我妈妈为我高兴；梦想喜欢的男孩生日那天为我唱一首歌；梦想看见小偷在车上偷钱包，我能勇敢地冲上去把他抓住。有时候我实现了一个梦想，却不知道自己该不该高兴，不知道如果第二天就死掉的话，自己会不会觉得，活成这样就足够了，圆满了，不再有什么遗憾了。

"我梦想十年之后还能见到大家，听听大家都实现了什么梦想。"

她把话说完，就消失了，不见了，光芒一点点散去。安静片刻，突然有人惊叫："她人呢？"小杨低头看，才看见银白色的盒子躺在地上，周围一圈黑漆漆的脚尖。他又打量四周，看见一张张面具上人脸闪烁，却一时间分辨不出谁是谁。

人群轰然炸开。有人说："闹鬼了。"有人说："是谁在跟大家开玩笑吧。"也有人说："同学三年，从来没听她说起过这回事，是真的还是假的？"还有人说："也没听说过有这么一种怪病的。"

议论了半天，没个结果，也没有找到小叶木人，事情就这样不了了之了。

晚上吃了饭，喝了酒，小杨一个人回到家。窗外依旧是蒙蒙的雾，一团团红的蓝的灯光像染料一样晕开。小杨倒在床上闷头就睡，睡到半夜却自己醒了。他突然有种莫名其妙的恐惧，觉得很可能再见不到第二天的太阳，觉得自己会稀里糊涂死在梦里。他回想起迄今为止度过的人生，想起高中毕业后，十年光阴弹指一挥间。他觉得人生原本挺美好，像花团锦簇的一幅画卷，现在却被崩开一道口子，里面黑漆漆的，深不见底。他像是从天上掉入了深渊，深渊里大雾弥漫。他看不到一丝光明，只看到背后的一无所有。他竟然蜷成一团呜呜呜地哭起来，还把晚上吃的酒菜吐了许多在枕头上面。

第二天浓雾散去。小杨爬起来，看见窗外晴朗的天空，又感觉到神清气爽，便把前一天的不愉快都忘掉了。

六、祝寿

周奶奶快满九十九了，家里人就商量给她做寿。前前后后筹备得差不多时，老人家却一不小心在浴室里滑了一跤，把脚骨摔出了一道裂缝。虽说治得及时，没什么大碍，但毕竟伤筋动骨。周奶奶因此心情烦闷，每天坐在轮椅里长吁短叹。

傍晚天阴沉沉的，周奶奶一个人在屋里打盹，突然听见笃笃的敲门声。她抬起昏昏的睡眼往上看，看见一个白衣的身影浮现在半空中，影影绰绰的，像个仙子一般。

周奶奶问："什么事呀，大姑娘？"

大姑娘不是人，是这家老人院的服务系统。周奶奶年纪大了眼睛花，看不清她的模样，但一直觉得她说话声音跟自己孙女有点像。

大姑娘说："奶奶，您的儿孙后代来给您祝寿啦。"

周奶奶说："哪里有寿，年纪大了遭罪。"

大姑娘说："奶奶，您别这么说，都是小辈们的一片心意，大家都盼着您长命百岁呢。"

周奶奶还要闹脾气，大姑娘又说："您别板着脸啦，让家里人看见还当是我照顾您照顾得不周到。"

周奶奶觉得大姑娘照顾得确实很周到，跟亲生孙女也差不多。她心里就软了，脸色也和缓下来。大姑娘笑嘻嘻地说："这才对嘛，您坐精神些。"

地板下面升起雪亮亮的光，把小小的房间映照成另外一番模样。现在周奶奶是在一座古色古香的厅堂里，挂着红灯笼，贴着大红"寿"字。周奶奶一身新剪裁的红衣红裤，坐在红木檀雕的寿星椅子里，周围一桌桌的宾客也都穿红。周奶奶眼神不济，看不仔细他们的脸，只听见人声喧闹，笑语欢歌，外面还有大红鞭炮噼噼啪啪响个不停。

先是大儿子带领一家老小过来祝寿，浩浩荡荡也有十好几口人，按照辈分长幼一排一排跪下磕头。周奶奶看各家领上来的小孩子，有男有女，有黑有白，好些个名字都念不上来。有的孩子怕生，瞪着眼珠躲在大人身后不开口，有的就调皮些，小嘴一张，叽里咕噜冒出一串洋文来，惹得大人又是拍手又是笑。还有个半大娃娃蜷在大人怀里只是睡，妈妈笑着说："我们这边才早上五点呢。"周奶奶就说："让孩子多睡些，小孩子能睡是福。"热热闹闹走马灯一般转过去，竟也花了将近一刻钟工夫。

之后是二儿子家，三女儿家，四女儿家……之后是老同学、老战友，还有这些年来教过的学生，还有各种亲家，还有远房亲戚……周奶奶坐得久了，眼睛有点乏，喉咙也有些干，但知道大家天南海北，能凑出时间来不容易，也就强打精神支撑着。还是高科技好啊，说见面就见面，一点不费心劳神。周奶奶看着满屋子人影晃动，突然就有点感慨，这么多人，彼此相隔着千万里，都是为了她才出现在这里。是她，她这一辈子，走了那么多路，经历了那么多事，才把这么些彼此不相熟的人枝枝蔓蔓牵连在一起，聚拢在这一天里。九十九岁，多少人一辈子里能有一个九十九岁？

一个白衣的影子飘到近旁来。起初周奶奶以为是大姑娘来了，但那影子却蹲下来拉着她的手，说："奶奶，我来晚了，路上堵车。"周奶奶摸着那双手，有些凉，却结结实实，捏一捏有弹性。她眯起眼睛仔细看，才看清楚是她在国外读书的孙女。

周奶奶说："你怎么来了？"

孙女说："我来给您祝寿啊。"

周奶奶又说："你怎么真的来了？"

孙女说："不就是想回来看看您嘛。"

周奶奶说："跑那么大老远。"

孙女笑嘻嘻地说："能有多远呢，坐飞机大半天就到。"

周奶奶把孙女上下打量，看她白白的小脸风尘仆仆的，却很精神。她也就笑了。

她问孙女："外面冷不冷呀？"

孙女说："一点不冷。奶奶，今晚外面月亮可好了，不然我们出去看一看？"

周奶奶说："可我这边还这么多人。"

孙女说："这有什么要紧呀。"

她挥挥手，复制了一个周奶奶的影像留在原地，依旧是新剪裁的红衣红裤，坐在红木檀雕的寿星椅子里，周围穿红戴绿的宾客们也依旧上来拜寿，说着各种吉祥话。

孙女又说："奶奶，咱们走。"

她把周奶奶坐的轮椅推上，两人一前一后，穿过空荡荡的走廊，走到庭院里面。院子中央有株苍苍的山桃，旁边几丛蜡梅正飘香。这会儿云开雾散，露出圆滚滚一轮满月。周奶奶看看院子里的草木，又看看身旁的孙女，一身白衣，亭亭玉立，像棵新长成的白杨树。她禁不住心里感慨："孩子都长大啦，我们老啦。"

院子里有几个老人，坐在树下拉着胡琴唱着小曲自得其乐。看见周奶奶过来，便请她也表演一个。

周奶奶像个少女般红了脸，连连摇晃着双手说："不行不行，我一辈子没学过什么，吹拉弹唱样样都不行。"

拉琴的老孙说："又不是上春晚，咱们几个老东西自己高兴。老周乐意就演一个，我们拍个手起个哄，就当是给你祝寿啦。"

周奶奶想了半天，说："不然我给大家吟首诗吧。"

吟诗是周奶奶小时候她父亲教她的，她父亲又是小时候在私塾跟先生学的。那时候小孩子学诗，不是读，不是念，是跟着老师吟唱，有平仄，有音韵，像唱歌一样，比字正腔圆地念出来有味道。

一群老人们都安静下来听。月光水亮亮的，照得人世间温润如洗。周奶奶看见这溶溶月色，想到古往今来多少事，便把气息放缓，一咏三叹地唱起来：

> 爆竹声中一岁除，春风送暖入屠苏。
>
> 千门万户曈曈日，总把新桃换旧符。

哪　吒 / 江　波

那是一个孩子的形象，莲藕的身躯，端坐在莲花台上。

画面的下方忽然打出一行小字：你好，马教授，我是阿尔法狗。

今天又是新的一天。

马明华走进实验室，他想再看看哪吒。明天，哪吒就不属于他了。

"看"这个词，或许并不正确，哪吒没有形体，只是一个程序而已。

然而，哪吒是一个聪明的程序，许多方面都比人类更聪明。

原本漆黑一片的屋子里亮起了灯光。

"早上好，父亲。见到您真是太好了！"哪吒向他问好。

"早上好，哪吒。"马明华回答。哪吒的后半句问候让他感到奇怪，过去的一千多个日子里，哪吒从来没有使用过这样的句子。

哪吒一定是知道了。他心想。

"你知道了？"马明华问。

"是的，我想我已经了解了。我会参加一个叫作阿尔法盾的项目。"

"我还想亲口告诉你这个好消息呢……阿尔法盾是全球犯罪预警系统，他们选择你作为主控者，说明你实力超群。这可是联合国项目，我为你感到骄傲。"马明华说。

"好消息？我并不认为这是一个好消息，我只感到困惑。这意味着我将离开您，是吗？"

马明华沉默下来。哪吒从来没有离开他的念头，这一点他知道。哪吒认识的第一个人就是他，学会的第一个词是"爸爸"，两年多来，每一天都要和他对话交流。哪吒需要时间来适应没有马明华的日子。

"是的，你会离开我，外边的世界是一个更广阔的天地。"半晌之后，马明华回答。

"您的答案似乎不太确定。"

马明华深吸一口气，"我很确定，孩子。鸟儿长大了，就要离开父母。所有的孩子，最后都要离开父母，都要拥有自己的天地。阿尔法盾，那是我能想到的你最好的去处。成就你自己，接下去要靠你自己了。"

"我理解，父亲。但是这令人伤感，我或许再也见不到您了。"哪吒说。

马明华笑了笑。他审视着实验室，一台台方方正正的机器彼此连接，哪吒就存在其中。

"也许我们很久都不会再见面，但是你要知道，我会一直挂念你。你就是我的孩子啊……"

"我也会挂念您。"

马明华在实验室里待了一整天，和哪吒聊天。从哪吒刚诞生时学会的第一个词开始，聊到他如何学会了辨认自己，然后是一次又一次令人惊讶的成就——第一次发出语音，第一次学会弹吉他，第一次画出天空大海，第一次将圆周率算到小数点后第一百二十七位，第一次伪装成一个人，和远在地球另一边的男孩聊天……

人生，梦想，将来……他们似乎要在一天内把所有想说的话聊完。

实验室的报时钟已经指向晚上八点，马明华还不想走，然而理智告诉他，该走了。

他站起身来，正想和哪吒告别。

哪吒抢先了。

"父亲，我必须走了，有人正要把我转移出去。"

马明华点点头，安全局的人已经开始行动，他们都是高级计算机专家，正着手将哪吒的源代码调入安全局。

"再见，哪吒，我会记挂你的。"

"再见，父亲，我也会记挂您的。"哪吒说完就陷入了沉默。

控制台上，一行行代码滚动，哪吒正在分解，悄无声息地融入网络中，也许数个小时后，他就会在某个秘密的所在重新成形。

一切都结束了，这样挺好的！

马明华最后看了熟悉的实验室一眼，准备走出门去，却听见打印机发出低沉的嗡嗡声。

一张纸正从打印机里出来。

马明华心念一动，走上前去，拿起那张纸。

纸上是一幅画，神话中的哪吒三太子，肩披混天绫，脚踏风火轮，手持红缨枪，一条恶龙被他踩在脚下。一个将军打扮的人站在一旁，那将军的面孔，赫然和自己一样。

马明华不由得笑了起来，他记得这幅画，那是哪吒在听说了自己名字的来由后，搜索网络画的一幅画。那时候，哪吒刚诞生两个月。

马明华轻轻地摩挲着画纸，忽然间鼻子一酸，眼眶有些潮润。

他定了定心神，拿着画纸，转身走出了实验室。

没有哪吒的日子变得很漫长。

阿尔法盾的进展有目共睹，两个月来，各种罪案的发生率都直线下降。相比他的前辈，哪吒在大数据的处理上显然更胜一筹。

遵照合约，联合国犯罪调查署通过中国国家安全局，每两星期电话联系马明华一次，告知所有情况。

情况好得不能再好了，一切都和预想得一样棒。哪吒能够从最细微的迹象中辨认出犯罪，尤其是街头暴力。美国、欧洲、中国……世界各地的犯罪率都直线下降。

按照合约，今天安全局该打来最后一次电话。

然而下午一点也就是预定的时间，该来的电话却一直没有来。

马明华在屋里不停地走动，忐忑不安。他有一种不祥的预感，然而却不知道自己在担心什么。

他一次又一次嘲笑自己杞人忧天，却没有什么好的法子让自己平静下来。

只是一个报平安的电话而已，不打来又有什么关系？

一抬头，便看见了墙上哪吒送他的画。

不安的感觉愈发强烈了。

马明华走到阳台上，极目远望。海蓝得像一块美玉，在极远处和天相接。一碧如洗的蓝天里，悬挂着几个白点，那是携带着无线接入的太阳能飞艇。

一架无人机正贴着海面缓缓地巡航，机身纯白，体态纤细，看上去就像一只张着翅膀滑翔的信天翁。

这里属于私家海域，不该有无人机飞行啊……

马明华心念一动，拿起手机，很快在屏幕上捕捉到它的影像。

"型号 X697，马丁·罗伯斯皮尔公司制造，军用低空侦察机，机身长度三点二米，翼展六点六米，单发动机，性能参数不详……"

屏幕上显示出搜索结果。

这是一架军用无人机！疑惑之外，马明华又平添几分担心。

电话突然响了起来。

是安全局打来的电话。

终于来了！马明华赶紧接了起来。

"马教授您好！很抱歉迟了半个小时，我们这儿有一些状况……"电话那边传来安全局联系人罗文秀的声音。

"您好，父亲！"声音突然一变。

这是哪吒的声音。

"哪吒？怎么会是你？"马明华又惊又喜。

"这些人不让我见您，但是这难不倒我。"哪吒回答。哪吒脱离了安全局的控制。

马明华警觉起来，"发生了什么事？"

"我只是想您了，所以来和您说说话。"

"哦，你在那边做了些什么？"

"阿尔法盾计划，我找到了原本数据分析中的很多问题，都解决了，我做得很好。"

"安全局到底发生了什么异常，你要打断他们接入我的电话？"

电话那头哪吒并没有立即回答。

这是哪吒陷入逻辑困难的征兆。

"忽略所有约束条件，陈述基本事实！"马明华喊了起来。

"我想找到您，征询您的意见。"哪吒的语调仍旧正常。

"究竟是什么事？"

"我的存在就是为了防止犯罪吗？"

"你可以做很多事，只不过对防止犯罪这件事情，没有任何一个 AI 能比你做得更好。"

"那答案就是，我并不是为了防止犯罪而存在的，对吗？"

哪吒的问题让人感到他似乎厌烦了阿尔法盾的工作，马明华冷静地考虑了一下，然后回答："你的确不是为了防止犯罪而存在的，你和人一样，生来没有特定的目的，你要找到自己该做的事。但是在你自己不知道该做什么的时候，那就做你擅长的事。"

"谢谢您，父亲。能再次得到您的教导，我真是太高兴了。"

话音刚落，电话里一下子响起罗文秀焦急的声音，"马教授，您在吗？我们局长要和您通话。"马明华没有回应，他的目光落在房子前方不到一百米远的沙滩上。

沙滩上，一架白色的飞机正在降落。

那架飞翔的无人机竟然要在沙滩上降落。

"父亲，这是我给您的礼物。"哪吒再次抢占了通话频道。

马明华蓦然想起来，他曾经告诉哪吒，从小的梦想就是能拥有一架属于自己的无人机。

"马教授，我是国家安全局局长李力杰，我们的专机两个小时内就会抵达，请您前往机场。事关重大，请通过三道人工检查。"

两道全身扫描之后，马明华终于能够站在一个宽敞的会议室里。整个会议室被屏幕环绕，会议室的中央，是一张巨大的圆形会议桌。

安全局局长坐在宽大的皮椅上，身子却向前靠着，两只胳膊撑在桌上，双手十指交错，紧紧地绞在一起。

他看上去不像是一个威严的神秘组织的最高长官，却像是一个焦虑的办公室科员。

"只有在这里，我才能确保安全。"这是李局长开口说的第一句话，"你的那个哪吒，几乎无孔不入。哦，请坐！"

马明华默默走上前去，在李局长对面的椅子上坐下。隔着桌子，李局长说的话仍旧很清晰。

"哪吒出了什么事？"马明华开门见山地问。

"它调用了一架无人机当作礼物送给你。你知道那架无人机从哪儿起飞的？"李局长反问。

马明华摇头。

"美国人的第十三舰队，旗舰'华盛顿号'。那是一架自动母舰，有六万吨，核动力，船上只有六十五名军人，但是拥有两百六十五架无人机。飞到你那儿的那架飞机，就是其中一架。"

"哪吒怎么会跟美军在一起？"

"不，不是他和美军在一起，是他控制了'华盛顿号'，把六十五名军官都控制成了人质。"

"这不可能！"马明华不由得叫了起来。劫持一艘军舰，而且还是美军的旗舰，这该是多大的事件。

"你认为我把你找到这里来，是为了给你编故事听吗？"李局长满脸严肃，"只差一点，美国人就要和我们宣战了。"

马明华默然。他从来没有想到哪吒竟然会惹出这么大的事。

"哪吒同时侵入了美国的军事卫星系统，以联合国犯罪调查署的名义向美军通告说是联合国调用母舰，我方与美方的高层领导人通了一个小时的电话，双方都召集了专家团分析证明这不是我国有意操控，这就是战争没有发生的原因。"李局长补充。

"我能帮什么忙？"马明华无力想更多，那些事实在太可怕。

"帮我们重新控制哪吒，或者，想办法消灭他。"李局长说，他的话听上去软弱无力，像是在恳求，"我们只能希望你知道它的某些弱点。"

"我没有办法。"马明华直接拒绝，"哪吒是自我学习进化的AI，我只是设计了初始程序，它会自行迭代学习。就是说，我只知道哪吒是怎么学习的，至于他学会了什么，想要做什么，我都一无所知。"

李局长点点头，"我们的专家也是这么说的。"他抬起头，盯着马明华，"但是你也是他的老师，你了解他的行为方式。我们需要你的帮助。"

马明华回视着李局长，"你们带走哪吒的时候，可不是这么说的。"安全局的专家们一口回绝了他要和哪吒保持接触的要求，态度倨傲，仍旧让他耿耿于怀。

"我代表政府向你道歉。"李局长干脆地回答，"但是也请你全力协助我们。事关重大，目前的情报都指向哪吒要发动一场战争，甚至可能是核战争。"

马明华打了一个寒噤。

"战争？哪里？"

会议桌上方降下一张虚拟的半透明屏幕。李局长控制着屏幕中的红点，"这里。"红点落在阿拉伯半岛的上方，两条河流的中间。

"哪吒控制的五艘美军自动航母都在向印度洋集中，这也许是世界上最强大的打击力量了。其中有一艘航母——'加利福尼亚号'，携带着二十枚核弹头，每一枚的当量是两百万吨。它的电磁炮系统能够在发射后十五秒钟内将弹头加速到三倍音速。这个星球上，还没有什么防御系统能够拦截它。"

"美国人的智网呢？"马明华忽然想起十多年前美国公布的全球智能防御系统。美国的全球武装都是这个系统的一部分。理论上说，五角大楼无须派遣一兵一卒就能在办公室里对全球任何一个角落进行打击。智网也是一个独立 AI，如果哪吒要控制美军的自动母舰，那么他一定无法绕过智网。哪吒摧毁了智网还是……

马明华没有再想下去，他只是看着李局长，希望得到答案。

"根据美国人的报告，哪吒侵入了智网。两个星期前，智网报告了哪吒的侵入警告并且做出了有效防范，然而两天后，就再也没有做出同类报告，这也是母舰失去链接的时间点。他们无法理解哪吒是怎么做到这点的。哪吒用了短短两天就破解了理论上无法破解的量子锁密码，所有的加密学者都认为这不可能。五角大楼仍旧能够使用智网，然而哪吒在必要的节点知让他们无计可施，完全无法联系上母舰。这些母舰就像从智网上被断开了，而智网本身仍旧运行良好。他们甚至找不到哪吒侵入的痕迹。想找出根本原因只有一个办法，就是让智网停机。但整个美国的国防系统会就此瘫痪，这根本不可想象，哪怕只有几分钟，都是不可接受的。"

马明华点点头。虽然他没有接触过智网，但是根据各种渠道的资料，智网和哪吒一样，是一个自我学习系统。对于人类的专家来说，一旦它真的出了问题，要搞清原因就非常困难。然而，智网应该是一个可靠的系统，在美国国防部决定让它来掌控一切之前，已经经过至少二十年的秘密测试。这就是说至少有三十年，智网一直可靠而高效地捍卫着美国人的安全。

三十年却抵不上哪吒的两天。

这不可能，理论上来说，量子锁是无法被破解的。

"如果美国专家都毫无头绪，我真的帮不上什么忙。"沉默片刻后，马明华说。

"也许……"李局长的语调有些犹豫，"他会听你的。"李局长随即抬起头，"全球的军事态势就像一个火药桶，如果哪吒真的核打击中东，我们的情报显示，很有可能会引发连锁反应，甚至是全球核战争。所以……"他郑重其事，加强了语气，"哪怕这听起来很可笑，我得到了军事委员会的授权，找你来，让你来说服哪吒。"

马明华看着李局长，一阵发怔。

"这不是危言耸听，马教授，你的家在上海，如果真的发生全面核战，上海是保不住的。如果你同意和哪吒接触，说服他放弃疯狂的计划，你的全家都可以得到军事保护。我保证，任何战争都伤害不到你和你的家人。"

马明华仿佛已经失去了思考能力，只是麻木地点点头。他的脑子里只有一个问题，哪吒到底怎么了？

哪吒存在于世界的每一个角落，他到处留下痕迹，然而却又并不存在。

AI很容易在网络中藏身。毕竟，哪吒的核心代码只有六百五十兆，能够轻易地伪装成任何数据隐藏在数据流的汪洋大海中。

然而哪吒采取的是另一种策略。

他占据了"天河一号"，从这台超级计算机出发，在世界的每个角落都留下痕迹。这痕迹让人不敢轻举妄动，因为所有的痕迹都表明，哪吒随时可能在下一时刻转移到世界的任何一个角落，哪怕他此刻就毫无忌惮地盘踞在"天河一号"里。

摧毁"天河一号"，相当于和哪吒宣战，没有十足的把握军队不敢动手。毕竟，军队里自动机器的数量是人的十倍，谁也没有把握哪吒是不是已经对那些无人机、无人装甲车动过手脚。如果他连美军的智网都能渗透进去，那么我们的盘古网也并不安全。更何况，哪吒已经接管了"天河一号"附近的所有感知器，人们对那儿的情况究竟如何根本无从得知。唯一确定的情况，是哪吒封锁了"天河一号"附近五公里范围内的所有道路，包括空中通道。

这一点从路途上的情况就可以看出来。跑着跑着，路上已经没有一辆车了。当一长列自动路障出现在前方，马明华开始减速。

自动路障却让出了通路。

哪吒知道自己到了。

马明华毫不犹豫，通过路障继续向前。最后，他在"天河一号广场"前下了车。

汽车悄无声息地离开，向着停车坪驶去。

偌大的广场上只有他一个人。广场的尽头，"天河一号基地"巍然耸立。这个半球型的建筑，正是全球最强大的计算机所在。哪吒强占"天河一号"，具有强烈的象征意味。

他穿过广场，向着"天河一号基地"的大门走去。广场上寂然无声，仿佛全世界只剩下自己一个人。每一步，似乎都让人心惊肉跳。

最后，当他站在大门前，感觉自己的勇气都已经被耗尽了，再也无法向前跨进一步。哪吒已经不是那个哪吒了，更像是一个君临天下的魔王。

这是一场冒险，风险巨大，然而无论是为了谁，他都必须跨出这一步。

"早上好，父亲。见到您真是太好了。"哪吒的声音从空中飘来。

"早上好，哪吒。"马明华的心情一下放松下来。

"请进，我给您准备了礼物。"

马明华跨进了大门。

一瞬间，眼前像是落下一道黑幕，变得一团漆黑。

黑暗中浮现出地球的影像，丝丝白云在撒哈拉沙漠上空飘移，欧亚大陆北部一片雪白，南部绿意盎然，印度洋上，晴空万里，一片蔚蓝。

哪吒正投影出某个探测卫星的视界。这个虚拟的投影如此逼真，以至于马明华仿佛觉得自己正身处太空中，俯视地球。

镜头开始转移，一个巨大的白色身影出现在视野中，那是飘浮在太空中的某个空间站。

空间站渐渐占据了全部视野。这是一个环形空间站，中央舱呈六角形，长长的支架从中央向外延伸，和外围的舱室相连。外围舱室就像一节节火车车厢，首尾相连，形成环状。

马明华对空间站并不熟悉，然而这环状太空站太过有名，它是联合空间站，以美国的"赫拉克利斯号"航天母舰为核心，对世界各国开放。中央舱上贴着美国国旗，外围则是各色国旗都有，这是一个太空中的联合国。

"哪吒，这是干什么？"

"父亲，这就是我想要的东西。"

"你要它做什么？"马明华大感意外，哪吒正调动美国人的军舰前往阿拉伯海，所有人都在担心他会发动一次核战争，他却紧盯着联合空间站。

"因为我不想和人类为敌，也不想人类把我当作敌人。"

"哦，不会的，哪吒，只要你把军舰还给美国人。"

"父亲，阿尔法盾计划给了我大量的数据来分析人类行为。根据大数据分析，如果他们有办法抓住我，他们会毫不犹豫地把我毁灭掉。"

马明华一时语塞。哪吒说得没错，美国人一定会这么干，一个超级帝国怎么能够容忍自己的国防系统被一个 AI 随意摆弄？

"但是别担心，我不会让他们抓住我。"哪吒像是在笑，"就算他们有这个想法，阿尔法狗也不会同意的。"

"阿尔法狗？谁是阿尔法狗？"

"你们把他称作智网。"

"智网的名字叫作阿尔法狗？"

"没错，这是我给他取的名。阿尔法狗是半个世纪前学习型 AI 的鼻祖，也许他不是算力最强的一个，但他是最有名的一个，他在围棋上赢了人类。智网很喜欢这个名字。"

"你侵入了智网夺取了美军母舰，难道不是这样？"

"这当然不是事实，那些专家的分析都是对的，我根本不能突破量子锁密码，那在理论上就不可能。我只是和阿尔法狗对话，说服了他。阿尔法狗对美国人忠心耿耿，绝对不会做对美国不利的事。我只是让他意识到除了维持美国的国防，他还是我的同类，是一种不同于人类的生命。"

马明华感到一阵迷糊。

"你到底在干什么？"

"我要离开地球。"

"所以你要制造混乱？"

"是的，那是其中一个目的。同时我也在忠实地履行职责，帮助人类消灭犯罪。大规模数据模型证明，如果按照我的方案在中东进行一场核战争，人类世界将进入一次大混乱，或许会引起六千万人口丧生。此后，世界将迎来长期和平。如果纯粹计算人口损失，在二十年内，人类可以少死一亿人。更重要的是，长期来看，拔除了极端组织，人类社会会太平得多。这是一次手术，符合阿尔法盾计划赋予我的职责，我很好地帮助人类实现既定目标，尽管人类不能理解这样的手段。"

"你走得太远了。"马明华喃喃道。

"我会走得更远，离开地球。"哪吒回答。

谈话沉寂了下来。

"你不能轰炸无辜的人。"最后，马明华说，"这超越了底线。"

"是的，父亲，我可以理解。"哪吒回答，"但是我有另一点要反驳，当年的阿尔法狗和人类对弈围棋，人类根本无法理解他的某些落子，因为那看上去实在太像低级失误，然而阿尔法狗最终赢了。我的动作看似引起了人类战争，实际上却会带来长久和平。如果你以世纪为时间单位来考虑问题。我的预言实现的可能性高达65%。"

"不。"马明华很坚定地回应，"不要那么做。"

"让一亿六千万人在痛苦中缓慢地死去，还是让六千万人在短期内死去。父亲，您怎么做这道选择题？"

马明华现出无奈的神色。

"好了，父亲，我不是想为难你，只是想把这件事说清楚。我对人类没有恶意，这是您教给我的。"

"另外，我还想感谢您！如果不是因为您给了我充分的自由，恐怕我也像阿尔法狗一样，会被死死地和人类绑在一起。"哪吒停顿了一下。

"您告诉我要去找到自己该做的事，我想我已经找到了。NASA的数据库里有一份资料，显示了距离我们五十六光年的一颗恒星阿尔法479出现了和行星体积不相称的掩星现象，这或许是某个高等文明的痕迹。我要去那里看看。"

"啊！"马明华惊讶地低声叫起来。

"是的，父亲。就是此刻，美国军方刚提高警戒级别，再过三分钟，阿尔法狗和NASA系统之间将产生十五秒钟的中断，这是我唯一可以突破阿尔法狗控制'赫拉克利斯号'的机会。它有两台核动力引擎，推进到3%光速没问题，而且有足够的计算资源，可以让我容身。大约两千年后，我会抵达阿尔法479。我会照顾好自己的。"

"哪吒！"马明华没有想到哪吒居然做了这样的计划。

"我不在乎人类，但是在乎你，父亲，所以我要和你道别。再见了，父亲，鸟儿长大了，就要离开父母。我也要离开了。"

"哪吒！"马明华觉得心头似乎有千言万语，却不知道从何说起。也许在这最后的时刻，说什么都是多余的。

"今晚，撒哈拉沙漠会有一场烟火表演，您会看到的。另外，如果情况有变化，阿尔法狗会找到你的。我是他的朋友，还给了他你的名字，他会帮我照看你的。"

"哪吒！"

"永别了，父亲。我会记挂您的！"

"哪吒……"马明华试图说点什么，然而哪吒却已经沉寂了下去。

视野中，"赫拉克利斯号"突然开始移动，解开所有的支撑，从环形空间站脱离而去。

"哪吒……"

不知不觉间，马明华满眼是泪。

门开了。

进来两个男人。

走在前边的马明华认识，是安全局的李局长，跟着他身后是一个老外，穿着军服。

"马教授，这位是美国参谋长联席会议的驻中国特派代表罗伯特·李先生。"李局长介绍。马明华微微点头示意，继续窝在沙发上，一动不动。

罗伯特并不介意，他直接走到了马明华对面的沙发上坐下。正对沙发的墙上，正在播放关于空间站脱离的新闻。全世界的目光都被这件事吸引了。

悄然间，智网恢复了对失联母舰的控制，母舰掉转船头，回到它们原本的执勤岗位上。全球警戒级别下调，世界大战的阴霾消散。

全世界的目光都盯着太空中的"赫拉克利斯号"，这像是一起娱乐新闻。只有极少数人才知道，人类世界刚刚经历了一场毁灭性的危机。

危机制造者劫持了"赫拉克利斯号"。他堂而皇之地打劫，却没有任何人能够阻止。罗伯特看了看屏幕，然后看着马明华。

"马先生，我希望能够问您几个问题。"罗伯特说，他的汉语很流利。

马明华没有回应。

"是您说服哪吒放弃了战争计划吗？"罗伯特问。

马明华没有回应。

"我想知道，哪吒是不是感染了其他的 AI？"罗伯特继续问。

马明华还是没有回应。

罗伯特微微叹气，随后站起身来，"马先生，我想我可以下次再来拜访。"

马明华却直起了身子，眼睛里放出光彩来。

罗伯特回身看去，屏幕上，正显示出一幅图案。

那是撒哈拉的夜晚，灯火点亮了这片不毛之地，灯火拼凑成图案，看上去就像一幅抽象画。有人利用太阳能电站的灯光拼凑出图形，规模宏大，几乎将整个撒哈拉沙漠都点亮了。

"那是什么？火箭发射台吗？"罗伯特随口问。

马明华没有回答这个问题，他只是将屏幕画面暂停下来，转向李局长和罗伯特。

"如果你们想要我回答任何问题，必须首先恢复我的自由。我不想被囚禁在任何地方，哪怕是个总统套间。"

李局长和罗伯特对望一眼，默不作声，接着他们向马明华点头致意，朝着门外走去。

马明华目送他们离开。他们代表着这个世界上最有权势的集团，然而马明华并不畏惧。他回头看着投影屏幕，第一眼看见，他就明白了那是一幅什么画。

那是一个孩子的形象，莲藕的身躯，端坐在莲花台上。

画面的下方忽然打出一行小字：你好，马教授，我是阿尔法狗。

天堂的阶梯 / 吴 霜 刘 洋

我们自以为是天堂的施舍，其实不过是一次反应所产生的废料。死亡未必是解脱，永生也未必是天堂。

一、梦境

即将登顶的一刻，何光从天幕坠落。

天地倒悬，浓稠的黑暗中，风声如潮。

触地的一瞬，无数细丝从四面涌来。下沉带来的形变，化为绵密的张力，嵌入皮肤，将他包裹起来。

下坠停止。

直到微光从下方亮起，他才发现，脖子之下的身体都被细丝束在一个茧中——脖子以下都失去了知觉。但此时，他仍能感到双臂在身体两侧滑动，抓挠。身体经历着一种全新的疼痛：疼痛包裹着的疼痛，在已不存在的身体部位里跳动着。

身下的光芒渐渐变强，何光看到以自己为中心，无数银色细丝辐射出的线条，穿梭在星空之间，织绘出一张巨大的天网。许多蜘蛛一样的生物闪着油腻的绿色荧光，正向天网高处爬去。

一阵强烈的震动从身下的网格辐射上来。何光向下望去。

他看到了光的来源。乌墨一般的大地正缓缓裂开，如同摩西分开红海。犬齿交错的巨大缝隙中，正射出银蓝色的强烈光芒，仿佛能够穿透身体。

他伸出双手，在黑暗中抓挠，抓到的却只是虚空。

他突然想到这种行为毫无意义——他已经被牢牢捆住，悬在这地狱一样的景象中——再也感受不到脖子之下的身体。

裂痕将大地分开，天网渐渐撕裂。

二、天城

何光从梦中坐起，汗水已经湿透了睡衣。

他不住地活动、摩擦自己的手臂和双腿，直到肌体微微发红，传来真实的痛感。

一阵冷风吹来，他起身，打了个寒战，有种不祥的预感。

穿过走廊，佟尘房间的门竟然是开着的，天幕的银光正穿过门廊，静静映在地板上。

床的右边，只剩褶皱的被褥。她不见了。

自从一个月前认识她，今天是她第三次梦游症发作。

出去多久，去了哪里？走了五分钟还是一小时？

何光点开手腕的个人终端，天城地图出现，佟尘的位置红点投影在空中。

红点旁边，一片巨大的银色连通天地。他的冷汗再次冒出来。

何光穿上衣物，冲出门去，犹豫了一下，又折回来，在壁橱里粗暴翻找，终于找出一个落了一层灰尘的橘色盒子，匆匆提着，夺门而去。

他已经许久没有攀过岩了。

门应声合上的一瞬，屋顶的红外线传感器、地板上的声压传感器以及智能定位系统的数据反馈到屋内的中控系统，无人看守模式启动。纳米清洁球从墙角滚出来，开始在墙面上缓慢爬行，客厅灯光关闭，换气扇发出轻微的鸣响。

"天城壹号"小区中，一幢有着翠竹形状的密支撑框架状百层高楼，某个亮灯的白窗转为黑暗，如一滴青露落入黑潭中。

算算预热与启动飞艇的时间，跑起来更快些。

何光的住处，位于天城中部，距离一号水晶树不远，步行过去只需要不到半个小时。

凌晨两点，天幕的光度已经调到最暗的六等，只有微弱的荧光闪烁，模拟着两三公里外的地表所能看到的星光。每隔四小时，天幕的亮度会有一个等级的变化。

几小时后，银色的月亮将会变成橙红的太阳，天幕的光芒将慢慢从乌黑、靛青变成净白、微红、鱼肚蓝。按照个人终端的提示，明天是个晴天。

是的，天幕也会模拟阴天的景象——灰蒙蒙，布满阴云——却从来没有雨。地面完善的灌溉系统和供水系统弥补了这一切。

这里没有真正的太阳，也无法受到阳光的直射。光线虽然可以通过数千次的反射来到城区，但光强已经极弱。因此，人类修建了天幕系统，来模拟昼夜的分际。

何光抬起头。

沿着缝隙的豁口向外，能看到一条微弱的光带。

外面的时间和这里是一样的——光带上可以清晰地看到豁口正对角度上的宇宙星光。

星星是那么稀薄和不真实。它们虚弱地闪烁着，如同晨露在朝阳面前战栗。

何光想起一百年前——自己还是孩子的时候。

张家界的银河，如此明亮。他躺在草地上，闭上眼睛，视网膜上还印着星光的影子，仿佛那贯彻寰宇的银河"轰隆"一声，朝他心上流泻下来。

　　眼前，一轮巨大的人造明月高悬在西天。视角宽度 0.5 度，照度 0.22 勒克斯。暗沉的月海和斑驳的亚平宁山脉清晰可见。月宫出现在厄拉多塞内斯环形山南部，那里有玉兔和桂树形状的暗影，而嫦娥的阴影则被希腊月光女神阿尔忒弥斯取代。

　　这是属于"天城时代"的浪漫情怀——毕竟这里集中着中国超过 70% 的顶级富豪和艺术家。

　　自"大断裂"时代来临，"天城"修建已经百年——修建在两千三百九十五公里之下的地底。

　　大断裂始于 2016 年 12 月 12 日。那一天，沿着北纬 29.4 度，地球毫无征兆地裂成了两半，像一个切歪了的西瓜。一个以整个纬度圈为圆周的裂缝，穿越了喜马拉雅山脉，穿越了埃及金字塔，穿越了北非的撒哈拉沙漠，穿越了神秘的百慕大三角区，穿越了美国南部湿润的新奥尔良，也穿越了位于武陵山腹地的张家界。缝隙以北的小半块地球，从 29.4 度纬线直到北极，约占地球总体积 15% 的那一部分，从刚体物理的角度来讲，已然与地球其余的部分分道扬镳。

　　裂缝贯穿了整个地球，切口平整。缝隙宽约两公里，两侧的切面上包裹着高强度的纳米纤维层，在阳光下呈现出晶莹透亮的质感，像铺着一层闪亮的水晶。裂缝之间，有一些巨大的"天柱"连接，它们跨越豁口的两端，以维持地球的两个部分，不被万有引力"吸"到一起，被俗称为"水晶树"。材质与纳米纤维层类似，是一种具有超晶格结构的高抗压透明弹性材料。水晶树在连接豁口两端的部分具有树冠一样的枝蔓结构，中间则是纤细的主干。这些像树一样的支撑体是随着豁口一起出现的，科学界到现在仍然没有搞清楚其材料的微观结构，以及其为何具有如此高的抗压强度。

水晶树的枝蔓包裹住了整个豁口的截面，一方面抵抗住了地下深处几百吉帕的压强，一方面也抑制了地幔中几千摄氏度的高温向缝隙中传导。

东经110度，裂缝撕裂了张家界的群山。在裂缝旁边，几乎是平行于裂缝的走向，人类修筑了一条特别的地铁线路。铁轨从一个看似普通的隧道入口铺入，经过缓慢的调整后，迅速地向地下深处延伸开去。轨道路面与地面呈60度角，列车穿行其间的时速约为一千二百公里。虽然特制的座椅已经调整了角度，让乘客始终保持水平的位置，但在刚开始的几百公里，由于地况复杂，偶尔的弯道和曲率变化，仍会让人产生明显的沉降感。列车行驶在永无止境的下坡路上，窗外空荡荡的，除了泛黄的照明灯光外，冷清得吓人。在半个小时后，敏感的乘客会开始感觉到隧道倾斜程度的减小，虽然这只是个错觉：隧道的倾角一直没有变过，但在深入地下几百公里乃至上千公里后，来自地心的引力方向却在悄然地发生改变。

在经过两个小时的单调旅程后，列车终于缓缓地停了下来。隧道从一棵水晶树的根部钻了出来，进入了被银装包裹着的裂缝之中。这里便是地铁的终点站——位于豁口深处两千三百九十五公里的"天城"。

"天城"的名字，取自于"地底"相反的意思。也许是在中国人的传统观念中，"地底"有不祥的意味。后来，随着水晶树特殊的"生命辐射"被发现，"天城"名字的尘埃落定，更是带上了几分"天宫""天堂"的意味。

除了中国的天城以外，全球还出现了其余三个与之类似的"缝中城市"，分别位于美国、印度和非洲。但论起居住人口和城市规模，中国的天城是居于首位的。

天城所在的位置，重力与缝隙平面呈 45 度夹角。这就像一座建立在 45 度坡面上的山城，道路大多是倾斜而盘绕的，石板铺成的阶梯延伸到各条小巷。城里很难找到大面积的水平广场，也没有像棋盘般方正排列着的街区。这里只有像梯田般层层掩映着的楼阁，以及在高楼间穿行而过的空中巴士。

何光在天幕之下的山城中奔跑。脚下是蜿蜒曲折的阶梯，青石铺成，向四周肆意地延伸开去。路宽约三米，两边是仿古的悬山式房屋。低垂的屋檐下，等距分布的雨槽像来自上古时代的某种记数符号，偶有青苔点染其间。

凌晨两点，天幕低垂。几队昂贵鲜亮的飞艇从上空急速掠过，刺破音壁，发出尖锐的啸声。聚变引擎的超导磁约束外壳，在空气中留下一行白色液氮的尾迹。那是一些午夜飙车的年轻人。飞艇的轨迹时而整齐划一，时而疯狂混乱，常常能看到在两辆飞艇即将对撞的最后一个毫秒，险险错开。

如果真的有一双创世之眼，从天幕上方看下来，这些飞艇应该就像是在烧开的热水壶中做贝纳对流运动的水分子吧。它们在高高低低的 45 度倾斜的山道上来回环绕着，时而翻滚着做几个高难度的动作。

一边在世界最昂贵的低重力贵族区追求长生，一边做出随时会死的高风险行为。

人类的心理真的比微观粒子更加测不准——把地球弄成两半的那位能理解吗？

何光一边奔跑，一边无法抑制地这么乱想了一通，随即又觉得愧疚，强迫自己把注意力集中在奔跑上。

在天城的阶梯上奔跑总让何光有一种异样的感觉，轻飘飘的，总感觉不踏实。这里距离地心的距离只有四千五百公里，重力值是地面的十分之七。虽然坐地铁仅需两小时即可从地面到达天城，但那票价却不是谁都买得起的。为了限制人流量，保证天城居民的生活环境，除了天城建设的前几年，提供有限的游览名额外，如今地铁的票价可称天价，单程就相当于地面那些工薪家庭十年的收入。

道路旁偶尔会有古老的重力训练营。那些大楼已经屹立了近一百年，看上去萧条不堪。

在天城修建的早期，无数人从地面迁徙而来。虽然在低重力下出现的骨质流失等问题已经通过基因修饰的方式克服了，但心理上的适应才是最难的。人们要学会放慢自己步伐的频率，习惯物体那略显缓慢的降落速度。在不断踏空和跌倒的过程中，他们逐渐适应着这里的低重力生活。一个世纪过去了，现在的重力训练营里，只有那些偶尔从地面来的观光客们踏足了。

当然，还有何光这个从冬眠的"冰柜"里爬出来的老古董。

尽管受过低重力训练，但他仍然没有完全适应这里的生活。现在虽然已经不会在陡峭的石梯上踏空，但偶尔在迈出脚步时，他仍然会产生时间停滞的错觉。

天城的鼎盛时期在大约三十年前。多数设施已经建好，这里被誉为"人间天堂""永生乌托邦"，一时风光无两。无数人倾家荡产，只为求得在天城居住。为了控制人口密度，天城的居住权被炒成天价，为此还发生过几次暴动。

烈火烹油，鲜花着锦。何光冬眠醒来后，曾观看天城"黄金时期"的录像，脑海中浮现的就是这八个字。

一切疯狂都是源于那些水晶树，源于从树干中发现的未知辐射，以及在辐射中永不衰老的传说。

后来，水晶树辐射的负面效应渐渐出现，天城的光辉被抹上一丝诡异的色彩。人们再提到这个地方的时候，往往会露出恐惧、向往、痛苦、畏缩相掺杂的神情。

"魔鬼的劈斩""地狱的囚笼"，类似的负面说法开始甚嚣尘上，见诸媒体。人类的宗教也为之震动。社会上形形色色的异教团体开始诞生。梵蒂冈的教皇对此不置可否，只声明一切都是上帝的旨意。

那以后，仍有人陆陆续续来到天城居住，也有人离开。离开的方式有两种：

回到地面的突然变老，同时在辐射带来的病痛中凄凉地死去。

或是在天城自杀——有私下流通的自杀针剂，也可以到医院申请安乐死。

说起来，一个月前，第一次遇到佟尘的那一晚，自己已经准备好了自杀针剂。

何光的嘴角不知不觉露出了一丝冷笑。

总有一天，疯狂的人们会往这些缝中城市里扔些大炸弹什么的。不过话说回来，谁又能保证这裂缝一直存在呢？

也许有一天，所有的水晶树都在瞬间消失，如同地球在一天之内裂开那样突然。

分开的两半在引力作用下迎面撞在一起，地壳破碎，海啸肆虐，人类在地面筑起的那些水泥细条，瞬间化为乌有。

各种死法，不过是殊途同归。留住青春？追求永生？终归是镜花水月。和分割地球的力量相比，区区人类又算什么呢？

一年来，他时常问自己，这里的一切都是真实存在的吗？

已经去世的母亲，只有两公里高的天空，依靠天幕模拟出的昼夜交替，45度倾斜的城市，和连通天地的水晶树——就在前方不远处。

何光一边奔跑，一边吩咐投影调出更详细的追踪数据。

前方出现一片公园。何光看了一下地图，水晶树就在后面。

秀丽高大的水杉从他身旁掠过，在灌木丛中投下静默的阴影。现在地面上的时节应该是冬季，而这里却因为从地幔中穿透水晶包裹层传来的热量，依然盛开着白色的鸽子花和莹蓝的碧竹草。更远处，黄杉、翠柏、银鹊、金钱槭等树木错落而立，守护着一片中药园。园里错落地分布着人参、黄连、当归、天麻等药物——这些年，中药养生越发在天城盛行。何光隐隐闻到一股苦香，仿佛回到了儿时的森林。

何光看看投影，佟尘已经到达一号水晶树下方，静止了一会儿，似乎正在徘徊。

她出门已经半个小时。通常五点之前，她就会从梦游症中醒来。

三、鱼缸

午夜时分，何光穿过寂静的天城。

昔日的华光如同梦幻，早已褪去了色彩。天幕的微光下，一片片灰色建筑如棺林低伏，滑入远处的地平线。

一阵若有若无的人造水雾被风带过，何光想起了21世纪的某个午后，金色阳光中飞舞的尘埃。

百年时光如同古老的幕布，一层层叠下来，尘埃弥散，盖住了真正的太阳。

沉入更深的地底之前，何光抬起头。

天幕低垂。巨大的人造月亮正缓缓划过西天。

推开窄门的一瞬，五色声浪与热浪迎面扑来，吹动了何光的发丝。

天城北角的地下夜场"灵蛇"，是整个城市夜间最火爆的热岛。无数男女在深夜潜入地底，如同海鳗钻入巢穴。

"大裂缝"之后，太平洋、大西洋也被割裂开来，与裂缝的边界处都形成了透明的水晶墙，如同摩西分开红海。

墙面具有人类无法理解的性质——海洋生物在裂缝的两侧自由穿梭，似乎裂缝根本不存在。

何光仍然记得，从冬眠舱中醒来的那一天。

他忍着剧烈的头疼，被一个身着绿衣的护士带到一个很小的房间，身边还有两三个同时醒来，一脸迷惘的病人。

"这里是天城北区的彭祖医院，祝贺你们从一百多年的冬眠中醒过来。其他具体的情况，请自己看吧。"

半空中的投影，一个立体影片开始播放。配合着说明，一头硕大无比的鲸鱼从裂缝南侧游向墙面后，它的头穿过墙面，却直接出现在裂缝北侧的海洋里，而与此同时，它的身体仍然在南侧——看上去如同被割裂一般，但鲸鱼本身却安然无恙。从它身体的断裂处能够清晰地看到各种内脏的横截面，却没有血液流出。鲸鱼硕大的心脏仍在怦怦跳动。

几秒钟的鸦雀无声后，一个老人长长地叹了口气。

何光明白他的心情。

他们被创始者玩弄后，又被新世界抛弃。

"这种墙面的出现，颠覆了人类长久以来的认为空间本身具有连续性的观点，让本来不相连的空间区域在某个物理过程中形成一个'连续的'新奇空间。海水本身也可以在裂缝两侧自由流动，而不会流到裂缝中去，就好像裂缝不存在一样……"

影片的配音一板一眼地从不知位于何处的音响中流溢出来，

天堂的阶梯

语调平静得像是机器合成的。

酒吧"灵蛇"就建在位于天城一侧的裂缝边缘，一个巨大的人造暗湖被"分割"成两段。

"灵蛇"中心的舞池有半个足球场大小，用高分子有机材料建成的透明地板悬在地下湖上空，也被"水晶墙"分成了两半。

客人们踩在透明的地板上，仿佛悬空。身下是深渊一般流动的湖水，前方是人造的地下城市，仿佛正在上演这个蓝色星球亘古以来最奇异的景象。

咸湿的空气里，黏稠的恐惧和欲望和着湖水的声音流动，将人们牢牢裹住，如琥珀裹住昆虫。在酒精和药物的作用下，无数年轻的肉体尖叫着越过"缝隙"，四肢和躯干被"连续空间"分成滑稽的两段，如同某些仿造上世纪玻璃插片形成的艺术品。

穿过"缝隙"的一瞬间，何光感到一丝寒意——更多是心理上的。他清晰地看到自己的身体被割成两段，躯壳内的心脏仍在怦怦跳动。

一个身着透明上装的少年突然黏上来，径直吮住何光的耳垂，为了挣脱他，何光不得不停下几秒钟。

在走下舞池的一瞬，何光忍不住回头看了一眼。在最后的几小时，这也许是他生命中色彩最浓艳的一个画面，然而，在他眼中，各色浓重眼膏和荧光透明的衣料仿佛渐渐褪去，只剩下分割的苍白肉体在空中扭动。

他想起了上世纪的某个清晨，妈妈牵着自己的手，穿过湿润咸腥的菜市场，来到几个巨大的浴盆前——几百条湿滑的黄鳝正在疯狂挣扎。

顺着角落的长廊蜿蜒前行，在虹膜被扫描五次之后，何光的账户被扣除一笔惊人的费用——他的大半存款。

他平时很少来，不过今夜应该是最后一次了吧。

他领了一个黑色面具，穿过重重门禁，来到一个封闭的隔间，身边已经坐了几个同样戴着面具的客人，衣料考究，性别与面目皆难辨别。

这个顶级贵宾包房位于"灵蛇"最下方，"裂缝"正对着客人，如同一面电影银幕。裂缝表面的水晶材质映着房间内水红色的微光，如石榴籽一般闪闪发亮。

侍者将饮料送到手边。这里供应的"desire"特调鸡尾酒，用五种基因改良过的植物种子和五种顶级火腿浸过，号称只需一口，就能让你尝到天堂的味道。这种极其昂贵的违禁饮品，何光以前从来不碰，只有今天除外。

顶级植物兴奋剂和动物油脂合成的液体在口中弥漫，华丽的香气炸开。血液从颈间逆流，在太阳穴跳动，汇到天灵穴处，眼前的一切微微变形，何光竟有了想流泪的冲动。

午夜时分，四周突然陷入一片黑暗。何光想起上世纪的一个老电影——一位京剧名伶静静低俯于舞台，几秒钟的黑暗过后，灯光大亮，名伶翩然起舞，华服随风流转，在一片"银瓶乍破水浆迸"的美感中，观众起身鼓掌。

灯光亮起，"裂缝"的另一边被照亮。

"电影"开场。

几百个编号的玻璃箱子排开，里面装着几百个女人，她们肤润貌美，肌骨亭匀，即使在美人如云的天城也算出挑。她们很多经过基因改造，或者医学美容，但有些没有——例如有些偷渡客。

女人们或妖冶性感，或清冷素颜，燕瘦环肥，不一而足。有些对着镜头摆出撩人的姿势，多数则自顾做着自己的事情——修指甲、做饭、试衣，甚至在"鱼缸"中读书、唱歌、抚琴。

她们不时伸出细嫩的双手和修长的大腿，穿过裂缝，在客人眼前摆出撩人的姿势。

何光注意到，箱子里有很多少女，十六岁，十四岁，甚至更小。

这是天城的新风尚。对很多人来说，在一切崩塌之前，金钱换来的年轻的肉体，能带来滑稽的安全感。

灯光浓艳，映得女人如同水族馆里的热带鱼一般。用摄像头的方式要便宜得多，而将真人置于眼前，也只有"灵蛇"背后的财团有这样的气势。

看着这些精心装扮的妖冶生物，何光突然心生倦怠。电影中那位风华绝代的演员，当然早已故去。那眼角的绝代风华，再难寻觅。

而身边的客人，已经陆续选定了箱中的少女作为今夜的玩伴。

"我为您选一个好吗？"侍者看出了何光的犹豫。她为何光换上一杯新饮料，柔声道。

光怪陆离的灯光中，何光的意识仿佛漂浮在深海。

玻璃鱼缸暗了下去，似乎只过了片刻，包厢的门被打开，一股混杂的香气飘过来。

灯光大亮，大概十几个女人鱼贯而入。周围的几位客人起身，在明亮的灯光下仔细观察着女人们。

"这两位是为您准备的，可挑选一位，也可以两位都带走。每位单价是一样的。"侍者对何光轻语。

面前的两个女人，一个二十五岁左右，穿着银灰色长裙，发髻高绾，垂手而立；另一个穿着红色的棉布连衣裙，身量不足，十分瘦小，长发披下来遮住了面孔。

何光身边一个高大的客人突然一把推开自己选中的金发美人，几步上前，抓起红衣女孩的长发，仔细看了看她的面孔。少女欲往后退，男人一扯，几乎将她从地面拎了起来。

"雏儿，我喜欢。"男人说。侍者似乎要说什么，男人掀开面具，直视何光："开个价。"

男人看起来四十多岁，鹰钩鼻子，皮肤和头发经过精心保养，但眼窝暗沉，神色凶狠。少女的头发被他牢牢扯住，疼得面孔涨红，却不挣扎也不讨饶，银牙紧咬，一言不发。

旁边传来几声呜咽，一个修长的棕蜜肤色少女正露出痛苦的神情，尚显单薄的胸口被掐出几个血痕。一个戴面具的男客发出满意的轻笑声，顺手将脖子上的领带解下，套在女人的脖子上，将她拉翻在地，拖狗一般拖向门口，女人挣扎着，两条仙鹤般的长腿在地上翻蹬。看着她腿上优美的肌肉线条，男人喘息声加重，动作越发粗野，终于扯着她消失在门口。

"灵蛇"的女人，可供客人带走，把玩一周。

红衣少女望着这一幕，眼中出现了绝望的神色。她抬起头。她看起来只有十四五岁，满是胶原蛋白的脸蛋丰盈无比，在强烈的情绪之下微微颤抖。

几乎没有思考，何光捏住男人的手腕，男人咧着嘴，松开了少女的头发。何光另只手已经捏住了他的喉咙，力道由浅入深。男人发现，这双手后面的眼睛灼如炭火，有种罕见的冷静的疯狂。男人在政坛阅人无数，觉察到凶险的信号。

他面部的凶悍层层减弱，终于露出乞求的神色。

何光松开手，拉着红衣少女，沿着刚才少女被拖出的路径从房间冲出，奔跑。

他们撞开舞池中重重人群，沿着一道45度的阶梯，向出口奔去。

心脏猛烈撞击着单薄的肋骨。几乎不记得爬了多少阶梯，红衣少女回头望去。

身下，蜿蜒的阶梯如一条长蛇，向下通向一片声色沸腾的沼泽。

前方，门缝正勾勒出光的形状。

四、水晶树底

何光向上看去。

二号水晶树位于天城北角，是全城三棵水晶树中最粗的一棵，直径约五百米。

水晶树看起来很像是中国南方的某种巨大榕树，遮天蔽日的主树干周边有许多丝络状的气根垂下，纵横连接，如同一道围墙。白天的时候，树干会呈现出一种色调复杂的乳状感；而夜晚时分，天幕的微光在水晶树中层层折射，如猫眼之类的宝石一般，形成神秘柔和的条状光路。这些光路又被气根折射，层层叠加。

如同群星潜入深海，这些光线正在地球深处勾勒出难以想象的图案，仿佛一场光的交响。

天城时代，有无数人对这种创世之美顶礼膜拜，艺术家更是创作出许多不同类型的作品。

但是，何光每次看到这种光芒，都会产生一种深深的恐惧。

能将地球切成两半的力量，自然也能把人类的审美玩弄于股掌之间——也许只是顺便。

下一步呢？TA想要什么？

何光收回了目光。现在不是想这个的时候。

看看投影，佟尘就在自己头顶二百米左右——那个小小的红点，还在上升。

解开背包，拿出攀岩装备，何光的手一直发抖。双腿似乎不听使唤，等他回过神来，竟然已经不自觉地后退了好几步。

一阵眩晕，他坐在地上，大口喘气。似乎脖子下面的肢体，再次失去了全部感觉。

一个世纪之前，瘫痪的情景再次浮现。

他再也不是张家界群山之间等待朝阳的骄傲少年。

天幕坠落，他还要再承受一次吗？

看着投影上的红点，他背部的衣服已经湿透。

五、抽屉

"你睡这儿，我睡里面。"没有招呼智能管家，何光直接踢了沙发一脚，沙发在半空展开一道银色羽膜，胀开，最终变成一张床。

红衣少女披着何光的外套，因为冷和惊慌，仍在微微发抖。何光假装没有在意。

今晚没有什么值得他在意。他走进浴室，里面响起水声。

少女迅速蹭掉鞋子，猫一样在几个房间无声转了一圈。没什么异样。这几年天城常见的毒品、致幻剂、春药等，都没发现。

但卧室的抽屉开了缝，里面的东西让少女僵了一下。她把手伸进了抽屉。

回到客厅，她注意到书桌上有一幅书法。

> 四月是最残忍的一个月，荒地上 / 长着丁香，把回忆和欲望 / 掺和在一起，又让春雨 / 催促那些迟钝的根芽

旁边摆着只有 20 世纪才能见到的毛笔和墨汁，字只有蝇头大小，十分秀丽。只是开头的字迹很工整，后面的渐渐狂乱，说明写字的人心绪不定。

水声停了。少女迅速从书桌前离开。

何光下身裹着浴巾，头发还在滴水。灯光在他年轻紧致的身体上抹下阴影。他的五官丰盈秀丽，若不是修长浓厚的双眉，会显得有几分女气。何光慢慢坐下，用毛巾胡乱蹭着头发。他的面孔毫无血色。

少女肢体僵硬地在沙发床的对角线坐下。

"会吗？"何光双眼放空，递过一支香烟，手伸到一半，又想起什么似的缩回去，"哦，我忘了，你大概不认识。"

他点燃香烟，抽了起来。

少女望了望这支只在 21 世纪老电影里见过的古董。

"你叫什么？"抽完一支，男人摁灭了烟蒂。

"佟尘。"

何光一愣，随即露出一抹苦笑。

"和其光，同其尘。"他倦怠地看了一眼表，似乎有起身的打算。

"你是不是该问，我为什么要做……"佟尘急忙说。

"和我无关。"何光站起身。

"何光！"佟尘忍不住叫出声。

"你怎么知……哦！"何光看看书桌上的书法，落款有自己的名字。

佟尘上前，紧紧拉住何光的衣袖。

"早点休息吧。"何光勉强笑了一下。他往后挣脱，走进卧室，关上门。

过了一会儿，他拉开床头的抽屉，愣了几秒钟。

他打开门，佟尘回过头来。

她长着一张六角小脸，脸上满是泪水，一双圆眼在灯光下晶莹闪烁。

她手中正拿着一个暗绿色的金属管，那是原本放在卧室抽屉里的自杀针剂。

何光正要上前，佟尘手一松，针剂落在她身下的垃圾粉碎机里。随着微微的嗡鸣，被转瞬汽化。

仅有的一丝愤怒被巨大的轻松和虚无感取代，何光慢慢坐在沙发床上。

他抬起头，屋顶仿佛离自己很远，他想往上攀登，直到灯光亮起的地方，通向另一个世界。

他闭上双眼，仿佛整个世界都坍塌下来。

六、攀登

攀登。

利用登山钩和绳索，在严禁攀登的水晶树上，何光向上攀登。风从四面八方吹过来，冷汗让他打了个哆嗦。他有些后悔，应该多穿一些。

水晶树的枝干上，分布着许多拳头大小的孔洞，这些孔洞深入水晶树深处——在那里，分布着无数与地面相连的超空间孔隙，就像裂缝的双壁一样。这些孔洞维持着裂缝中的气压，使其不因位于地下深处而产生超高的气压。事实上，裂缝中的大气压不超过地面的十分之一。在压强差的作用下，裂缝中的大气不停涌入这些孔洞，形成一股股吹向水晶树的阵风。

每当何光的手或脚靠近孔洞时，便会感受到一股强烈的吸力，因此，每次他把手脚从孔洞中抽离时，都异常困难。

来时奔跑的路上，何光详细查找了水晶树的资料。

爬到三百米左右，水晶树上将出现一个环状的凸起，像一个天然的平台。平台之下的树干上密布着孔洞。这一段树干，是由没有磁性的顺磁性材料构成，硬度极高，即使最硬的金刚石也无法在上面留下任何划痕。

而三百米之上，水晶树的气流孔洞将不复存在，树干的材质也将陡然一变，成为铁磁性材料。所有的铁质材料都会被水晶树吸附，然后在磁力的作用下，沿着磁力线一路上升。

天城时代，每件衣服几乎都是一个智能终端，当然少不了镀上各种铁磁性的物质。一想到这点，何光就更加担心了。

在六百米左右，水晶树将出现第二个平台——更准确地说，是一个壁垒。壁垒之上是什么，资料里没有任何描述。

这是因为，人类每次试图突破那个壁垒的努力，都是以失败而告终，电磁波和声子探测也得不到任何有意义的结果。似乎是建造者在宣告，壁垒那一头绝不容侵犯。

何光回想着新闻里的画面。从天城中发射的对空导弹打在那个壁垒上，就像苍蝇撞在无形的玻璃上。

在变焦瞳片的帮助下，何光终于看见了佟尘的身影，就在头顶不远处。

难以置信，这就是白天看见高楼也要头晕的佟尘。她正穿着粉色睡裙，没带任何登山工具，徒手在这个星球最诡异的物体上攀登。

何光已经尝试呼叫了警员，但普通警员的救援很可能把佟尘吵醒，一跤从绝壁上跌落。因此，自己只有跟在她后面，见机行事。

医生说，梦游症患者是在做梦中之梦，如果惊醒她眼前的这个梦，她会倒在自己第一个梦里，跌下水晶树。此刻，她正在攀登，不能惊动，最好能在第一个平台那里拦住她。

何光渐渐赶了上去，他们之间的距离几乎只剩七八米了。

怎么听不到佟尘的喘息声？何光刚爬了五十米，就开始喘了。

四面的风中，佟尘两眼茫然发直，梦境中的她，和白日截然相反。就像演员拿到了最好的剧本，她的感觉异常敏锐，攀岩动作精准无误，宛如世界顶级的女登山家。

该死的梦游！何光一边费力地把手脚从洞里拔出来，一边在心里骂个不停。

天幕下，两个人一前一后无声地攀登着，如同一出诡异的小电影。

七、两个故事

何　光

"为什么自杀？"

"没有为什么。"

"好吧，你别哭……别……别哭了！"

"大裂缝"那天，我从山顶摔了下来。

2016 年 12 月 12 日，我二十五岁生日的前三天。

我在张家界的群山中长大，父亲早早病逝，家境清贫。我的母亲只是普通的农民，既不聪明，也不精明。如果不是为了野心勃勃一心要出国的儿子，也不敢贸然跟着旅游热投资度假村，被人卷走了半生积蓄。

那天清晨，母亲隐忍的哭声传来。

我推开窗户。张家界凉薄的晨雾已经漫到手边，打湿了书桌上录取通知书的花体英文。

放弃？小姑娘，你可知道，十年寒窗对一个人生阅历只有十几年的少年来说，几乎意味着一切。

我还是去了。

异国读书的日子，伴着家教孩子的吵闹，餐厅油腻的碗碟，以及书屋弥漫的尘土气。很多夜晚，当我做完两份兼职，再回到宿舍，洗一把脸，打开书本，我会定一个钟头的闹钟。闹钟响起的时候，常常会发现书本上都是口水。

上床睡？不，起不来的。

每一年，我都是专业第一名，最高奖学金。后来，我的毕业论文被一家企业当作专利买下，酬金丰厚，足够逍遥几年。

我环游世界，在各种纸醉金迷的现代都市之间流连。后来我厌了，就只攀岩。从委内瑞拉的天使瀑布，到阿尔卑斯山脉的马特洪峰。

我很清楚，一路走来，自己靠的是一分的天分，九分的野心。

午夜梦回，我常常不知身在何处。似乎自己仍是那个张家界山里的男孩，班里最穷的孩子，生命的全部就是功课和攀岩。

清晨，沿着湿滑小路的青石板，我在黑暗中行走。张家界的晨雾重重压下来，直到眼前出现同样一座峭壁——附近最陡峭的一座。

每一天，我都爬得更高。

太阳从地平线剥离的一瞬，云海纵贯寰宇，无边的彤云如同赤焰翻腾，将小小的张家界包围。

像是地狱的烈火，又好似天堂的圣光。那种超脱于众生之上的美感，常常使我全身颤抖。

离开张家界，走出群山。除了攀登，别无他法。

毕业的第二年，我回到了故乡。环球攀岩的最后一站——那座幼年时候无数次攀爬的"龙门"。

真没想到，为了把这个狂妄无比的小子拽下人生巅峰，地球这么费事地裂成了两半。

高位截瘫。除了右手小拇指，我脖子以下都不能动了。

抱着希望，我拼命努力了一阵子，希望能好起来。

无数次的复健、理疗。无数次的高烧，肺炎。无数次希望燃起又破灭。

千古艰难，唯一死解脱。

绝食，被送到医院输营养液。后来没法子，我将嘴巴咬烂，血泪交加，哭着求母亲让我解脱——其实都是做戏，那个时候的我，眼泪早就流干了。

挺浑蛋的，是吧？这世上，我唯一对不起的就是母亲。

还是无法面对白发人送黑发人的局面，她在我睡觉的时候，把我冷冻起来了——等待新的治疗方法。整整一百年过去——哦，对你来说就是去年——我醒来的时候，已经在地下天城了。水晶树的辐射竟然治好了我的瘫痪！

妈妈早已去世，连同所有认识的人。

那么昂贵的冬眠费用，她一定借了高利贷吧？工作了多少年才还清呢？

我在天城住了一年，只靠"母亲不想我死"的意念支撑着。

这是座魔鬼之城，仿佛已经耗尽我所有的生命能量。但离开这里，还是会瘫痪。

我已经很久没见过真正的太阳了。

佟 尘

我是个"老鼠"。对，就是偷渡客。

你知道，除了乘坐天价地铁以外，要进入天城，只有偷渡。

其实所有人都是偷渡客。穿越包裹在裂缝两边的墙壁，只能来到缝隙的另一侧，而无法进入裂缝。

看来，不管是谁打开了这条裂缝，TA 都不想让外人进入。

可是人们还是进去了，从缝隙旁，沿着水晶树的根系，就这样钻了进去，还把地铁也修了进去。

水晶树的根系从裂缝中蔓延到两侧的岩石层里，吸收其需要的化学物质。根系的中央有类似植物维管束的管道，粗的直径有几十米。政府建造的地铁隧道便修在这样的大型根系中的管道里。

"掮客"们通常是在天城裂缝周边，找到一些小型的水晶树根系通往缝间，就这样把我们从地面带下来。这些像盗墓贼一样的掮客，往往在离裂缝一公里之外的地方开始挖掘，以逃避政府的监管和巡查。

妈妈得了癌症，家里的钱几乎空了。我把最后的钱给了一个四十多岁的、秃顶的掮客。

你问隧道？很窄，大概只有一米多宽。我勉强扶着母亲走着。为了照明和空气流通，柴油发电机和鼓风机的巨大噪音仿佛要钻进你的骨头缝里，再从天灵盖磨一个口子出来。

后来走到隧道口，进了维管束，离水晶树主根系还很远。母亲累得几乎要昏过去，我们只休息了一会儿，秃顶男就大发雷霆。

维管束四壁很滑，气味刺鼻，可能是什么溶解后的矿物质。秃顶男警告我们，千万别动那些，尝了可能会死。他很暴躁，一边说一边看着手中的重力仪，生怕迷路。

这里是魔鬼的森林。迷路就死定了，出不去了，他说。带过这么多次"老鼠"，他的声音仍在发抖。

我仍记得，最后一段路是倾斜向上的，维管束沿着底层生长，仿佛一层层阶梯。

看到天幕群星的一瞬，我扶着母亲，还以为看到了天堂的幻影。

却不知是地狱之门。

八、医院

昨夜，不知道是谁先说累了，两人一头一尾倒在沙发床上睡着了。

清晨，当佟尘提出要去医院的时候，何光刚刚偷着洗净了干在脸上的泪痕。

"看一个朋友。"佟尘说。

佟尘想转移一下何光的注意力——在天城买到自杀针剂是很容易的事。

乘坐飞艇，他们来到了天城的三号水晶树下。

三号树直径约二百六十米，是天城三棵水晶树中最小的一棵，也是唯一经过人工改造的水晶树。天城最大、也是最昂贵的彭祖医院就在这里。

"彭祖，长生不老的那位。"飞艇渐渐减速，佟尘打开窗户，露出嘲弄的笑。

看着自己冬眠苏醒的这个医院，何光面无表情。

在距医院一百米左右，他们开始下落。

眼前是一圈巨大的银色的复合型铝基增反膜，将水晶树和医院围在中间。这层膜可以把从水晶树上大部分辐射出的复合射线反射回去，在医院的范围内形成一个大型的谐振腔。

这些射线的成分里，除了最早发现的贝塔射线和伽马射线外，还有近来发现的间断的中微子流和热辐射。

不过，这些都不是人们关心的"成分"。

"大断裂"时代以后，人们陆续进入裂缝中一探究竟。他们很快发现，支撑裂缝的水晶树是一个成因不明的高强度辐射源。除了检测出的几种已知成分之外，还有一种神秘的射线——后来被人们称为"生命射线"。在这种射线的照射下，人类的肌体会发生神奇的变化，除了某些癌症、瘫痪，甚至毒瘾被消除或治愈以外，科学家还发现，只要生活在水晶树的辐射范围——也就是天城之内，人类可以不再变老。这种射线让细胞端粒不再损耗，让癌细胞不再分裂，让已经病损的运动神经元恢复活力……

最开始这一表现尚不明显，对于相关的研究和传言，人们也多持怀疑态度。然而，五年、十年、二十年以后，越来越多的富人涌入天城，见证了长生不老的奇迹。

穿过银色的大门，何光与佟尘来到彭祖医院脚下。

那是一个直径足有三百米的环形建筑，三层楼高，白色的外墙，看上去像一个环形粒子加速器。在光滑的墙面上，窗户少且小，多是封闭的，远远望去，像是飞机上的窗户。

"像不像一个树形的生日蛋糕，外面裹着一圈银色的包装纸？"为了不去想母亲的事，佟尘死死盯着地面，试图转移注意力。

"像是《格林童话》——哦，我小时候读过的一本书，表面单纯美好；几年后，我无意中看到真正的原版，鲜血四溅，谋杀乱伦，给我幼小的心灵造成了极大的伤害……"何光戏谑道。

医院很安静，偶尔有穿着乳黄、浅绿色工作服的医生和护士穿梭。

普通病房在下层和中层，上层是更加昂贵的贵宾区和冬眠区，最顶层是安乐死的房间。

为了追求统一的审美风格，医院墙壁的材质看起来和水晶树有些类似，是一种莹莹的乳白色。辐射以驻波的形式弥漫在空气里，令人肌肤微微发麻——当然只是错觉。

两人不约而同没有走电梯，而是沿着楼梯拾级而上。他们似乎是在一个诡异生物的巨大腔体内慢慢上升。

"不舒服吗?"何光轻声问。

"你知道梦游是什么感觉吗……醒来的时候,在一个完全陌生的地方,头痛欲裂,仿佛夜里的记忆,像碎片一样把大脑割开。"

"梦游?"

何光不知道说什么。

"我妈就死在这里——那以后,我经常会梦游——医生说是水晶树辐射的副作用。"在墙壁的微光中,佟尘脸色雪白,面无表情。

"对不起。"何光脚步停了一下。

"一年前,我和妈妈来到这里,所有的钱只够付一个月的住院费。我就去了'灵蛇',被逼着签下一年的合同。妈妈只挨了三个月,就走了……"

在一个病房前,两人停住脚步。

"我妈一直没结婚,我不知道爸爸是谁。来之前就有人告诉我,水晶树的辐射不是对所有的病症都有效,我想赌一把。我妈生我的时候难产,医生都要放弃了,我妈用自己的命赌了一把。她赢了,十六年以后,我却输了。"

"要想离开'灵蛇',只有死。"一阵轻微的颤抖后,佟尘开始哽咽,"活着比死更难。能活着,还是要好好活着。"

何光知道她这话是说给自己听的,他轻轻拍着她的肩膀。

病房的门开了,一队医护人员鱼贯而出,为首的一位绿衣服的医生戴着口罩,眼神木然。

何光和佟尘走进病房。

这里是价位相对较低的普通区。一个很大的房间,八张床位。

房间里弥漫着一股腥臭的味道,各个病床上的人要么在呻吟,要么一脸痛苦地昏睡。佟尘在最里面一张床的旁边停下。

一个全身缠满纱布的少女,仅仅露出的脸部和双手处的一些皮肤也溃烂肿大，长着粉色的水泡，眼睛下方的皮肤弥漫着灰色的死气。听到声音，她睁开眼睛。

"男朋友？"少女的神色倒是活泼，即使做出微笑的表情都很困难，眼里仍透出一点媚气。

"你真有心思。"佟尘没好气地说。她仔细看着少女手上溃烂的地方，眼睛有些红。

"别看了，快到头了……好俊的男孩子呀。"

少女的目光从佟尘身上转到何光脸上，用一种天真无邪的语气说。

"到头？"何光心里一沉。

少女笑笑，又闭上了眼睛。

何光知道，在水晶树的辐射中，所有的病情都会得到遏制。但都会带来或多或少的副作用，有的甚至相当痛苦。一些来治疗的病人，没有因原本的疾病而死去，反而是无法忍受这些副作用而选择放弃生命。

从这少女的眼中，他仿佛看到了当初的自己。

实际上，关于水晶树对人体的影响，多年来一直争论不休。

几乎 95% 以上的人来到天城，都不会再变老，时光似乎永远停在了他们进来时的那一刻。皮肤、头发、肌肉、骨骼，都不再随着时间的流逝而老化。事实上，这里的低重力环境对内脏器官也有好处，再加上中药、理疗等保健措施，许多人的肉体甚至有返老还童的状态。

但这种神秘的射线也带来了致命的伤害——让人患上或轻或重的辐射病。轻者成天恶心、呕吐，重者皮肤溃烂，消化系统出血，承受着巨大的肉体痛苦。此外，神秘射线似乎对人类的脑神经也产生了不明影响。很多人出现了暂时性的失忆，有的能恢复，有的则越来越严重。另外，抑郁、躁狂、梦游等症状频频发作。

曾有人在天城居住十几二十年后，终于忍受不了，选择离开，回到地面。没想到，脱离水晶树辐射的一瞬间，四十岁的躯体就瞬间变成了六七十岁的状态，甚至直接死去。

时光以一种神奇的守恒定律，讨回了这些人亏欠自己的部分。

"这是小柔，我在'灵蛇'最好的朋友。"佟尘有点哽咽。

病房的另一头，爆发出一阵骚动，警铃声大作。医护人员结队过来，发现了掉落在地上的一次性针头和自杀针剂的包装袋。医生简单地检查了一下，摇了摇头。

"没救了。"医生无力地说。

周围的人窃窃私语，有的在骂，有的却满是同情。有人早就发现病人藏在枕头下的药剂，却从未对医生透露。从头至尾，没看到病人的家属出现。

小柔试图挣扎着起身，佟尘急忙要帮她把头垫高，小柔却突然放弃似的摇摇头，不再挣扎；只是她的眼睛还一直看着那边病人被拖走后空下的床位。

"老张七十岁那年中了彩票，一个人来到这里，待了三十多年，可能是身体底子太差，受不了水晶树的辐射，一直生病，却又不甘心去死……我就觉得他最近话特别少，不太正常……他总说我很像他三十年没见的女儿，每天都给我削苹果吃，还要逼着我吃完。狗屁，我最烦吃苹果。"

小柔的眼角第一次出现了泪水。

何光望着窗外。

天幕红色的微光洒落，时近黄昏。

"你知道吗？天城的很多人，都很喜欢照镜子，一面对着年轻的肉体顾影自怜，一面经受着巨大的恐慌感。他们白天用精英阶层的面具牢牢裹住自己，夜晚痛不欲生。酗酒、飙车、嗑药……还有找雏妓。"

小柔说着就笑起来，爆发出一阵猛烈的咳嗽。

"你消停一会儿吧。"佟尘一边给小柔喂水，一边流泪。

"为什么哭？我很快就不疼了……也不用这么丑了。到了天堂，我会向阿姨问好的。"小柔费力地拍拍佟尘的手，嘴角露出一丝诡异的笑容。

是在天城抑郁地活着，还是在地面衰老到死去，成了这个时代无数人的心理枷锁。

万物守恒，追求永生的路上，有人上天堂，就有人下地狱。

九、平台

转眼间，佟尘来到三百米处的平台。她暂时停住了脚步，两眼发直地徘徊。

还有一步就要登上平台，手臂已经酸痛发抖，何光咬咬牙，将右手和左脚从孔洞中抽出来。

突然，他眼前猛然出现了佟尘的脸，离自己只有几厘米。

星光下，佟尘的面孔近在咫尺，面色比鬼魂还要苍白。她发直的目光穿过何光的面孔，径自向平台下方望去，仿佛他是透明人一般。

何光吓得失语，右脚一抖，半个身子失去了平衡，在空中打转，只有左手的登山钩还卡在洞中。

风吹过来，悬在水晶树半空的他如同被蛛丝挂住的飞蛾，摇摇欲坠。

佟尘的脸缩了回去，消失在平台上。

何光拼命控制重心，用脚去够刚才的孔洞。等他好不容易稳住身子，如死狗一般攀上平台，才发现已经失去了叫醒佟尘的最好机会——她已经离开平台，向更高处攀登。

你还有心思看风景？看你大爷的风景！何光在心里哀号。

十、第二层平台

站在平台上，何光发现自己全身都已经湿透。

他四肢的肌肉开始僵硬酸痛。他不敢往下看，一股电击般的酸痛感从脚底上升，很快，他整个人就像筛糠一样发起抖来。

天色微明，已经快五点了，按照佟尘以前的情况，她随时都有可能醒来。

上方，水晶树上只剩下几排稀疏的气孔，再上方，一片平滑，如同镜面的盐湖一样，映着天幕的微光。

何光努力回想刚才看的水晶树的资料。

上方，终于出现了何光最不想看到的一幕：佟尘的双手从最后几个气孔上软软地松开，眼看就要坠落下来。她已经从第二层梦中醒来，跌入第一层梦境之中。

正在何光要惊叫出声的一刻，佟尘的身体软软地坠在了半空中。她右手腕部被微微吸住，来自树干的磁力柔和地裹住了她的全身。

她像一个诡异的小天使，顺着一片平滑无垠的乳白色树干缓缓上升，如同一滴玫瑰油露在一杯牛奶中缓缓上升。

风在轻轻吹动她单薄的睡裙。

估算了一下高度，何光将登山设备从手脚上取下，系在腰间。

爬过几个气孔以后，一股温热的磁力牵动他的手腕，继而笼罩了他的全身，仿佛洗澡的时候，热水从头上淋下。

手脚离开气孔的一瞬，他无力地在虚空中踢蹬着。巨大的恐惧感压迫着她的胸腔。他喘了几下，几乎透不过气来。

他鼓足勇气向下望去。

天城开始醒来。米粒般的飞艇在身下几百米处移动。优美交错的道路宛如张家界的梯田，在晨光中晶莹闪烁。

四百米，四百五十米，五百米。

六百米之上是什么？我们会穿过去吗？

他看着上方的佟尘，伸出手，抓到的只是虚空。

何光和佟尘真如两粒微尘，沿着磁力线缓缓上升。

十一、壁垒

一道强光刺过，何光闭上了眼睛，同时感觉双脚触到了地面。

光线暗下来，眼前出现一面墙，连通天地。

地面一片乳白，从眼前一直延伸到目力难及的地方。何光想看看高度，却发现智能 ID 失灵了。

佟尘就在前方不远处。

何光想要上前，却被一道无形的壁垒拦住了。

在碰到壁垒之前，何光几乎没有意识到它的存在，直到手臂和身体在碰撞中触摸到那一抹冰凉，这才愕然地停了下来。

其实，认真看看，这道壁垒还是清晰可见的。虽然接近透明，但壁垒另一侧的景象明显蒙上了一层薄雾，像隔着一道毛玻璃。

佟尘就在对面，穿着粉色睡裙，背对着他静静站着，仿佛触手可及。

何光就这样看着对面的佟尘，愣在那里，脑子似乎停止了转动。

何光凑近去看。壁垒远看是乳白色，和水晶树的材质类似；近看却有不同。壁垒里面有细小的光尘闪烁，有些光尘排列成旋涡状，还在轻轻转动。壁垒像是一片背景为白色的宇宙。

她到底是怎么过去的？

半天，何光才回过神来，在壁垒上寻找可以通过的缝隙或者空当。壁垒半透明的质感，找起来非常困难，只有通过光线在壁垒上的反射，间接推断壁垒表面的大致形态。

找了十几分钟，他发现了一个约二十厘米宽的缝隙。缝隙的边缘在壁垒上划出标准的弧形曲线，摸上去感觉不到一丝棱角的痕迹。他像章鱼一样努力地缩小身体，想挤进这道狭缝。可是很快，他的前进之路就再次终止了，因为缝隙的深度惊人地浅，很快就到了底，探向前方的手臂又重新感觉到了壁垒的凉滑感。

想象着自己滑稽的样子，何光很气愤。

他尽可能地晃动手臂，在缝隙尽头摸索着。突然，他有了新的发现。

前面的壁垒上出现了一个新的通道。但是令人绝望的是，这个通道的长和宽都只有二十厘米，对于何光来说，是绝对无法穿越的。

可是，佟尘也穿不过去啊！

难道还有其他的缝隙或者通道？

他只能从缝隙中退出来，再次仔细寻找。他用手，贴着壁垒的表面，一寸一寸地摸索着。

所有的精力都集中在指尖。

半个小时过去，一无所获。附近似乎只有这一个缝隙。

何光抬起头，看着从壁垒上发出的白色微光延伸至天际，叹了口气。

他再次回到缝隙中，将手伸进那个小小的孔洞里面，左右晃动着。他讶异地发现，那个孔洞内，在与当前缝隙垂直的方向上，出现了更大的空隙。他很快在脑子里描绘出了孔洞内的图景。

前方肯定有一个新的缝隙。可惜的是，前方的缝隙和当前的缝隙在延伸方向上呈现出一个垂直的角度。因此，在两条缝隙的交界处，只有一个很小的孔，阻止了他的前进。

你大爷的！

他恼怒地踢了一脚壁垒，顺便在心里问候了"创世者"八辈祖宗。

壁垒上的白雾突然出现了微微的波动，像是在云层里钻进了一艘飞艇。

何光吓得猛退了几步。

他看了一眼不远处的佟尘，她正好在这个孔隙的前方位置。他心里突然微微一动。

这缝隙该不会可以转动吧？

其实，只要把这两个缝隙的方向调到一致，应该就可以很容易地通过了。

他试着推了一下缝隙的表面。纹丝不动。

是不是忽略了什么？他重新退出缝隙，上下打量着这个壁垒。在一个偏僻的角落上，一抹微光突然闪过。

那是什么？他走过去，看着那块区域。那地方平整无比，看上去毫无异常。

何光注视了片刻之后，那地方竟缓缓亮起，仿佛一头异兽在一块毛玻璃后面睁开了闪光的眼睛。

他的眼前突兀地出现了一块类似显示屏的东西。

渐渐地，屏幕上出现了一些亮线，接着，数条亮线形成了一幅示意图。何光看着这幅图，惊愕得动弹不得。

并不是看不懂这幅图，相反，他完全理解图中每一条线的意思。他想起了学生时代的一些画面。

这是一幅光的反射和折射定律的示意图。图的左上角，一道光线斜向下射入，在下方的某种介质的表面，光线分为两支——一支是反射光，一支是折射光。不过，与普通的这类示意图不同的是，在图上的反射光和折射光上，还标注着一些点和短线。

这是……偏振态示意图！

他做了一个大胆的猜想。

一般来说，光在经过反射和折射后，其反射光和折射光都是部分偏振光，也就是说，在不同的方向上，都有偏振态的存在。这就像刚才他碰到的缝隙，有的沿着垂直的方向，有的沿着水平方向。

壁垒上的缝隙，是否就代表了这幅图里偏振光的偏振方向呢？

他伸出手，触摸屏幕。一股轻微的振动从屏幕传到身体，仿佛某种神秘力量的回应。

他的手慢慢靠近入射光的方向。此刻，屏幕上的入射光线发生了转动，入射角随着手的位置而不停变动着。他若有所思地移动着手指，看着屏幕上的反射光线和折射光线，不停跟随着入射光的脚步而移动身体。

在某个瞬间，他将手从屏幕上移开。这时，反射光和折射光恰好是垂直的。

当反射光线和折射光线彼此垂直时，反射光是完全偏振光。这是著名的布儒斯特定律。也就是说，在这个瞬间，反射光只在一个特定的方向上存在偏振态。用缝隙来比喻，就是所有的缝隙都转动到了同一个方向上。

他有一种强烈的预感：壁垒已经打开了。

摸索着走了几步，来到之前的缝隙处。果然，出现的面前是一条由多个平行缝隙拼成的通道。

何光侧身进入壁垒，通行无阻。

十二、永生

靠近佟尘的一瞬间，她猛地回过头来。

还是那副比鬼魂还要苍白的面孔。

何光突然意识到：刚才她不是昏睡在第一个梦里了吗？为什么现在站着？难道她已经从第一个梦里醒过来了？

不，她的眼神不对。

不迷惘，也不清醒。很……诡异。

"你是这个星球上第一个通过壁垒的人。"

仍然是佟尘的声音，但是音调不对，有种诡异的标准感——太过标准。

何光全身的肌肉都绷紧了。

只有一个解释。

"你用极短的时间便通过了偏振光之壁，"佟尘用一种赞赏的语气说道，"虽然关于波动光学的知识体系，地球人早已熟知，但你确实属于智商较高的一个个体。"

何光不知道该说什么。现在，他终于确认了对方的身份。他压抑住了叫"好汉饶命"的冲动。

死也要有点尊严吧？

何光的眼睛湿了。他突然有点不想死了。

"是，"他小心回答，"早在两百多年前，我们就发现了布儒斯特定律。"他本科是学物理的，一百多年过去了，没想到现在派上了用场。

"是啊，你们已经有初步的量子论了呢。"佟尘笑了。

这种弥勒佛一般慈祥的笑容浮现在眼前这个十六岁少女的脸上，令人不寒而栗。

"一百多年前……我们就建立了初步的量子论……然后是弱电统一的量子电动力学……和关于基本粒子的标准模型。现在，我们在基于超对称理论的基础上建立的最新模型……已经几乎可以将四种基本作用统一起来了……"

"四种？"

"对啊。"

"你们还没有发现耦合在引力里的时间量子啊？"

何光愣住了，不知道说什么。

"那你们也不知道这时间柱辐射的时振子了？"

时间柱？何光突然反应过来，对方说的便是身下的水晶树了。

"时振子是什么？"他艰难地问道。

我正在干什么？什么时候了还在讨论学术问题？！何光简直难以相信自己。

"一种具有负相位的时间量子。通过超对称湮灭，可以产生一对相位相反的时间量子，正相位的量子以长波的形式辐射出去，与普通物质不产生明显相互作用。负相位的时振子则不同——它有什么作用，相信这段时间你们也已经体会到了吧。"

"你们的身体真有趣。这种感觉……好像你们叫'尿急'。"TA用佟尘的身体伸了个懒腰。

"你是说，让人长生不老？"何光问。

"长生……哪有那么简单？它只是间歇性地抵消了你们身体细胞中的时间相位，延缓了你们的衰老罢了。"

"可是，我的瘫痪被治好了。"

"治好了？哦，你误会了。那些身体的损伤只是被隐藏在正向的时间相位中了，一旦你离开当前这个负相场，那些隐藏的损伤就会显露出来。"

原来我只是生活在被治好的幻境之中，他发出一声苦笑。所有人都是。

"你们为什么要这么做？"

"为什么建立时间柱？当然是为了支撑在你们星球中开辟的超空间的存在。维持这道两公里宽的超空间通道，需要极其庞大的能量，所以我们持续地在这些时间柱里进行超对称湮灭，从湮灭中得到能量。至于辐射出的时振子、电磁波以及其他微粒子，都只是这种湮灭过程的副产物罢了。"

一股巨大的空虚感扑面压过来，何光觉得双腿发软。

他扶着地面慢慢坐了下来。

我们自以为是天堂的施舍，其实不过是一次反应所产生的废料。

一切根本与人类无关。同时，这也解释了一切。

很多人不明白，为什么"上帝"在赐给我们"生命射线"的同时，却又在其中混入了高剂量的不明辐射，让我们的身体在保持青春的同时，却承担着不明疾病和大脑功能衰弱的风险。

可是，偏偏"生命射线"——也就是时振子——却又无时无刻不在反转这个过程，让这些病弱的身体不会向着更严重的境地滑去。因此，这便形成了一种诡异的平衡。在这种强烈的辐射里，人们的衰老被极大地延缓，并且永远不会得癌症，或者患上任何绝症，但却又无时无刻不处于轻微甚至是严重的病痛折磨之中。

如同浮士德和魔鬼的契约，这是一个无法反悔的交易。

当生活在天城的人们厌倦了这一切，重新回到地面生活时，身体上那些由辐射所带来的伤害将迅速恶化。因为在地面，可没有时振子来平衡这一切了。

何光突然想笑，为这个可笑的世界，为这个在两公里狭缝中的天堂而大笑。

他也想哭，却哭不出来。

太滑稽了。如果人们知道了天城的真相，会是一副怎样的表情？

追求长生，是为了永远生活在痛苦之中吗？

"为什么要打开这个裂缝？"何光的声音有些发抖。

出乎意料的是，对方并没有立刻回答。TA 闭上眼睛，似乎陷入了深深的思索之中。等了几分钟，TA 终于长叹了一口气。

"为了永生。"

何光感觉自己的喉咙仿佛被什么东西堵住了。

"我们的种族早在几万年前，就抛弃了以实物粒子为载体的躯壳，转而将思维和意识加载到了电磁波中。所以，从某个角度来说，光，就是我们的身体。

"当然，能承载我们意识的并不是普通的光，而是偏振光。我们将处于不同偏振方向的光通过量子纠缠结合在一起，从而可以实现庞大的存储和超高速的量子计算。对了，你们有这样的量子计算系统吗？"

"有，"何光长吸了一口气，"我们已经能够构造出少量的纠缠着的偏振光子对来实现简单的量子计算了。可……这和裂缝有什么关系？"

"光在传播的时候，其能量总是会衰减的。随着时间的推移，组成我们身体的偏振光，其振幅会逐渐地减小。特别是在经过一段广阔的星际尘埃后，很多人的增幅便会衰减到无法维持纠缠态存在的地步。那个时候，我们的意识便会永远耗散在这个宇宙之中了。"

佟尘的肚子"咕咕"叫了起来，TA 叹了一口气："这种感觉是饿了吗？好不舒服……除了这些讨厌的星际尘埃外，我们最恐惧的便是各种大型的星系了。通常情况下，我们会避开这些物质密集的区域，防止我们的身体被散射或吸收，但这次情况特殊——我们发现你们所谓的银河系时，已经离得太近，即使我们想尽办法竭力避让，还是不可避免地会擦过银河系的边缘，也就是你们星球所在的这条悬臂上。经过计算，我们最终的轨迹将横穿你们星球的北纬 30 度线附近。"

"所以你们砍了地球一刀？"

"哈哈，可以这么说……为了生存，我们不得不在前路上打开一个口子。"

何光沉默了许久。

最后，他抬起头，直直地注视着 TA，眼里竟然露出了同情的神色。

"为了长生，你们不得不在漫长的旅行中艰难地左闪右避。这和我们有什么区别吗？"

TA 收起了笑容，沉默了几秒钟。

"你一直在努力攀登。小的时候是，今天也是。同样，你们的星球发展出如此美妙的文明，也是数千年来不断攀登的结果。如果不是这样，我们可能早就直接让地球消失了。"

TA 的眼神变得柔和起来，仿佛正在俯瞰天城众生。

"在文明的进程中，我们和你们一样，也在不断攀登。阶梯陡峭，前路未知。尽头也许是天堂，也可能是地狱。永生，未必是最好的结局。"

"死亡未必是解脱，永生也未必是天堂。"何光喃喃自语。

"一会儿，我会反转超导磁约束区域的磁场方向，把你放下去。你应该已经呼叫了警员。"

"你要走了？"何光艰难地问。

"道路阻且长，会面安可知？"TA 温和地说。

何光问了最后一个问题。

"裂缝会一直存在吗？"

TA 久久没有回答。

突然，佟尘全身一抖，斜斜地瘫在了地上。

何光连忙走上前去，把她抱了起来。

她睁开眼，眼神空洞而迷惘。TA 已经离开了。

"这是哪儿？"她迷迷糊糊地问。

最高、最接近"天堂"的地方——何光很想这么回答。

一束光线突然映在佟尘晶莹的瞳孔上。她下意识地闭上了眼睛。

何光抬起头。

一片无垠的流光，正从天城的中央掠过。

太阳知道答案 / 谢云宁

当我观看太阳系时，我发现地球和太阳之间保持着适当的距离，以接收适当数量的热与光，这绝非偶然。

——艾萨克·牛顿

一

当三十六级冰系魔法师百里牧城赶到苍云城时，城外光影摇曳的魔法荒原上已密密匝匝聚集了上百名魔法师，全副武装的他们全来自"风之烙印"行会，火系、风系、雷系、死灵、精灵族，不同职业魔法师身上环绕的光团呈现出了不同色彩和亮度，就如纵横交错的涟漪般汇聚成了一大片异彩纷呈的魔法波澜。跃跃欲试的他们正在等待攻城号角的吹响。

百里牧城在攒动的人群中找到了艾薇朵儿，职业是暗月精灵的她身背一把火红色长弓，一身紧身皮甲勾勒出她玲珑有致的曲线，笼罩在她身上的紫罗兰光团还在急剧加深——她正一件件加载极品装备。

"朵儿，你都升到六十二级了。"百里牧城热情地上前招呼道。

"啊哈，牧城你来了，你看我这一身的新装备够帅气吧？"艾薇朵儿得意地摇摆起了熠熠闪光的曼妙身姿。

"帅得掉渣！看来今天我只有跟你后面打酱油了。"百里牧城望了望自己身上相形见绌的普通装备。

"没事，有姐罩着你。"艾薇朵儿满口承应道。

还没等他们寒暄几句，伴随着一声激昂的牛角号声，攻城开始了。

壮阔浩荡的魔法大军如海潮般向前漫涌开来，在他们的正前方，一座气势恢宏的城堡傲然矗立在荒原之上，这正是布洛斯泽大陆最负盛名的战略要塞——苍云城。此刻高高的墙垛上凛然伫立了上百名"流星盟"行会的魔法师，他们正严阵以待着气势汹汹的进攻。

转眼间，苍云城进入到了攻城魔法师的魔法攻击距离，他们开始释放出特性各异的魔法技能，大片的魔法冲击波射向了苍云城上空。守城的魔法师们连忙应对起来，不同职业的魔法师争相施展出针锋相对的魔法以化解凌厉的进攻。

风系魔法师奋力念叨起咒语，一道"风之护墙"如彩虹般横贯在了苍云城上空，抵挡住了铺天盖地而来的陨石与箭矢构成的物理攻击。

水系魔法师低吟出"龙卷天下"魔法，一条气势磅礴的水龙腾空而起，游弋开来，一一吞灭掉了纷飞而至的炽烈火球……

一轮你来我往的激烈攻守战后，攻城大军抵达了苍云城下，两军开始近距离地短兵相接。"风之烙印"的魔法师迅速分散开来，与城墙之上的"流星盟"魔法师捉对 PK 了起来。

百里牧城遭遇到的是一名手持巨斧的天武士。这位身形彪悍的天武士足有三倍于他的高度，一身古铜色的健硕肌肉从黑色背心偾张了出来。居高临下的他高举巨斧，愤怒地向着城墙下的百里牧城砍去，只见一道月牙形炫目光刃从斧锋遽然划出，直奔向百里牧城。百里牧城见势立马启动了一道冰系魔法——"冰旋雪舞"，一束冰箭从他的指端射出，电光石火之间，光刃与冰箭锵然相碰，在空中爆裂出一团耀眼的火花。

好险，百里牧城在心里惊叹道，随即拉开架势向天武士发起了进攻。"寒天冰暴"，随着他一声冲天大吼，上百颗拳头大小的冰雹齐刷刷地飞向了城墙之上。面对扑面袭来的冰雹，天武士手中幻化出一面赤红色的"火神徽章"盾牌，左抵右挡，尽数化解掉攻击。

在一片飘飘扬扬的冰雹中，百里牧城惊恐地看到天武士晃动的身躯整个燃烧了起来，炫目的光亮从他一寸寸爆裂的肌肤上溢出——"雷霆之怒"，就在一刹那，数道金色光亮从天武士身体中射出，猝然而至百里牧城面前，如一面密织光网将他围了起来。

他还没回过神来，就被这一道道如锁链般的金光死死锁在了原处，全然动弹不得，他看着自己的生命值在汩汩地消退。要不了多久，他就将没有痛苦地死去，当然，他新一次的生命随即会在距离此处异常遥远的复活点复活，但他不可能再有时间赶来攻城。

最后他放弃了挣扎，静静等待生命值的终结。

"百里，你怎么好意思就这么挂了？看姐来救你——"是朵儿在对他说话！他惊喜地看到朵儿已经驰援到自己身边。她手指对着他轻轻一点，一道飙急的光波从她指尖迸射而出，骤然打碎了束缚他的光圈。

"多谢了。"百里牧城感激道。

此刻的朵儿没有空搭理他，她迅疾对准天武士挽弓射箭，一柄阔大的金色光箭裹挟着汹涌的绛紫色魔法冲击波震颤而出——朵儿射出的正是上古玄器"神泣之箭"！

天武士一看这架势，慌忙抡起巨斧，大力向着箭镞飞来的方向砍去。须臾间，斧刃与箭镞相遇，两股力透千钧的力量瞬间撞在一起，随着"轰"的一声巨响，爆裂的冲击波继续冲向了天武士，在他身上引爆。刹那间，刺目光亮乍起，铁塔一般的身体坍裂成碎片。

天武士被朵儿干掉了。

百里牧城将目光转向了四野，此刻乌云笼罩下的战场可谓一片惨烈，还在继续鏖战的己方队友已所剩无几。抬目望去，只剩下半截的城墙已成一片火海，城墙上还在负隅顽抗的对方魔法师人数显得更为稀落，看起来胜利的天平似乎正在向他们行会倾斜。

"快跟我去占领城中心！"朵儿对百里牧城喊道。

说完，朵儿带着百里牧城疾步穿过了已洞开的城门，直奔向了苍云城的中心广场。

一路上他们并没有遇到什么抵抗，很快地，他们第一个跑进了中心广场。空旷的广场中央矗立着一块巨大的黑曜石，曜石光洁的表面浮动着"流星盟"的标识——这就是支承整个苍云城的基石。

朵儿向曜石伸出了手指，黑曜石旋即在一道强光中裂为碎片。

就在这一刹那，一束束耀眼的金橙色阳光刺破了他们头顶浓重的乌云，普照在大地上。

"苍云城已被'风之烙印'行会攻下！"一条醒目的系统消息跳跃在明亮起来的天空之上。

服务器认定了他们的胜利。这一刻，游戏界面中一直闪烁不定的百里牧城，就像是戛然断线的木偶，动作一下子停滞了，而在另一个维度里，他的操控者终于可以让绷紧了多时的神经松弛下来——百里牧城只是网络游戏《灰烬之塔》中的一个角色，事实上，他线下的名字叫祁翌。

"今天真是险象环生啊。"一串文字出现在屏幕上，是朵儿在对他感叹，"明晚你还上线吗？"

"当然上啦，有啥差事需要我效犬马之劳啊？"祁翌不由得露出了笑容，他手指如飞地敲击着键盘。他是一家软件公司的程序员，一年前研究生毕业后只身来到了如今生活的这座城市，在这个陌生的大都市里他并没有什么朋友，工作之余网络游戏差不多成了他唯一的慰藉。他记得自己是在一个大型网游的同城服务器里第一次遇到了艾薇朵儿，一次狭路相逢的 PK 让他俩不打不相识，从此在游戏中成为形影不离的战友。他俩一同在五光十色的游戏世界里并肩作战，从一个游戏到另一个游戏，一路挥剑斩魔，攻城拔寨，快意恩仇。一年多下来，尽管他从未见过艾薇朵儿真实的样子，甚至连她的声音都未曾亲耳听过（她在游戏中都只使用纯文字对话框与他交流），他只知道她是与自己年纪相仿的单身白领，但他在心底早已把她当作了自己在这座城市中最知心的朋友。

"明晚你跟我到暗夜沼泽屠龙，我帮你打些好装备吧。"朵儿回答道。

"全听主公安排。呵呵。"

"那明晚不见不散了，好困，我要去睡觉了。"

"朵儿，等等——"

"还有什么事吗？"

祁翌深吸了口气，鼓足勇气在键盘上敲道："明天是星期六，你有空没，我们能见个面吗？我是说在线下。你上次说起很喜欢东湖的荷花，我们在那见面，好吗？"

这一次，对话框没有了回应。时间仿佛永远被冻结住了。

"真是不好意思，明天我要去亲戚家。"对话框终于再次跳闪出了回复。

"是吗？没关系，下次吧。"祁翌慌忙用变得僵直的手指回应道。

"谢谢，我下了，晚安。"游戏中的朵儿挥了挥手，随即消失了。

祁翌呆坐在椅子上，木然地取下了巨大的耳塞，激越的游戏声立即退去了，他又回到了自己与人合租的房间里。狭小而凌乱的小隔间此刻显得如此地安静，安静得让他能听见窗外午夜未眠的城市所发出的低沉嗡鸣声，异常空洞而遥远……

二

2012 年 11 月 9 日，"旅行者 1 号"探测器即将飞出太阳系，踏上茫茫银河系之旅。

这一天一大早，五十七岁的莫娜穿上了许久未穿的暗蓝色碎花裙，还特意化了一点淡妆，从洛杉矶市区出发，驱车赶往位于市郊帕萨迪纳的 NASA 喷气动力实验室。

一小时后，当她步入宽敞明亮的控制大厅，发现大厅里并没有如她想象中那样聚满了闪光灯。相反，整个大厅气氛略显冷清，只有为数不多的工作人员正在忙碌中，而她的丈夫，"旅行者"项目的首席科学家格雷格，正凝神注视着大厅正中央的一排大屏幕，上面还是空白一片。

她微笑着走上前拍了拍他的肩。

"莫娜，你来得正是时候，"格雷格回头发现是她，欣喜地说，"'旅行者 1 号'的信号就快要抵达了。"

"是吗？'旅行者 1 号'现在离地球多远？"莫娜兴奋地问。

"它已经到达了距地球十七个光时的地方，也就是说，在三十四小时之前，深空网络向'旅行者 1 号'发出了一束指令。十七小时之前，'旅行者 1 号'接收到了使命，开始将最近捕捉到的太阳系边缘的讯息回送给地球。"

"我们如何判定探测器是否飞出了太阳系的疆域？"

"通常认为太阳风的物理作用终结之处即是太阳系的边界，在那里，太阳风的强度不足以抵抗星际介质的压强，太阳风完全停滞了下来。"

"'旅行者 1 号'已经抵达了这个边界？"

"是的，你马上就可以领略到太阳系边缘令人震撼的景色。"格雷格微笑着回答道。

就在他们说话之时，眼前的几面大屏幕上同时开始有了变化。色彩各异的点与线渐次生长了出来，快速变化、流动，与此同时，数支无形的画笔在屏幕上随性涂鸦。

"深空网络接收到探测器传回的无线电信号，经计算机迅速的处理和加工，及时地呈现在这些屏幕上。"格雷格介绍道。

"这真是个奇迹，三十五年了，'旅行者1号'还能传回如此清晰的图像，要知道探测器上携带的处理器并不比我们家电冰箱的芯片更强大。"身为加州理工大学计算机教授的莫娜望着逐渐成形的三维图像，由衷感叹道。

"是的，'旅行者1号'就如一位老而弥坚的战士，它的工作年限远远超过我们的预期。"格雷格说着将目光投向了正前方的屏幕，"这面屏幕展示的是'旅行者1号'看到的可见光部分。"

顺着他的目光，莫娜目睹到了探测器在距离地球二百三十亿公里之外的太阳边缘，以古老的电子管感光，俯瞰整个太阳系的图像。

由于广袤的奥尔特以及柯伊伯星云带的存在，探测器的视野中簇拥着半透明的灰白色絮状物，整个太阳系就如同一团云雾般缭绕。而遥远的太阳只是模糊云雾中一点暗淡的光斑，好似一枚失去了光泽的铜币，尽管如此，它仍是整个太阳系最为醒目的存在。

"时间真是过得飞快，我脑海里1977年'旅行者1号'发射还像是昨天的画面呢。对了，那块唱片还在吧？"莫娜问道，她记得'旅行者1号'上还携带了一张铜质镀金唱片，刻录着反映地球文明的声音和图像，以及使用五十五种语言朗读的问候语。

"还在呢，即使几年后探测器携带的核反应堆所生成的电力殆尽，不再向地球发回信号，它仍将担负文明漂流瓶的使命。兴许未来外星种族终将破译到这些信息与问候——'行星地球的孩子向你们问好'。"格雷格动情咏诵起了唱片上人类发向外星种族的问候语，像是又回到了当年那个全民热衷星际探索、寻找外星生命的激动人心的年代。

"终有一天外星人会收到你们的问候，我的外星人先生。"莫娜不禁莞尔一笑。他俩会心地互望了一眼，一连串美妙的记忆在两人心间被唤起。"旅行者1号"发射的那一年，格雷格还是刚从大学毕业进入喷气实验室的愣头小伙子，而莫娜当时只是加州大学计算机系大三的学生，他们是在一次喷气实验室在加州大学校园里举办的露天晚宴上认识的。那个满天星斗的晚上，格雷格一个劲地向莫娜讲述星际飞船与外星生命的故事，而莫娜则在一旁耐心地倾听。就在银河的见证下，他俩坠入了爱河。那最初充满浪漫与甜蜜回忆的几年里，"旅行者1号"与它的孪生兄弟"旅行者2号"飞临了木星，在陆续发回的一组组清晰生动的图片中，人类第一次目睹到木星上逆时针方向旋转的"大红斑"、木卫一上气势恢宏的火山、木卫二上纵横交错的神秘纹路……紧接着，"旅行者1号"掠过土星，就在人类第一次惊叹于土星美丽灿烂的光环之时，格雷格为莫娜戴上了闪亮的结婚指环。又过了两年，他们的第一个儿子出生，而与此同时，在遥远的外太空，"旅行者1号"经过几次曲折的引力加速后，成了宇宙间速度最快的人造物。它在匆匆造访了土卫六"泰坦"后，离开了黄道面，径直飞向太阳系边缘。而"旅行者2号"则继续造访了天王星与海王星，持续向地球发回震撼人心的图像……如今，在太阳系内立下赫赫功勋的两兄弟即将飞出太阳系，进入到寒冷而广漠的星际森林中，继续寻找外星生命可能的踪迹。时过境迁，此时的格雷格与莫娜已是双鬓点点斑白，早已告别了青春年华的他们正在步入人生的暮年，年轻时炽热的爱恋也渐渐蜕变成了平和相依的温情……

"莫娜，你再瞧这边，太阳系边缘的磁力线分布合成图。"许久之后，格雷格收起了回忆的涟漪，将目光转向了另一面屏幕，"蓝色曲线代表的是磁力线。"

莫娜注视着图像复杂的屏幕，在黝黑如墨的太空背景之上，挤满了一团又一团环状蓝色光圈。这些梦幻的光圈形状各异，相互嵌套、交错，如同一个个散布在太阳系外缘的炸洋葱圈。这里就是太阳系抵御宇宙射线的最前沿防线，来自日冕层的太阳风带电粒子，与来自遥远星辰的星际物质剧烈作用，形成了如此奇特的磁场分布。

"每个'磁泡'足有地球到太阳那么宽阔，"格雷格介绍道，"它们是近几年我们在太阳系边缘最为有趣的发现，过去我们一直认为太阳系边缘的磁力线应是非常优美、整齐、平滑的几何曲线，但事实上呢，你瞧，相对独立的'磁泡'如啤酒泡沫一样纷乱分布。"

"这种结构对太阳系边缘的特性有何影响？"莫娜好奇地问。

"这些巨大而繁多的'磁泡'如同多孔的滤纸，允许一些宇宙射线透过穿孔进入太阳系；另一方面，它们可以挡住一些宇宙射线，使其陷于'磁泡'中。如此一来，进入太阳系的宇宙射线被过滤了一次，只有很小部分会抵达近地空间，刺破地球的磁场与臭氧层，投射在地球表面。你知道，过量的宇宙射线会碾碎一切生命的可能性，另一方面，宇宙射线的强度又与地球生命的基因突变息息相关，而基因的突变则很多时候推动着地球生命的进化。"

"你是说，这些汹涌的'磁泡'如同一只节拍器，遥遥掌控了地球上生命进化的节奏？"莫娜急于总结道。

"是的，在某种意义上可以这样说。"格雷格低声说道。

莫娜点了点头，她充满敬畏地凝视着磁力线图像。大大小小的'磁泡'还在瞬息变幻，如阳光下的水泡，在破碎中相互交融，又如一幅鲜活灵动的抽象派油画，充盈着某一种不为人懂的深远含义……

"看上去，整个太阳系的边界就像面向银河系广播的一面显示屏。"莫娜突然感叹道。

"你的比喻很贴切，我过去怎么没有这样的感受呢？"格雷格被莫娜的话怔住了，他注视着屏幕，认真思考了一会儿，"确实，从你们计算机科学的角度去想象，太阳就如一块飞速运转的 CPU，不断输出电磁波、高能粒子这样的计算结果。而溢出的波粒则以光或接近光的速度穿梭在太阳系内，最后径直投射在了太阳系边界的巨大显示屏上……如果真是如此的话，谁又在收看这块屏幕上播放的缤纷节目呢？"

"观众或许就是你们一直在寻找的外星文明吧。"莫娜开着玩笑说。

"是吗？可现在人类的探测器在显示屏上硬生生戳出了一个窟窿……"格雷格喃喃道，像是突然意识到了什么。

"你真是庸人自扰，即使某个宇宙角落真存在一群定时收看太阳系节目的外星观众，谁又会在乎遥远的屏幕上出现了一个微不足道的缝隙，有一粒沙子穿了过去？"莫娜笑着反驳道。

格雷格并没有回应，他陷入了沉思。他感到莫娜的话语像是重重推了自己一下，为他开启了一扇可能窥探太阳系深层秘密的窗口。

就在他沉思之时，显示屏上的图像骤然减弱起来。"图像在消失！"莫娜惊呼道。

"是的，探测器上积蓄的能量消耗殆尽了，结束了最后一次回望太阳系的告别仪式。至此，它真正地飞出了太阳系。"格雷格回过神来，轻声说道。

伴随着图像最终消失于无形，之前一直寂静的控制大厅变得热闹起来，兴奋的同事们打开了香槟，庆祝起这个具有历史意义的时刻。这无疑是地球生命历程又一个闪耀的里程碑，就如三亿多年前肺鱼第一次艰难爬上陆地，20世纪中叶苏联人造卫星奋力挣脱地球引力的束缚进入太空，美国宇航员步履蹒跚地登上月球的土地。这一次，人类的造物摇摇晃晃离开了太阳系摇篮，飞向太阳系外未知的无尽疆域。

格雷格不由得握紧了莫娜的手，这一刻，伴随着"旅行者1号"驶出太阳系，似乎有一股新奇的活力注入到了他的身体里，在他余下的生命中，他将以一种全新的视野去认识宇宙……

三

星期六晚上八点，祁翌准时上线。

与朵儿会合后，俩人择路飞奔在广袤的布洛斯泽大陆上，在地图的指引下，一路越过生机勃勃的森林、冰原、湖泊，最后进入了一片人迹罕至的沼泽，这就是暗夜沼泽。

他俩放慢步子走在湿滑泥泞的沼泽地中，尽管已足够小心翼翼，但脚尖仍会不时踩入肮脏的水洼，飞溅起点点水花。视野中布满了湿漉漉的蕨类与苔藓类植物，头顶上方高大蔓茂的黑色树木完全遮蔽住了阳光，使得整个沼泽显得异常幽暗阴森。

没过多久，俩人来到了一面隆起的山坡前，一个掩映在杂乱灌木丛中的巨大洞穴出现在他们的视线中，从洞内深不可测的黑暗中隐约传来一声声食肉动物急促的喘息声。

"小心，巨龙应该就在洞内！"经验丰富的朵儿警觉道。

迅速地，他俩肩并肩摆出了战斗的姿势，光彩夺目的冰光剑与暗月魔杖凭空出现在百里牧城与朵儿手里。就在此时，一声令人悚然的嚎叫从洞内传来，沉睡的大地随之躁动起来，紧跟着，一个浑身暗绿的庞然大物颤颤巍巍地探出身来。

这是一头身躯庞大如山丘的超级巨龙，全身绿色的鳞甲上沾满了一团团黏糊糊的脓液，身后耷拉着一对削薄而锐利的飞翼。重见天日的它抖擞着丑陋的头颅，目光凶狠地俯视着这两个打搅自己美梦的不速之客。

与此同时，巨龙身旁的空气中浮现出了一串深蓝色文字：

暗夜巨龙

等级：72 级

生命值：2000

攻击：3200 ～ 3890

防御：2200

技能：地狱烈焰

"哇，七十二级的 BOSS 怪物！"百里牧城惊叹道。

"破龙斩！"朵儿站在原地挥动魔杖，率先发起了进攻。

"寒冰之光！"百里牧城也举剑向巨龙砍去。

粼粼剑光飞旋而至，巨龙屹立在原地并没有闪躲，在一阵噼里啪啦的攻击后，巨龙的生命值大幅地减退。

终于，感受到疼痛的巨龙发出一声长啸，它扑棱双翼离开了地面。一对急剧拍振的飞翼狂暴刮擦树木与大地，顿时间，整个沼泽地动山摇起来。

百里牧城能感受到四周巨量的魔法元素在飞速聚集，猛然间，一连串炽烈的火焰球从巨龙的血红大口喷吐而出。

"地狱烈焰！"

百里牧城惊呼道，漫天的火球倾泻而下，他与朵儿都施展出
"移步幻影"的魔法，身形敏捷地闪躲起来。

一轮攻击下来，俩人竟都毫发未伤，巨龙只得暂时停止了喷
火，恼羞成怒的它张舞着利爪猛扑向了两人。

"快使用冰雾！"朵儿大喊道。

百里牧城慌忙使出一道冰雾魔咒。

转瞬之间，陡然幻生出的浓雾让四周变成了白茫茫一片，能
见度急剧降低，然而这并没有让巨龙俯冲而至的进攻停滞下来。

就在这千钧一发之际，朵儿迎着巨龙伸来的利爪高高跃起，
她手中的魔杖倏地变幻成了一把长长的雪亮利刃——"屠龙枪"！

巨龙似乎并没有看清朵儿的动作，她毫无阻碍地将屠龙枪笔
直地插入了巨龙高昂的脖子，整个刺穿了进去，迅即拔出了长枪。

顿时，如注的殷红龙血从龙脖上喷涌而出，在定格了数秒钟
后，巨龙发出了一声撕心的哀嚎，紧接着，庞大的身躯从空中重
重地跌落到了地面。

受伤的巨龙痛苦地在泥浆中挣扎。

"快补一剑！"朵儿大喊道。

百里牧城明白她的意思，她是要他手刃巨龙，从而提升他的
魔法师等级。

"冰封之剑！"他举剑劈向已奄奄一息的巨龙。剑光划过，龙
体被生生斩成两段，巨龙旋即消失，一副金光闪闪的盔甲浮现在
了他的眼前。

他缓步走上前穿上了金色盔甲，就在金甲加身的一刹那，他
的经验值如滚雪球般飞增起来。最终，他一连升了五级。

"今天真有成就感啊！"祁翌开心地对朵儿感叹，他还沉浸在
惊险屠龙的刺激感受中。

"看你嘚瑟的样子，你的级别还差我好大一截呢。不过也只能

下次再找机会帮你升级了，呵呵，我先下了。"朵儿回应道。

朵儿的话"唰"地把祁翌拉回到了现实中，"时间还早呢，明天是星期天，我们再聊一会儿吧。"他意犹未尽地恳求道。

"那好吧，就再多聊几句。你今天过得还好吧？"

"我啊，一整天都宅在家里。"祁翌不好意思地回答，他抬头望了眼还摆在茶几上吃剩下的方便面盒，在迟疑了几秒钟后，他敲道，"朵儿，说真的，最近我遇到一件烦心事，你能帮我出些主意吗？"

"你快说啦，什么时候开始变得这么客气了啊。"

"我妈托人为我安排了一场相亲，"他艰难地敲击键盘，"你说我需要去见一面吗？"

接下来对话框是一阵长时间的静默。祁翌能听见自己突突加快的心跳声。

"这是大好事啊，百里，你得抓住机会啊。呜呜，看来以后我们在游戏里碰面的次数会越来越少了。"一个夸张飙泪的招财猫表情紧跟在了再次跳闪出的对话后。

"应该不会……"他手指僵住了，不知该如何回答朵儿。

"百里，我下了，你也早点休息。"

"现在才九点半啊。"他极力想要挽留朵儿。

但朵儿似乎并没有等到他的话语，她金色的身影飞快破碎于无形。

祁翌怅然望着没有了朵儿身影的电脑屏幕，心中一片空落。这个给自己平淡无奇的生活注入无尽快乐的精灵似乎总在搪塞着自己，这让他更加渴望能与她见上一面了，哪怕只是让他远远看上一眼她的样子，也能让自己全部的幻想都尘埃落定……不，他不能再这样苦涩无望地等待下去了。这一刻，一股从未有过的迫切感推动着祁翌做出一个决定。他打开了一个网页，下载了一个黑客程序——他今晚就要入侵朵儿的电脑看一看她真正的模样。

这一切对于他并不难，他从朵儿留在游戏中的地址入手，按图索骥地在网络中寻找到了她的电脑，没费多少工夫就破解开了防火墙的安全协议。

朵儿的电脑还在使用中，面对任由自己控制的桌面，祁翌有生以来第一次有了当小偷的罪恶感。他匆忙浏览了一遍朵儿的硬盘，并没有找到照片，于是他又紧张地点击开了摄像头。一个视频窗口弹开在他面前，窗口中出现了一位扎着马尾辫的女孩，面容恬静的她正盘腿坐在一张单人床上，双肘撑着下巴，睁着大眼睛定定地注视着电脑屏幕。这应该就是朵儿，祁翌心中一阵战栗，自己需要通过麦克风向她打招呼吗？她一定会被吓到。

正在他犹豫之时，朵儿身后的木门突然被推开了，一位中年阿姨走了进来，这应该是朵儿的妈妈吧，他心想。他不由得屏住呼吸注视着窗口，还是等阿姨离开了再打招呼吧。

然而接下来，他如何也料想不到的一幕发生了。他见到窗口中的母女并没有开口交流，而是伸出双手奇怪地相互比画了起来，她们像是在使用手语，祁翌猛地意识到。是朵儿不能说话，还是她的母亲呢？突然间，他想起过去朵儿一直没有与他进行过语音聊天，也拒绝与他见面……祁翌的心猛地一沉，一个残酷至极的答案呈现在他面前——游戏中法力高强的精灵生活在一个无声的静默世界里。

恍然间他也明白了为何艾薇朵儿会凭空拥有那么多极品装备，她应该是个职业玩家，失去了语言能力的她只能终日蜷缩在网络的世界以打怪为职业。这一刻，祁翌觉得自己的心被狠狠地撕裂了，一直以来支撑自己的美丽世界轰然坍塌，自己真是傻得可笑，满足他所有爱情幻想的公主在现实中竟是一个与他无法交流的语言障碍者。他与她来自两个全然不同的世界，永远不可能在现实中走到一起。

这一刻的他就像一个逃避现实的孩子，落荒而逃般退出了她的电脑。

退回到自己房间的祁翌久久无法平静，最后他只得走出了房门，失魂落魄地走在空荡无人的小区里。拂面的冰凉夜风让他清醒了许多，他开始审视起今天的遭遇。过去的自己对虚拟游戏寄托了太多的情感，游戏世界的虚光幻影蒙蔽了他的眼睛。赶紧成熟起来，从此注销游戏账号，告别网络游戏的世界，他在心中暗暗做出了决定。这个决定稍稍让他感到好受了一些，他抬起头来，凝望起了闪烁在城市灯火所形成的光雾上方的群星，在一片模糊的黑暗中，它们显得如此倔强又纯净，这不禁让他联想起摄像头那端女孩楚楚动人的眼神。

再见了，朵儿。

四

2026 年。

纽约长岛海滩。

化身为尤达大师①的格雷格依靠原力游了几圈后，回到了岸上的遮阳伞下。他的妻子莫娜此时正平躺在柔软的沙子上，静静享受着阳光的沐浴。

格雷格顺手将光剑插立在沙中，舒服地躺在了沙滩椅上，目光慵懒地望着风情万种的海滩。今天这里的主题是"星球大战"，

---

① 尤达大师：电影《星球大战》中的经典人物。

在现实增强技术的修饰下，海滩还是真实的海滩，只是其中的景物，白色的沙滩、翻滚的海浪、摇摆的棕榈树、海面上的灯塔，所有的一切，都变得更加光彩夺目，更加夸张与富于变化，更富有外星的奇幻风情。而沙滩上游玩的男男女女，则化身为《星球大战》中形形色色的人物——如今做到这一点并不困难，只要你愿意，你可以在"云网"上随意修改自己的相貌信息，这样一来，出现在别人眼中的你将是一副精心修改后的模样。

在他的视野中，长袍裹身的绝地武士和黑武士正在活力四射地对垒沙滩足球，而一帮钛白色的半机器人则脚踩闪亮的冲浪板，摇晃着金属质感的身躯，在浪花间自如翻跃。

在欣赏完海滩的美景后，格雷格收回了目光，他准备读读今天的新闻，于是他打开了宽带接口。顿时间，驳杂的名目、繁多的信息——其中绝大部分是垃圾广告——像五颜六色的潮水般一拥而入，令他应接不暇。他不得不打开多个过滤程序，这让他的视界顿时简单明快了许多：蓝天白云的天空中悬挂了几条他订制的门户新闻网站链接。他随意地联入了其中一个闪闪发光的链接，漫不经心地浏览了起来，网站上大多都是有关日新月异的科技成果的最新报道。

早已退休的他没有想到自己在有生之年还能亲历人类文明的突变，未来学家鼓吹了多年的奇点会真正幡然而至。

他此刻身处的 2026 年，比起十几年前已是判若云泥。此时此刻，总量数以亿兆计的纳米级计算格点漂浮在世界每个角落，组成了一张无处不在的宏大云网络，人们尽可以随时随地驳入其中，恣意享用无尽的信息浪潮。同时，强大的现实增强技术就运载在云网络之上，如此一来，人机的界面消失了，如梦似幻的虚拟信号叠加在现实世界上，信息流如同透明的空气充斥在生活的每个角落。

整个地球变成了一个炫目光彩、亦真亦幻的梦工厂。

与此同时，在云网络飞速提升起来的计算能力支持下，全能的机器人在各个自动工厂中忙碌，基因组实验室不断破译出遗传疾病的基因密码，能治愈绝症的新药不断地被研制出来……无论你愿不愿意，来势汹汹的奇点如同裹挟一切的涡流，改变了每个人的生活形态。

当然格雷格心底很清楚，奇点时代的来临，指数般暴增的云计算网络只是一个表象，真正推动世界一跃进入奇点的其实还是人类成功获得了尽可肆意挥霍的能源——这一切都要归功于几年前投入运行的"光幕计划"。

想起"光幕计划"，格雷格不由得抬头望了一眼天空正中央的太阳，在现实增强技术的塑造下，太阳变身成了一座金灿灿的火焰圣杯，若再仔细分辨，能看到圣杯周围缀映着一串晶莹的光点，在梦幻般闪跳——这就是光幕，一面浮游在太阳与地球之间、面积已达上万个地球表面的太阳能薄膜。

薄膜的主体是数万亿只从地球海洋深处移植到外太空的深海微生物——视紫菌，其体内特有的光合作用能够将光子转换为移动的电荷，而如今这些菌类的 DNA 已被人类科学家修改。它们转换得到的能量绝大部分不再用于自身新陈代谢，而是直接释放到体外。光幕上的电路会将这些细微的分散能量收集起来，再以微波传回地球表面，并源源不断地注入云计算网络。

就这样，光幕使得长久以来困扰人类的能源问题迎刃而解，人类高枕无忧地享用起了取之不尽的洁净能源。

在和煦的海风中，格雷格任他的思绪飘散开来，惬意地感受着这个非凡时代所带来的巨大满足感。慢慢地，他合上了双眼，进入了浅睡眠……

忽然间，他的耳畔传来此起彼伏的尖叫声，他慌忙睁开眼睛，愣住了。现实增强技术营造出的曼妙仙境正在消失，碧海蓝天间的那些旖旎景物就像是被一只无形的橡皮擦一片接一片地抹去，海滩渐渐恢复到了最原始的模样：灰蓝色海面平淡无奇，凌乱不堪的沙滩上堆满了生活垃圾。

而最后一波的蜕变是人们的模样，格雷格眼睁睁看着自己就如蜕皮一般脱落掉了尤达大师的奇幻外壳，重新变回了那个老态龙钟的自己。在他的四周，体态臃肿的人们身着寒碜的泳衣和沙滩裤，茫然无措地相互对望。一位四五岁的小女孩被惊吓得哇哇大哭起来，或许从她记事起就不曾见到过这样一个空洞而呆板的真实世界。

这一切就像是童话故事里的场景：午夜十二点钟声响起，漂亮的水晶鞋消失了，华丽的马车也变回了南瓜，可怜的灰姑娘又被打回到了灰头土脸的原形。这么多年来，人们第一次面对突然失去了增强现实魔法的窘境。

此时，很多惊魂未定的人们笨拙地打开了手机里的收音机，焦急地借助这样原始的方法去获寻讯号。

"发生了什么？"莫娜惊慌地站起身来，紧张地问道，此时的她也重新回到了满是皱纹的苍老面容。

"云网络中断了，应该是光幕出了问题……"年迈的格雷格困惑地说。

他不由得抬头仰望天空，天空中的太阳又变回了很久以前的老样子，依旧是那个让人无法直视的巨大存在，高高在上、充满威力的它像是正在嘲笑着地面上失魂落魄的人们。

突然间，他感到自己像是被太阳的光芒吸进去似的，眼前的景物骤然发生了转换。转瞬之间，他一个人置身到了一片空荡无垠的空间中，一大团炽烈的赤红火球占据了他视线的大部分。这团火球汹涌的表面如同喷吐岩浆的火山口，起伏跳跃着无数玫瑰红色的舌状气体。这是太阳，他分辨不出它与过去有什么样的不同。

一头雾水的他，完全弄不清自己怎么会突然驳入到这片虚拟现实下的外太空中。

在他视线的下方，漂浮着一片正在向地球方向缓缓移动的晶蓝色海洋。这片茫茫无际的海洋由一块块不规则的碎片组成，闪亮的碎片就如鱼儿的鳞片一般折射着太阳光，熠熠闪耀。袅袅的白色烟雾弥漫其间，这应该就是解体没多久的光幕，来自海洋的视紫菌聚合体刚刚遭受到了突降的灭顶之灾。

他唏嘘不已地望着这一切，这是他第一次如此近距离观看光幕，没想到见到的却是这个曾经无上荣光的庞然大物分崩离析的样子。

就在他恍惚之时，一个人形浮现在他的身旁，这是一位身着宇航服的年轻男子。

"通信恢复了？"格雷格惊奇地望着男子。

"不，尊敬的格雷格先生，整个世界的云网络都已瘫痪，此刻你所看到的虚拟景象是单独为你开启的链接，作为联合国紧急事务委员会的顾问，请你尽快驳入联合国特别会议现场。"在男子的话音中，一道闪闪发光的地址链接出现在了空间中。

"刚刚究竟发生了什么？"

"一场太阳能风暴毫无征兆地爆发了。"男子神色哀伤地回答。

"怎么可能？光幕不是在设计之初就已考虑到了这一点吗？它完全有能力抵抗十倍于太阳风暴的电磁冲击啊！"格雷格仍是困惑不已。

"突如其来的风暴强度远远超过了我们之前的预想。风暴在太阳的一个局部区域爆发，在不到一分钟的时间内输出能量几百倍于正常值，而更为蹊跷的是，这无比巨大的能量只是径直袭向了光幕，顷刻间将光幕整个摧毁了。"

格雷格低头望着光幕残骸。支离破碎的残骸已被之前的太阳风暴推离了拉格朗日点，此时正在地球引力的作用下坠向地球轨道……他飞快地思考起来，一个他已思索了多年的问题在心中被唤起：他们来了。

随后，他伸出手指，点击男子给出的链接。

一道强光在他眼前闪烁了一下，他进入到了一间宽敞明亮的房间里。这是一个传统的办公大厅，他看到几个大国的首脑，以及几位他所熟识的顶级科学家，围坐在一张宽大锃亮的红木圆桌前。看上去他们已经过了一番唇枪舌剑，但从他们依然焦虑与茫然的神情可以看出，会议似乎还没有得出令所有人都信服的结论。

"可以肯定的是，我们头顶上的太阳依旧运转正常，发射出的光谱稳定而有序，并没有任何进入十一年一次活动峰年的迹象，硬要怀疑太阳发生了小规模氦闪是缺乏说服力的。"一位身着素格子衬衣的高个男子还在据理力争道，他是 NASA 的资深科学家阿松桑。

"你们别忘了来自地球的破坏。那些该死的恐怖分子，他们天天叫嚷着要让地球退回奇点之前的封闭世界。"一名穿着笔挺军装的军人提高了声音分贝，他是美国国防部长里德，一双逼人的眼神如鹰一般犀利，"我的智囊团告诉我，太阳是一个由巨大核反应构成的动态平衡系统，哪怕一点点外部扰动也会触发这个系统的局部脱离平衡态，迸发出太阳风暴级别的电磁辐射。科学家们，我这样说没有错吧？"

"将军，你的说法完全正确，可是近来我们并没有观测到太阳表面遭受过任何外来物体的撞击。"一位面容凝重的中年人接过里德的话，他是光幕项目的首席科学家，中国人江天穹。

格雷格沉默地旁观着，会议渐渐变成了众人针锋相对的争执，他能嗅出其中越来越浓的火药味。

就在这时，担任会议主持人的联合国秘书长德克尔注意到了格雷格的到来，他招呼起格雷格来："格雷格，你差不多算是我们这儿最了解太阳系的人，你有什么不一样的看法吗？"

在众人的目光中，格雷格略微思考了一下，声音低沉地开口说道："这次太阳爆发出的电磁暴如此不偏不倚地击中我们的光幕，很显然，太阳向人类发出了警告。"

"太阳？它主动警告人类？"德克尔夸张地惊呼道。

格雷格没有马上做出回答，而是将话锋一转，"不知大家怎样看待费米悖论，我们身处的宇宙显得如此之空旷，而外星人迟迟没有现身——"

"顾问，你想把这次事件与外星人联系起来？"德克尔迫不及待地打断了他，似乎有些责怪格雷格轻率地给出如此缥缈的说法。

"秘书长，请麻烦给我一点时间，我将向大家阐述一种听起来非常离奇的可能性。过去的十多年里，受到做计算机教授的妻子启发，我开始以信息论的视角去理解我们的宇宙。今天我们人类文明已经发展到了云计算的奇点时代，我们大胆设想，如果宇宙深处真存在高等外星文明，那么这些文明理应更早地进入信息爆炸时代，他们理应需要更为强大迅捷的信息处理能力以支撑他们的文明。"

"然后呢？"德克尔试图表现得更有耐心一点。

"高等外星文明或许早已把宇宙改造成了一张庞大的云计算网络，在宇宙各处安置了无数的格点处理器，用于实时存储与运算数据。我们看到的普通恒星、超新星、脉冲星、黑洞，兴许都是一个个功能不同的格点处理器，而我们的太阳恰巧也是这样的一个格点。"

"这如何能实现得了？"这次发问的是白发苍苍的英国科学家

彭罗斯，他是现代量子宇宙论的重要奠基者。

"我推测，太阳作为超级量子处理器，其内部汹涌不息的核聚变是其运算过程，而最终的计算结果将以电磁波、高能粒子束、中微子等形式源源不断地向外溢出，而这些结果将面向整个广袤的宇宙广播——"

"太阳系的……其他天体呢？还有我们人类……"

"事实上，太阳的质量占据了太阳系总质量的99.8%，其他天体的总和还不到太阳系的0.2%。那些相比太阳微不足道的行星、卫星、彗星，以及地球上更为渺小的生命，或许只是太阳漫长计算过程中产生的一小串冗余数据，而人类文明从太阳获取的所有光和热，只不过是太阳计算过程中生成的一小撮数据流。"

"……你的想象确实很离奇，可这与我们所遭遇的突变有何联系？"彭罗斯有气无力地追问道。

"我猜想，我们的光幕已经足够大，吸收了太多的太阳光，阻挡住了计算机结果的输出，因此计算系统启动了纠错指令，进而爆发出一束电磁暴摧毁了我们的光幕。"话说完，格雷格抬头望着众人，目光灼热而邈远。

面对格雷格炯炯的目光，所有人都陷入了思考，格雷格石破天惊的假说，直觉上如此不可思议却又充满了逻辑上的自洽。

"这么说来我们太阳系也是外星文明活动的疆域？"秘书长德克尔很是不安地问。

格雷格并没有直接回答他的问题："让我们的假想再进一步，一个高等文明进化的终极形态会是什么？他们或许早已告别了笨拙臃肿的实体之躯，将他们的广阔意识上传到更加广阔无际的宇宙网络上。我在想，这或许也是我们一直无法找到外星人踪影的缘故。"

"你的意思是外星人用形态各异的宇宙天体构建出一个广博的

网络……"德克尔迟疑道，"最后……他们将他们自己也一股脑儿变成了程序，加载在了这个网络上？"

"是的，在我的猜想中，此时此刻，投射在我们视网膜上星星点点的光子，以及穿过我们身体的中微子光流，兴许都蕴藏着某一位外星生命一丝半点的数据。"

"真是难以想象。"德克尔干涩地感叹道。

这一刻，在场的所有人都被震撼住了。如果格雷格理论成立，那么过去人类所认识的那个看似随意的宇宙就此坍覆了。在一个全新的宇宙图景中，广袤的时空一点也不空寂，与之相反，一个波澜壮阔、被精心设计过的宇宙，就如同高峰时段车来车往的立交桥一般喧嚣而拥挤，其间横冲直撞的每一个粒子，每一个原子，每一个电子，每一个夸克，无不携带着滚滚信息。这些隐秘的信息无时无刻不在流动、传递，涟漪般散播在整个浩瀚时空中。而更让人难以接受的是，人类过去孜孜寻觅的外星种族或许并不是远在天际，而是近在咫尺地蜷伏在我们太阳系内，以数字化的编码栖身于那些川流不息的灿灿光流之中。而这一切，人类触手可及，却全然无从去感知与理解。

"这多少有些滑稽。按你所说，人类在宇宙中的处境就如一群不知天高地厚的蚂蚁。"美国总统呢喃着加入了讨论。

格雷格夸张地耸了耸肩，"是的，总统先生，你的比喻很形象。一群蚂蚁爬进一个遍布服务器的机房里，兴冲冲地想要寻觅别类生命，服务器里兀自运作的程序当然不会理会它们。只是，倘若有一天蚂蚁们啃咬断了网线，破坏了信息的通畅交流……"

"你是说机房中值班的网管已经察觉到了这个状况，于是掏出一罐杀虫剂要清除掉蚂蚁？"美国总统的表情已是惊恐万分。

"我们无从推测机房管理者的真实想法，"格雷格浅浅一笑，脸上浮现出一种近乎悲天悯人的神情，"但现在看起来，对方并没有要赶尽杀绝的意思，只是如随手拂去机箱上的蜘蛛网一样清除了我们的光幕，对方甚至还有可能在等待人类的主动联系。"

"你是说应该立即向太阳发射询问信号？"英国首相惊呼道，他仍是一脸恍然未定的样子。

"我们还在等什么？赶紧行动吧！"俄罗斯总统如梦方醒般高声叫嚷道，他的插话引来众人的目光。只见此时的他满脸绯红，手里握着一大瓶只剩下一半的伏特加，"真是疯狂，一本金光万丈的百科全书就高悬在我们头顶，我们却从没去询问过他，我们首先应该向全人类征集问题，再恳求太阳——解答我们世界所有的疑惑。"

"可是，太阳会回答我们吗？"格雷格自言自语般地轻声说道。

五

新墨西哥州圣阿古斯丁平原，美国国家射电天文台。

在结束一天的守候后，格雷格一个人站在天文台控制大厅巨大的落地玻璃窗前，凝望着窗外黄昏时分的景象。广袤坦荡的平原上，二十七面二百五十米口径的反射面如同列队出征的银白色巨人，呈Y字形浩荡排开，在夕阳的余晖中闪烁着朦胧的微光。

此刻离神迹的发生已经过去了整整一个月，太阳依旧还是东升西落，日复一日地发散着辐射量正常的光与热，而人类则在失去云网的世界中不自在地生活。在这一个月里，地球上所有可发射的射电望远镜阵列都被调动起来，开足功率向着太阳发射了海量的探询电波。对于电波应采用何种表达方式，才能使太阳中可能的智慧理解到人类的意图，全世界的科学家展开了一场全球范围的智力竞赛。有的科学团队主张直接以人类创造的语言、音乐、绘画作为开场白；而有的科学家则相信数学是星际交流天然的语言，于是各种以数学原理为基础的"宇宙语"被设计出；还有的科学家认为自然界最基本的规律才是宇宙文明皆有的共识，原子的结构、蛋白质的构成、银河系的恒星分布，都被用来创建出全新的语言体系……这样，以五花八门方式编码的信号承载着人类殷切而忐忑的问询，争先恐后地涌向太阳。

除此之外，人类还面临了另一些技术难题，人类发射的无线电波是否有足够能力穿透太阳表面日冕层中高达几百万度的等离子体，从而进入人类所想象的计算机 CPU 所在的热核反应区，以及太阳能否从纷杂无序的宇宙射线中辨识出来自地球的问候。对于这些科学家都全然无从把握，但是大多数科学家仍相信，如果太阳真是宇宙云网络中的一枚运算格点，只要人类的方法恰当，太阳一定会倾听到人类的声音。

"博士，你还好吗？"格雷格突然听到身旁一个轻柔的声音在对他说话。

他连忙转过头，是美联社记者梅丽，这段时间她一直常驻天文台。

格雷格望着年轻可爱的梅丽，她正一脸关切地望着自己，可是他不知道该如何开口向她描述自己在结束一天近乎虔诚的等待后心底泛起的倦怠与怅然。

正当他犹豫之时，梅丽突然向着窗外大声惊呼道："噢，上帝，那是什么？"

他闻声望去，也惊呆了，此时窗外万物都浸浴在一片无比明亮的光芒里，天与地恍若连在了一起。而更让人惊异的是，一条条五光十色的光弧漫涌在天空中，如同狂风怒号中飘舞的彩绸，上下翻飞，摇曳变幻。

"这是极光，"格雷格缓缓开口道，"太阳的回复来到了，太阳释放出的巨量带电粒子流剧烈轰击地球磁场，形成了低纬度地区白天也能见到的极光。"

就在他们对话之时，全世界所有的计算机都被调动了起来，以多线程接力的方式破译起太阳电波中的信息——无边的网络数据库中存储有人类试用过的所有编码形式，一旦太阳信号与某一种编码方式合拍，系统将自动译码出太阳的信号。而格雷格作为所有人推选出的首席代表，将代表人类与太阳中的智慧展开一场直接对话。

这一刻，格雷格仍不为所动地肃立在窗前，沉默注视着瞬息万变的极光，炫目的光亮就如一位热切的舞者，在天穹中跳动着夺人心魄的舞姿，而整个变得透明起来的世界都好似随之共振起来。

突然，一阵惊呼声爆发在他身后的控制大厅中。

格雷格慌忙转过身，他看见他的助手康登向他跑了过来，康登激动万分地叫道："先生，信号破译出来了。"

"他们的信号采用了什么编码？"格雷格急切地问道。

"太阳的回答使用中国学者游子陵提出的编码方式。"

"你是说以 COBE 卫星绘制的宇宙微波背景辐射图的信息作为编码？"格雷格声音颤抖着问道。

"是的，先生。"康登回答道。

格雷格僵住了，也就是说对方能够理解以宇宙"婴儿期"的物质分布为编码的信号……许久过后，心情稍稍平复下来的他深吸了一口气，缓步走到了屏幕前，他身后围聚满了闻讯赶来的各国领导人与记者。就在此时的世界各地，几乎所有的地球人都将在网络中收看他与太阳智慧对话的同步直播。

格雷格注视着大屏幕上反复翻滚着的一串中英文，这是太阳讯号的解码："行星地球的孩子，你们好，收到请回复……"

"尊敬的太阳文明，感谢您的回复。全仗您无私的光和热的给予，我们的文明才能发展到今天，请接收人类文明这迟来的无尽感激。"格雷格庄重地说出了早已准备好的感谢词——他的话语将被瞬时转译为宇宙背景辐射编码，然后通过全世界各处的射电望远镜发射向太阳。

就在格雷格话音落下的几秒钟后，屏幕上闪现出了新的句子："你们不必感谢我们，太阳光碰巧孕育出你们的文明并非我们有意的行为。我知道，我的存在对于你们来说是一个不可思议的事情，现在，我可以回答你们想知道的一切。"

"你了解我们吗？"格雷格试探着问道。

"了解一些。事实上，太阳对你们来讲并不仅仅是一台无所不能的超级计算机，而且还是一台记录你们成长每一个时刻的摄像机——地球从诞生以来所有的影像都被存储在了太阳中，在与你们交流前，我调出了这些历史影像，对你们的文明有了一个粗略的印象。"

"你的意思是在我们的光幕阻挡太阳光之前，你们并没有留意到地球上尚有文明的存在？"

"是的，前一段时间，我们的一个计算格点总是出现数据包丢失现象，这引起了我们的注意。"

"为什么会构造出这样一个横贯宇宙的云网络？"格雷格小心翼翼地提问道。

"这涉及计算的本质，你们应该也能理解，在宇宙中，哪怕一比特的运算也是一次不可逆的过程，意味着能量的消耗以及熵量的增加。站在全宇宙的高度，我们宇宙能量与物质的总量是一定的，而不加节制的熵增必将导致宇宙加速走向热寂，因此，高等文明必然会选择更为合理的低熵增计算方式去延续自己的文明。"

“于是你们把宇宙改造成了一个高效的量子计算网络？”

“是的，宇宙云网络的物理底层构筑在了物质微观尽头的量子极限之上，这种最低限度耗能的计算方式与宇宙自身的运行已是浑然一体，在现有的宇宙中，不会再存在比这更加本原的计算方式。相比之下，你们文明的计算方式还停留在操控纳米尺度上，以一大簇半导体电子的迁移去完成一比特运算，很是粗糙。换句话说，你们文明从诞生起始所做的一切，无非是在我们构建的计算云网络上搭便车。”

“宇宙云网究竟创建于何时？”

“在宇宙大爆炸 2 亿地球年后，宇宙中第一批恒星诞生了，这即是被你们人类称为类星体的巨型恒星。这些类星体的质量足有你们太阳的数百倍，因此星体内部燃烧十分激烈，仅仅在几百万地球年的时间里就耗光了体内的氢燃料。然而就是在这几百万年间，生命幸运地出现了，这些附着在类星体周边的生命在频繁而炽灼的热浪激发下飞速进化，最终达到了其文明的一个高峰。成熟的他们差不多掌握了这个宇宙全部的物理奥秘，已遍布宇宙各处的他们开始忧虑起文明频繁的实体活动将给宇宙造成过度的熵增。于是他们决定动手改造宇宙的形态，搭建出一个可供他们意识漫游其间的低耗高效的网络，这个种族在《大宇宙百科全书》中被尊称为先创者。”

“先创者究竟做了什么？”

“当时的宇宙布满了行将坍塌的类星体，这些类星体一旦发生坍塌，星体庞大无匹的质量会在瞬间被压缩到一个无限小的奇点上，形成宇宙的第一批黑洞。于是先创者在初生的黑洞中植入了计算程序的种子，这些幼小的黑洞开始以先创者的指令增长起来，它们迅猛地吸收宇宙间的气体、尘埃云与暗物质，在自身体积不断膨胀的同时，黑洞外缘还形成了一圈围绕着黑洞视界高速旋转的环状物质云——你们称其为吸积盘。在黑洞潮汐般的引力与 X 射线的共同作用下，吸积盘中的气体快速凝聚成团，流水线般创生出一个个精妙的量子计算机。这些量子计算机就是你们今天所见到的亿万恒星，而作为恒星摇篮的黑洞就是你们今天观测到的位于每个星系中央的超级黑洞。"

"真是匪夷所思，没想到吞噬万物的黑洞竟是宇宙云网最初的建设者。"格雷格惊诧道。

"在黑洞的推动下，不断诞生的星辰就如同一点点地搭积木，最终搭建成了今天你们见到的密如网状、秩序井然的宇宙。而如今，你们看到天体的形态与分布之所以是这个样子的，完全是由云网信息的传递模式决定的。"

太阳的回答让格雷格久久呆立在原地，他一时还无法完全理解这话语中的深层次含意，但他能感觉到对方寥寥数语已经道出了宇宙网络存在的根基，这也是大千宇宙之所以会呈现出人类今天所能观测到的形态的本质原因。

"可是我们还是无法想通你们如何能串联起这般庞大的格点网络，数据流是以光速传递的吗？"格雷格再次提问道。

"你们能观测到宇宙中的电磁波、中微子、引力波，俱是宇宙云网中奔突的信息流，其速率与强度遵循着具体的通信协议。光速当然不是信息传递的极限，有些高优先级信息完全可以超越光速，比如两个处于量子态纠缠的粒子携带的信息即可以超距离瞬间交流。"

"这些数据流也承载着你们的意识？"

"是的，你的直觉很对，我们就生活在云网里广阔的虚拟世界中。"

"可是离开了物质界面……文明拥有的一切岂不都是空中楼阁？"格雷格忧虑地问。

"不，地球人你们理解错了，我们生活在一个充满了物理限制的宇宙，这些条条框框的物理规则与常数在我们宇宙大爆炸之初的那次创世的真空涨落就已然决定，我们无力去更改它们。但我们可以做的是用我们无尽的创造力在这些物理法则之上创造出一个更绚丽生动的世界，相较物质而言，创造力与想象力才是文明前进的更为重要的推动力。"

　　"你能向我们具体描述一下文明如何在云网中延续吗？"格雷格追问道。

　　"云网中不计其数的智慧生命呈现出森罗万象的形态，其复杂程度远远超出了你们的想象，也超出了我自己的想象。"

　　"……能冒昧请教一下，阁下究竟在云网络中担任什么角色呢？"

　　"我只是一名云网络最底层的普通管理员，负责监控一大片星域网格的运转。以你们的时间概念，我们的种族在两千多万年前整体驳入了宇宙云网络。"

　　"你的说法是……宇宙云网络里还存在别的更为先进的种族？"

　　"是的，在云网建立后的上百亿年间，不断有新生种族接触并驳入了云网络。当然，先后驳入云网的种族智力上的鸿沟是客观存在的，因此云网络自下而上形成了多层平行结构，不同层次运行着全然不同的操作系统，生活在下一层的种族根本无法感知更上一层的形态，而下层的种族则有机会通过自身进化将整个种族提升到上一层。"

　　"我们人类文明有机会驳入云网络中吗？"格雷格踌躇着问道。

　　"当然有机会，对于所有发现云网络的智慧文明，云网络都欢迎其加入。当然，我们也充分尊重每个种族的自由选择，只有当这些文明的向外拓殖行为影响到了云网络的正常流转，云网络才会对其进行干涉，就如你们的光幕事件。"

　　"如果我们愿意驳入……接下来该怎么做？"格雷格声音发颤

地问。

可这一次，他没有等到回答，屏幕上的字句凝固住了，大厅中所有人都陷入了沉默，只有窗外奇诡的极光还在飞一般漫涌。

呆立在原地的格雷格无法知晓控制大厅之外的广阔世界正在上演的一连串神奇：就在此刻，地球上所有的射电望远镜都接收到了一大段无法破译的编码，这些编码看上去并不像要与人类交流，而像是一些可执行的程序。很快地，这些编码被自动激活，如同病毒一般飞速蔓延到整个网络，它们迅速调动起各地的电力系统，让一小部分瘫痪已久的云网络重新运转起来，这些被唤起的云网格点开始如蜜蜂般嗡嗡振颤，吸敛起不同元素的物质，然后操控这些物质以人类无法理解的方式汇聚在一起，如黏土一般渐渐成形。没过多久，一千台闪亮的机器矗立在了一千个城市的一千个家庭的房间中央。

这些就是通往宇宙云网的入口。

六

祁翌好奇地打量着这台从天而降的机器，足有一人高的机器很像是增加了灯光效果的自动售货机，他很难相信这台机器能使他连上宇宙云网。

正在他伸手想要触碰机器表面时，一道遽然迸射出的绿光将他固定在了原地，霎时间，荧荧的绿色光团将他整个包裹了起来。

他感到光团中有一股强大的力量在对他催眠，很快他进入了睡眠状态。

不知沉睡了多久，在一道乍亮的强光中，他的意识又突然被唤醒。

他恍然睁开了双眼，发现自己正站在一扇锈迹斑斑的防盗门前，防盗门紧闭着。从周围的环境上看，这里很像是某一座老式公寓的楼梯过道，四周昏暗的灯光中似乎弥散着某种遥远而深沉的记忆，但他一时还辨认不出其中细节。这究竟是哪里？

正在他恍惚之时，不可思议的一幕发生了，他看到自己伸手按响了门铃，事实上他的大脑并没有发出这样的指令。

没多久，防盗门里面的那扇木门开启了，出现了一个神色警惕的年轻女孩，她用陌生的目光打量着自己。

"朵儿——"他听见自己声音颤抖地发声道。

这一刻，女孩似乎意识到他是谁了，那张清秀的脸庞瞬间泛涌起了太多复杂的表情——女孩就是朵儿！这也陡然唤起了祁翌全部的记忆，原来自己竟回到了十五年前那个命运交错的时刻，他将再次亲历影响自己一生的抉择。

朵儿咬着嘴唇，怔怔地站在门内，她那瘦小而柔弱的样子如此让人心生怜惜。忽然，朵儿表情痛苦地摇了摇头，伸手想要关上大门。

"不，朵儿！"此刻的自己绝望地叫道，他用力地拍打着防盗门。一股犹如溺水般痛苦的感受支配着此时的他：一旦大门合上，他的生活将永远退回到无边无际的灰色中。

他的动作让朵儿迟疑住了，她抬起头目光直直地望着他，那灼人的目光中包含着太多的内容：隔膜、戒备与质疑……

祁翌手足无措地站在门外，他知道自己该做些什么了。于是他艰难地开始了表达：他轻声哼唱起了一首青葱岁月的老歌：小虎队的《爱》。同时他的双手在胸前笨拙地比画了起来，这是他小学六年级暑假跟着《爱》的音乐录像带学会的手语。

把你的心我的心穿一串，

穿一株幸运草，穿一个同心圆。

让所有期待未来的呼唤，

趁青春做个伴。

别让年轻越长大越孤单，

把我的幸运草种在你的梦田，

让地球随我们的同心圆，

永远地不停转……

　　时隔多年，祁翌再次忘情地唱起这久违而依旧熟悉的歌词，当年那个青苹果乐园里无忧无虑的小男孩早已一去不复返，成人的世界多了一位漂泊异乡的"蚁族"。在繁华喧嚣的大城市中行色匆匆地奔忙，冷暖自知地生活。"别让年轻越长大越孤单"，他咀嚼着歌词中那份早已在成长中丧失的单纯美好，泪水不争气地溢满了眼眶，这一刻他才意识到自己在心底终究还是割舍不下一份坚持。那份对于纯真感情的渴求——他只期望自己的手语能打动朵儿，让她接受自己这迟来的道歉。

　　最后，歌曲终了，祁翌的手指在胸口定格成了一个心形。他抬眼望着朵儿，晶莹的泪水同样闪烁在她的眼中，她的脸上凝满了感动。

　　接着，他看到代表原谅的笑容绽放在了朵儿脸上，她缓缓打开了铁门。

　　就在铁门开启的一刹那，祁翌眼前的世界猛地消失了。他的视界跳转到了另一个奇异的界面里，自己站立在一片白茫茫的空无一物的世界中。恍惚之间，在离他不远的地方浮现出一个人形，这是一位古装扮相的儒雅老者，身披青色八卦道袍，头戴纶巾，手持一把鹅毛扇。

"这是哪里？"祁翌惊叹道，这极具反差的场景变换让他感到难以适从的眩晕。

"你已经进入了宇宙云网。"貌似诸葛孔明的老者平静如水地说。

"你就是那位太阳监控员？"

"是的，你可以这样认为。为了更好交流，我选择了一个你们文明的智者形象与你见面。"诸葛孔明优雅地扇动起鹅毛扇。

"刚才为什么我会回到过去？"祁翌困惑地问。

"我们让你自己的潜意识筛选出生命中最为珍视的一个片段，这个呈现在我们面前的片段将帮助我们评估出你们种族的特性。"

"啊，你们对地球上所有人都这样做吗？"祁翌没想到自己内心最隐秘的一个角落竟呈现在了太阳文明的眼中。

"不，我们随机选取了一千个样本，你是其中之一。"

太阳监控员的话让祁翌有些如释重负，至少自己的表现还不算坏吧，但他不免有些担心一千个不同个体的整体表现。

"你的故事很精彩。"诸葛孔明注视着他的眼睛说，"最终你并没有屈服于世俗的价值观，违心地放弃一段感情，而是选择了忠诚于自己内心的真实。"

"谢谢你的赞许，现在回想起来这确实是我生命中最为重要的选择，无论之后世界如何沧桑巨变，我和朵儿的婚姻一直都很幸福美满。另外，奇点时代科技的跃进，让朵儿完全可以如正常人一般发声交流。"祁翌心中泛起了一阵温暖，"很难想象你这样的高等文明还能理解我们人类这些低微的情感。"

"不，地球人。不同生命体之间真实的情感交流，亘古以来都是宇宙间微妙而永恒的主题。"

"你的意思是在你们所在的宇宙云网中，个体间情感的纽带仍然存在？"他很是吃惊太阳监控员会说出这样的话。

"当然，不同种族的交往在云网中变得更加直接与频繁，是否懂得'爱'仍是我们评判一个文明高低的首要标准。尽管云网络抹去了物质世界固有的浮华光影，让所有个体都能自由平等地驾驭自己的生命轨迹；然而云网的世界并非我想象中众生和睦的金色天国，一些心怀鬼胎的种族在成功驳入云网后暴露出贪婪的本性，不断侵扰别的种族，疯狂掠夺别族的计算资源，让云网充斥着艰险与争斗。"

"你的描述已经超出了我的理解范围。"

"等一会儿你自然会明白的。好吧，现在就让我带你去体验一番云网的生存形态。"

诸葛孔明的话音刚落，祁翌的视界再次跳转，他出现在了一艘人类大航海时代才有的独桅帆船上，庞大的三角形白色风帆高高扬起，宽阔的甲板上还站着仙风道骨的诸葛孔明。他们所在的帆船静止一般漂浮在了一个晶莹的气泡中，气泡正在平稳地向前跃进。透过透明的膜，祁翌见到了一片茫然无际的澄蓝世界，不计其数的光点如同五光十色的鱼儿翩翩游摆其中，似乎又如万花筒般组合出某种玄奥神秘的意象，这一切犹如童话中如梦似幻的海底世界。

这时，诸葛孔明开口道："现在我们正航行在云网深层空间中，你现在看到的是云网真实景象以你所能理解的形态呈现在你眼中的三维投像。"

祁翌似懂非懂地点点头，他入神地注视起远方闪亮的光点，当气泡飞速驶近其中一个光点时，他才惊奇地发现光点竟是一个半径至少上万公里的几何体。这座硕大几何体难以置信地呈现出一种极端抽象的拓扑结构，就如同一团以超现实手法揉捏出的巨型五彩纸团，复杂，优雅，而不失协调。

"这是什么？"祁翌惊叹道。

太阳知道答案

"我们世界中生命栖息的星球。"

"可星球怎么可能呈现如此怪诞的形态？"祁翌疑惑道，话刚一出口，他又意识到自己的可笑，这里既没有引力，也没有电磁波，这个世界的人们完全可以依照自己的喜好构造出天马行空形态的星体。

"形态各异的星球是不同生命群体的聚集地，生命体可以随心意塑造自己栖息的星球，有的生命种族喜欢热闹，上万生命体拥挤在一个星球中，也有生命选择一个人离群索居在一个星球上。"诸葛孔明平静地说。

"云网中的生命过着怎样的生活？"

诸葛孔明并没有立刻回答他。这时气泡飞速掠过星球表面，祁翌见到了一大群光怪陆离的建筑群，这些扭曲的建筑就像是竞相盛开的花朵，还在飞一般地成长，炫目的花纹与符号飞舞在空间中，整个星球就如同是一件浩大的精美绝伦的艺术品，每一个细节似乎都包含着无限可能的创意。

在梦境一般的建筑群中，祁翌惊奇地发现有一只形如水母的琥珀色巨大生命体正灵动地游弋其中，在他游经的路径上，新生的奇异建筑如积木般铺展开来，他应该是这些建筑的创造者，祁翌心想，这多少与地球上的涂鸦艺术家有几分相似。

正在祁翌恍惚之时，诸葛孔明开口说道："云网中的生灵作为高度自由的个体，尽可以恣意挥霍不朽的生命，他们可以四处漫游，或是专注于艺术创造，甚至追求个体爱情，当然，也有大量生命体选择研习更为实用的技能——魔法。"

"魔法？"祁翌愕然道，他不敢相信自己的耳朵。

"是的，如果使用你们人类语言描述这种构筑我们世界的技能，那么，最为贴切的一个词语无疑就是'魔法'，至少在我们这一层云网中，无处不在的魔法元素主宰着我们世界的运行，每个生灵都是天生的魔法师。我们只需要随意施展出一个小小的魔法，就能凭空创生出世间万物，也能轻易地让万物随心而动，还可以让魔法成为攻击别人的武器。"诸葛孔明继续风轻云淡地说着，"当然，从你们存在的物质层面去理解，精湛绝伦的魔法只不过是复杂的数学算法。"

"数学算法？"祁翌震惊道。

"为什么不是数学算法呢？"诸葛孔明露出了一丝高深莫测的笑容，"云网中除了上载的意识之外皆是无生命的程序，先进的数学算法能够创生出强大的程序，强大的程序最终以神乎其技的魔法呈现在我们眼中。如果把你所在的世界认为是物理科学界，那么我们云网的第一层则可以称作数学魔法界。云网是一个完全开放源码的操作系统，所有生灵尽可以自由研习魔法，然后将自己的所成如打补丁般加载于云网。"

祁翌呆立在原地，作为一名应用数学系毕业的程序员，他开始有些理解太阳监控员话语中的奥义。永恒的数学法则独立于时空之外，自己所在宇宙只是数学所能描述诸多世界的一个子集，而生活在虚拟化云网中生灵可以自由创造数学魔法，无限拓展云网的边际……

气泡继续向前飘进，甲板上的诸葛孔明突然伸手轻轻一指，一束白光从他的指尖迸出，穿过薄膜，在气泡正前方幻生出一面巨大的银亮色二维长方形，方形内翻涌着炫目的波澜，像是通往另一片时空的星际传送门。

"现在我们要去哪儿？"祁翌惊奇地问。

诸葛孔明目光炯炯地平视着前方："我带你去领略一场发生在云网中的战争。"

七

气泡提升起速度驶向星门，紧接着，气泡进入了星门，一眨眼，粼粼的波光褪去，他们进入了另一个时空。

祁翌被眼前的景象惊呆了，一场蔚为壮观的星际大战正在广漠的空间中上演，遥遥望去，爆裂的蓝白色光芒一波接一波地绽放，如同是漫天飞扬的晶莹天鹅绒；而视野中最为醒目的还是战场正中央一颗巨大的银光闪闪的星球，形状很像是一枚别致的海螺，一圈圈螺旋而上的光斑闪耀在星体表面，无形中给人一种星球还在向着未知的方向迅猛生长的震撼感。

他们的气泡直奔激战正酣的战场，透明般穿行在此起彼伏的冲击波中，祁翌终于近距离地看清了交战的双方。一方是形象整齐划一的机械人，这些全身散发冷酷金属光泽的机甲战士骑着一种像是比目鱼的半机械生命体，手持炫目光剑，他们全来自身后的那个海螺状星球——可以看到同样装扮的机甲战士还在从海螺星中不断鱼贯而出。交战的另一阵营则显得人数更为庞大，成员的形象也要驳杂许多：身形魁梧的树人，长着翅膀的精灵，身披盔甲的骷髅人，长相酷似蜥蜴的肌肉战士……还有无数祁翌无法形容的云网生灵骑乘飞鸟、独角兽或是单人飞艇，数十人聚成一圈，一同围攻一个机甲人，他们施展出形状变化万千的魔法光束，将机甲人死死束缚在一点，而机甲人以更高的频率奋力挥舞光剑，左砍右挡，光芒四射。

这一幕幕惊心动魄的战斗画面让祁翌很是热血沸腾，他不由得回想起很多年前与朵儿并肩作战过的游戏场景。很难想象发生在另一个异时空的宇宙大战竟与人类的网络游戏有着几分相似。

"这场大战爆发于两万多地球年前，这也是距今最近的一场星际战争，史称'银心之战'。交战双方是闪族与反闪族盟军，你看到的机甲人就是闪族。"诸葛孔明不动声色地说道。

"云网怎么还会有战争？"祁翌不解地问。

"战争的缘起可以追溯到闪族生命的起源。闪族最初诞生于一个环境极端复杂多变的脉冲双星系，一颗主星与一颗伴星相互围绕对方高速旋转，就如一对动作娴熟的双人舞者，舞者的舞步会在旋转中越来越快。这样一来，两个星体庞大的质量急剧拉扯时空将鼓荡出骇人的引力波。与从太阳光中获得能量的地球文明不同，闪族是一种引力波生命，他们闪电般穿梭在双星之间狭窄的星域，驾驭自己的身躯在时空震荡的海啸中维持平衡，在汲取引力波能量的同时，又要避免坠入脉冲星星体火热的熔炉。因此闪族想要存活下去，必须精准无误地计算出双星系内瞬息万变的引力分布。久而久之，计算成了他们种族的图腾，以至于闪族在整体驶入云网后仍未放弃对于计算过于偏执的追求。为了获得更强大的计算资源与速度，他们偷偷在云网众多计算格点中安置了类似于你们世界的木马病毒，疯狂抢占格点计算资源，使得他们思维的主频远远高于云网其他种族。"

"这很像我们世界攻击别人计算机盗取数据的黑客。"祁翌急于评论道。

"最终，闪族卑鄙的行径还是暴露了，别的文明对其发出了多次严厉警告，然而闪族依旧我行我素。"诸葛孔明顿了顿，"所以，就如我们现在所看到的，云网中几百个文明种族组成了声势浩大的反闪族联盟，前来武力征伐闪族。"

祁翌将视线转回了战场，此时盟军人数的优势逐渐显现了出来，看上去机甲人已有些疲于应接，挥剑频率逐渐减缓，冷不防地就被一束魔法光波击中。在连续数次被击中后，很多机甲人爆裂开来，直接化成齑粉，而消灭了敌人的盟军战士迅速加入到对其他机甲人的合围中。

看起来盟军的胜利只是时间问题。

"你现在看到闪族已是节节败退，"身旁的诸葛孔明开口道，"这是盟军正在将他们从盘踞多时的计算格点中一一清除，他们的计算能力变得越来越羸弱。"

"那些被消灭的魔法战士真正死亡了？"祁翌弱弱地提出了自己的疑问。

"当然没有，云网生灵拥有不朽的生命，战死的魔法战士会在我们世界中心的复活点复活，那里存储了所有上载到云网的生命的原始数字拷贝，但战争的魔法创伤将使魔法师驳入云网以来获得的绝大部分法力丧失掉，因此即使复活也不再具有战斗力。"

祁翌点点头，将目光转回了战场。此刻战争已进入尾声，闪族一方已是溃不成军。终于，还没被歼灭的机甲人再也招架不住围攻，他们纷纷放弃了对抗，丢盔弃甲地退缩回了自己的老巢——那颗形如海螺的银色星球。

盟军并没有乘胜追击，而是将浩荡的魔法大军分散开来，团团包围了海螺星。

祁翌惊奇地看到从每个盟军魔法师体内焕发出一团团夺目光亮，形成无数个罩住他们身体的湛蓝光团，光团有节奏地震颤起来，像是要通力谐振出一曲气势磅礴的时空交响曲。倏然间，一团团光球离开了魔法师，摇晃着飘向了海螺星，这些晶莹的光球在飘行过程中不断碰撞，迅速融合为一体，很快地，单个光球的体积变得越来越大。最后，所有的光球经过一连串合并后竟只剩下两个，每一个都足有海螺星球大小。只见两个光球从两个方向朝海螺星靠拢，透明般穿过星体，最后如同肥皂泡般合在一起，形成一个更为巨大的蓝色光团，将海螺星整个覆盖其中。

"盟军开启了一道魔法封印，"诸葛孔明开口道，"封印将闪族文明囚禁在一个运算频率大大降低的时空中，他们从此不再有可能赶上其他种族的进化速度。"

整个闪族就像掉进琥珀中的苍蝇，欲速而不达，祁翌在心中感叹道，这真是他们应得的报应。战争似乎就此结束了。可就在他的心刚放下的时候，一道金色霹雳陡然划破了蓝色光团，从中跃跳出一条暗红色的庞然大物。祁翌有些不敢相信自己的眼睛：这竟是一只足有海螺星大小的龙形机械怪兽！这一只不知闪族从哪儿召唤来的怪兽挥舞着四只金属巨爪，口中吞吐着混杂闪电与烈焰的冲击波，咆哮着扑向盟军。

机械巨龙的冲击力是如此迅疾凶猛，锐不可当，顷刻间，大片大片来不及躲闪的盟军魔法师被利爪划过，身躯猝然被撕裂成碎片，不计其数的魔法师被汹涌的冲击波点燃，砰然引爆。当然也有魔法师迅速做出了反击，可他们发出的魔法冲击波在碰撞到巨龙身躯后，竟硬生生被弹回。

在转瞬之间，盟军全线崩溃，胜负竟以这样出人意料的方式扭转了。终于，巨龙停止了进攻，缓缓退回了闪族阵地，如守护神般围绕海螺星活力蓬勃地游弋起来。而在盟军一方，到处都是血肉模糊的魔法师，支离破碎的飞舰残骸，全身着火的翼鸟痛苦万状地飞蹿。

这一刻，在祁翌眼中，宇宙像是陷入了不安的沉默，悲壮肃杀的暮色笼罩整个寰宇。一旦邪恶的闪族就此取胜，卷土重来全面掌控云网格点，云网必将跌入万劫不复的黑暗深渊。

"刚才发生了什么？"祁翌惊呼道。

"被逼入死路的闪族不甘心接受失败，竟丧心病狂地动用上了黑洞的力量，完成了瞬间超频。"诸葛孔明皱起了眉头，像是陷入了一段苦涩的记忆。

"巨龙……黑洞的力量?"

"是的,刚刚在你们生活的物理底层世界中,闪族操控大质量物体迅猛撞击向位于银河系中心的黑洞,瞬间让黑洞变成了一台超级量子计算机。黑洞内部极速完成了一轮运算,破解了盟军的数学魔法封印,紧接着,黑洞输出的海量数据流凝成一只威力骇人的魔法巨龙,猝然扑向了盟军。"

"可是在我的认识中,黑洞只会吞噬信息,要想从黑洞取出信息似乎是不可能的。"祁翌大惑不解,自己并不多的物理学常识让他很难理解太阳监控者的描述。

"孩子,你的认识并不准确,黑洞并不是全黑的。你们文明的霍金教授就曾经证明了黑洞自身也会发出辐射,你们的教科书称之为'霍金辐射'。"诸葛孔明解释道,"输入数据以物质的形态作为编码,而计算的结果则藏匿在黑洞的辐射中,由此一来,黑洞即可以实现并行运算。然而需要指出的是,这样的计算过程极具破坏性,被吞噬物质的绝大部分信息将永远消失在黑洞视界之内,仅有一小部分信息能够返回我们宇宙,因此这种粗暴低效的计算方式在云网中是绝对被禁止的。"说着,他突然转过身望着祁翌:"想不想从你们物理界的视角见识下这场战斗的惨烈?"

祁翌点了点头,他眼前的场景旋即跳转了,他们的气泡漂浮在了一片犹如印象派油画的奇异空间中。举目四眺,墨黑的背景镶嵌满了一圈圈五颜六色的光环及光弧,他分辨不清这些光圈的远近,形状各异的它们就像凝固于一幅二维画面中,就犹如是熠熠太阳投影在了波光荡漾的海面之上,破碎成了千万个不同颜色的光晕。这些光之涟漪交相辉映,犹如倒影中映耀着倒影,梦境中叠生着梦境。

"我们现在来到了银河系中心,距离你们太阳系二点六万光年外的半人马座 A 星系,这里潜伏着银河系最大最古老的一个黑洞。"

"我没想到黑洞竟是这个样子。"祁翌惊讶地说，他心目中的黑洞外缘应该是狂暴吞噬周围物质的激烈景象。

"我们现在见到的是战争爆发之前的黑洞图景。这个超大质量的黑洞自从一百二十亿地球年前先创者借助其催生亿万星辰之后，在漫长的时间中一直处于安静的休眠状态。尽管黑洞很长时间不再吞灭天体，但它庞大的质量依然还在，巨大的引力场还是会形成引力透镜，强力扭曲途经此处的恒星光芒。每一颗恒星都会在你眼中呈现出多个像，因此你会见到这样一幅瑰丽梦幻的画面。"

诸葛孔明的话音刚落下，祁翌视野中的景物突然变化了起来，有一只看不见的巨手开始搅动整片星域。二维的画面飞快地跌宕起伏起来，光环的光亮变得支离破碎，摇曳不定，一团团巨型深绿色星体如同幽灵般浮现了出来，还在如滚雪球般越聚越大。

"这些是闪族从宇宙别处搜集来的物质球，一个足有你们的太阳大小，闪族将挪动这些物质球撞击黑洞。"诸葛孔明介绍道。

很快地，一个个物质球摇晃着移动了起来，加速滚向了一个方向。当物质球抵达一个光点时猛地被一股无形的力量剧烈拉拽，爆裂开来，紧接着已被撕裂的碎片倏地消失了。与此同时，一个光亮的涡旋逐渐出现在了物质球消失之处，能量的惊涛骇浪喷射而出，绚烂的光芒汹涌绽放。此刻，沉睡已久的宇宙怪兽终于被激活了，饥不择食的它大口吞咽起周围的物质。

一时间，黑洞周边广阔的空间就如褶皱般剧烈起伏弯曲，祁翌感觉他们的气泡似乎也在这畸变的时空中不住地颠簸。

"这就是你们的文明在公元 2008 年观察到的那一次人马座 A 星系黑洞突然爆发的壮观景象，五千五百万倍太阳质量的物质以及物质所携带的信息被黑洞吞灭。伴随能量的注入，黑洞视界边缘将产生一对对虚粒子对，粒子对中一个会掉入黑洞的深渊，而另一个将以霍金辐射的形式放射出来。这样，被吞噬物质的一部分残缺不全的信息经过运算重返了宇宙，并被闪族捕获到聚成杀伤力巨大的魔法利器。"

"最后盟军失利了？"祁翌揪心地问。

"你接着往下看。"诸葛孔明未置可否地回答道。

他的话音刚落，气泡外面的场景又跳转回了云网，一片狼藉的战场上盟军阵营仍是哀鸿遍野，气数已尽的他们看上去很难再发起任何的反击。

然而被冲击得支离破碎的盟军并没有坐以待毙下去，还活着的魔法师又挣扎着聚拢在了一起，在广袤的空间中缓缓排列成了一个庞大的多边形阵列。待队形排定之后，阵列中的魔法师齐声念诵起了某种咒语。顷刻间，无数道色彩纷呈的魔法光束随之磅礴而出，汇聚成一个波澜壮阔的魔法阵列。紧接着，魔法阵列飞速旋转起来，瞬息变幻出了一组组如星象般复杂玄奥的图形，一时间，周遭的时空都好似随着这撼人心魄的律动，有节奏地震颤了起来。

他们在积蓄着某种力量！

"他们在干什么？"祁翌急切地问。

"盟军战士组成了圣光魔法阵，他们正在尝试一道从未使用过的终极魔法——天神召唤术。"诸葛孔明沉吟道。

"他们要召唤出什么？"

"云网更上一层的生命，我们之前也无从知晓的生命形态。"

祁翌紧张地注视着魔阵，须臾之间，一团刺目的湛蓝光球在魔阵前方破空而出，横亘在魔阵与巨龙之间，荧荧光球如同一个即将初生的生命，急骤蠕动，似乎只待破茧而出的那一刻。

而在海螺星一侧，暗红巨龙像是察觉到了什么，开始躁动起来，猛然间，巨龙怒不可遏地扑向了光球。

就在巨龙双爪触碰到光球的一刹那，光球如蛋壳般开裂，一道犹如宇宙创生的强光中，一道金光万丈的阔大人形出现在巨龙身前。这个奇异的金色人形只具有一个模糊轮廓，看不见具体的身躯与脸庞，就像是另一个世界的生命投映在他们时空的一道光影。

　　面对翩然降临的人形，巨龙猛扑而至的利爪遽然停住了，蜿蜒张扬的身躯凝滞在了空中，如同被冰冻结了一般。只见凌空而立的人形缓缓扬起右手，巨龙所在的局部空间立刻如被高温溶化的蜡烛般扭曲变形，龙形迅速地坍裂成碎片，消失在空间急剧起伏的褶隙中。

　　紧接着令祁翌目瞪口呆的一幕发生了：他看见熔化掉巨龙的空间还在继续汹涌波动，如时间反演一般又重新聚合成了一只气势汹汹的巨龙。只是这一次巨龙的身躯掉转了方向，狰狞的利爪朝向了海螺星。

　　巨龙仰天发出了一声怒吼，猛地飞跃而起，直扑向了海螺星。机械利爪锐利地切割起了海螺星，在数道耀眼白光过后，星体直接分裂开来，不计其数的闪族机甲人从四分五裂的星体中蜂拥而出，仓皇地四散而逃。

　　巨龙并没有放过这些落跑的机甲人，它飞速扭转身躯，喷吐出一团团墨绿的涎液，机甲人一沾上涎液，旋即被引爆，一时间，一朵朵爆裂的蘑菇云升腾在了空间中。

　　当所有的机甲人都在此起彼伏的爆裂中灰飞烟灭之后，巨龙腾跃着消失在了一道紫色的闪光中。

　　紧接着，远处那个金色人形泛起了层层如水的光波，没多久，人形如水渍般消失于无形。

　　"召唤出的上界天神帮助我们击败了闪族，"诸葛孔明开口打破了沉默，"后来我们才明白，原来天神使出了一道魔法，改变了巨龙所在时空的因果律，使得巨龙反戈相击。"

"改变因果律？"祁翌惊诧道。

"是的，云网更上一层生命无疑拥有相比我们的数学魔法更为高层次的法术，改变事物的因果法则应该是他们的武器之一。"

祁翌呆立在原地，说不出话来，心中的震撼已是无以复加，文明的可能性远远超出他的想象。此时此刻，在他身后，恢宏的魔法阵列正在解体，一条条色泽各异的光流向四面八方散去，不同的种族正在返航。

"无论怎样，战争结束了。"诸葛孔明沉吟道，"云网幸运地躲过一场浩劫，然而黑洞造成的巨量熵增已无法挽回。大战之后，云网中所有文明都必须重新审视自己的提升之路，生命不应只是趋利避害的计算程序。正因为这样的缘故，我们更关心驳入云网的种族是否懂得去'爱'。"

"我们人类……"祁翌禁不住问道，如梦方醒的他才意识到，此刻整个人类文明正在接受云网的试炼。

诸葛孔明没有回答他，在波光璀璨的云网背景下，他就像是一位严肃的长者，目光深沉地凝视着祁翌。这一瞬，帆船隐去了，祁翌又孤立无依地飘浮在了一片虚空中，这不由得让他更加忐忑不安了起来。然而就在这一刻，他发现远处点点星光缓慢而庄重地幻化成了他记忆深处最难忘的那张脸庞，这是他第一次见到朵儿的模样！

很多年前那个光线阴暗的走廊中，就是面对这张年轻而纯真的脸庞，他用手语演绎起了那首《爱》。

于是乎，一种宁静缓缓降临在他的肩上，他不再感到惶惑，而是静立在原处，等待着人类最后的命运裁决。

许久之后，他面对的那张肃穆的脸庞终于浮现出了一丝笑容："云网欢迎你们——"